Sabine Gronover

Die Rotte

Bisher von der Autorin bei *KBV* erschienen:

Wölfe im Münsterland
Edles Geblüt

Sabine Gronover, geboren 1969 in Hamm-Heessen, studierte Diplom-Pädagogik und Kunsttherapie an der WW Universität Münster und arbeitet als Therapeutin an der LWL-Klinik Münster sowie auf einer Palliativstation und im Hospiz. Sie lebt mit ihrer Familie und einigen Tieren auf dem Land in Mersch-Drensteinfurt.
Die Rotte ist der dritte Teil ihrer Münsterland-Krimireihe bei KBV. www.sabinegronover.de

SABINE GRONOVER

DIE ROTTE

KBV

MIX
Papier aus verantwortungsvollen Quellen
FSC® C083411
www.fsc.org

Originalausgabe

www.kbv-verlag.de
E-Mail: info@kbv-verlag.de
Telefon: 0 65 93 - 998 96-0
Umschlaggestaltung: Ralf Kramp
unter Verwendung von © Emoji Smileys People - stock.adobe.com
Lektorat: Volker Maria Neumann, Köln
Druck: CPI books, Ebner & Spiegel GmbH, Ulm
Printed in Germany
ISBN 978-3-95441-584-7

1. KAPITEL

Lutz Fröhlich schulterte sein Gewehr und kniff die Augen zusammen. Der Nebel stieg immer höher und legte sich zäh um seine Hosenbeine. Das war nicht die klügste seiner Ideen, bei dem Wetter hier am Waldrand nach seinem ärgsten Gegner zu suchen, dachte er. Aber eben, als er nach einem starken Kaffee losgezogen war, hatte die Sicht auch noch mehr als fünfzig Meter betragen. Hätte er nicht noch so lange mit dem alten Waldschrat, wie er Nachbar Kümmerling immer nannte, gequatert, dann wäre die Dämmerung nicht so zügig über ihn hereingebrochen. Das würde heute nichts mehr werden mit einem gut gesetzten Schuss.

»Mist«, fluchte er, als ihn ein Zweig im Gesicht traf.

Der kalte Wind blies ihm ins Gesicht. Er wollte gerade umdrehen, da hörte er das typische Geräusch, das sofort sämtliche Jagdinstinkte in ihm weckte. Ruhig nahm er seine Büchse von der Schulter. Das Geräusch wurde lauter. Ein Schnüffeln, Schaben und leises Quieken. Das musste eine ganze Rotte sein. Lutz ahnte, dass es bei diesem Nebel gefährlich war, weiter vorzudringen. Ein Wildschwein griff schnell an, wenn es sich bedroht fühlte. Für den Nahkampf war er nicht ausgestattet. Seine Pistole hatte er im gut gesicherten Waffenschrank vergessen.

Schemenhaft sah er sie schließlich, die Rotte, gut genug, um anzulegen. Es mussten an die sechs Tiere sein, die da im Unterholz wühlten. Während er ganz allein war. Rückzug, riet ihm seine Vernunft. »Alle entwischt ihr mir heute nicht«, murmelte der Jäger in ihm. Drei Patronen hatte er in seiner Halbautomatik. Er war sich sicher, dass die restlichen Tiere im Dickicht verschwinden würden.

Der erste Schuss hallte hart und laut durch den Nebel. Er sah einen dunklen Brocken fallen, begleitet von lautem Quieken. Die Rotte entfernte sich in alle Richtungen, ein Tier mittlerer Größe lief jedoch auf Lutz zu. Er beglückwünschte sich zu seiner ruhigen Hand, zielte und drückte ab. Ein zorniges Quieken, und das Tier gab noch mal richtig Gas. Jetzt wäre der richtige Moment gewesen, eine Pistole zu ziehen. Der dritte Schuss knallte, und das Tier blieb in einer Entfernung von etwa zehn Metern liegen. Zwei Tiere erlegt, der Rest der Rotte war geflohen.

Lutz schulterte das Gewehr und begutachtete seine Beute. Das letzte Tier war ein Überläufer und würde ein zartes Gulasch abgeben. Er lief weiter, um auch das andere Tier zu begutachten, doch kurz davor stutzte er. Dort lagen zwei dunkle Körper im Laub, soweit er das erkennen konnte. Eventuell ein Baumstamm. Oder ein totes Reh, über das sich die Rotte hergemacht hatte. Als er ein paar Damenstiefeletten erkannte, die bis auf den Pfad reichten, wurde ihm übel. Drei Schuss, drei Leichen, aber er hatte doch nur auf Wildschweine geschossen!

* * *

Das fröhliche Pfeifen hörte abrupt auf, als das Telefon klingelte. Misstrauisch beäugte Kommissar Schmitt sein Telefon. »Gehen Sie dran, Kemper. Ich habe immer Pech.«

Der junge Polizist, der nun endgültig von der Wache in Oelde ins Büro von Kommissar Schmitt in Warendorf umgezogen war, grinste breit und sprach seinen Text in den Hörer. Ein Leuchten ging über sein Gesicht, und er notierte sich etwas auf einem Zettel.

Schmitt beobachtete ihn besorgt. Er hatte bald Urlaub. Nichts Wildes, ein verlängertes Wochenende in einem Wellness-Hotel. In zwei Tagen wollte er losfahren. Die Freude seines jungen Assistenten über das Telefonat verhieß nichts Gutes. Dirk Kemper brauchte dringend einen neuen Fall. Damit lag er Schmitt seit Wochen in den Ohren. Er war jung und wollte sich beweisen. Sein aufmerksamer Blick und das zufriedene Lächeln im Gesicht sprachen Bände. Schmitt seufzte schwer und wartete ab.

»Wir haben eine tote Frau in Telgte. Offenbar von Wildschweinen übel zugerichtet.« Kemper hielt den Hörer noch in der Hand, als er sich zu seinem Chef umdrehte.

Angewidert verzog Schmitt sein Gesicht. Nie und nimmer würde er zurzeit in Waldgebieten spazieren gehen. Dieses Schwarzwild war eine furchtbare Bedrohung geworden. Erst im März hatten sie einen toten Jäger gefunden, der von einem angeschossenen Wildschwein gebissen worden und verblutet war. Damals hatte es auch erst nach einem Mordfall ausgesehen.

»Dann ist das ein Fall für die Jäger und nicht für die Mordkommission.« Ein letztes Aufbäumen, er verschränkte die Arme über seinem Bauch.

Kemper legte den Hörer zurück und stand auf. »Die Todesursache ist noch unklar. Es ist ja nicht so, dass Wildschweine einfach Spaziergänger töten. Kommen Sie schon, Chef. Wir haben vielleicht einen Fall.«

So ungern Schmitt das Waldgebiet in Telgte auch betreten wollte, so zügig befuhr er dann die B 64 und erreichte in einer Bestzeit von zwanzig Minuten das Gebiet Klatenberg. In seinem Audi fühlte er sich so sicher wie sonst nirgends. Zu seiner leisen Beruhigung standen am Fundort zwei Polizeiwagen, Flutlichter und ein grüner Jeep, der nur einem Jäger gehören konnte, ahnte Schmitt. In bewaffneter Begleitung könnte er sich eventuell aus seinem Auto heraustrauen. Er wusste mittlerweile, dass zwei Wildschweine erlegt worden waren.

»Ein erwachsenes Wildschwein kann eine Schulterhöhe von hundertzwanzig Zentimetern erreichen und eine Länge von bis zu zwei Metern«, erklärte er dem jungen Kollegen an seiner Seite, während er sein Auto hinter dem Jeep zum Stehen brachte. »Ohne Schwanz! Die zwei Meter sind ohne Schwanz gerechnet.«

»Ja, sicher«, gab Kemper lässig zurück. »Aber so ein kleines Schweineschwänzchen tut nichts zur Sache.« Kemper schnallte sich ab, während er selbst sich noch am Gurt festhielt. »Ein Gewicht von bis zu hundert Kilo,

Kemper. Ich selbst wiege neunzig Kilo. Das mag man sich gar nicht vorstellen.« Ihm brach der Schweiß aus.

Der Polizist wandte sich zu ihm um. »Chef, bei dem Flutlicht kommt kein Keiler aus dem Gebüsch. Das schaffen Sie schon.«

Schmitt nickte, schnallte sich ab und folgte dem jungen Kollegen zum Fundort. Die Leiche der Frau war natürlich schon in die Gerichtsmedizin gebracht worden. Sie hatte unweit des Weges im Unterholz gelegen. Neben den drei Beamten, die den Platz sicherten und Spuren untersuchten, stand ein Mann, dem man die jagdliche Berufung sofort ansah. Er trug grüne Klamotten, einen braunen Hut und ein Messer am Gürtel. Allerdings ahnte der Kommissar, dass seine Gesichtsfarbe normalerweise deutlich kräftiger war, seine Bewegungen wirkten fahrig. Vielleicht hätte man ihm in diesem Zustand das Gewehr wegnehmen müssen.

»Sie haben die Leiche der Frau also gefunden?«, fragte er den Mann, den er auf Mitte fünfzig schätzte.

»Lutz Fröhlich«, stellte der Mann sich wenig fröhlich vor. »Ich habe eine große Rotte Wildschweine gesehen und natürlich geschossen. Die schwatten Biester breiten sich ja aus wie ein Strohfeuer.«

»Hatten Sie denn keine Angst?« Schmitt war fasziniert davon, dass sich manche Menschen als Krönung der Schöpfung anscheinend für unantastbar hielten. Er selbst glaubte das nämlich nicht. Tatsächlich hatte er vor jedem Tier Angst, das größer als ein Beagle war.

»Nein. Es war ein wenig gefährlich, sicher, weil es so viele waren, aber in der Regel flüchten Wildtiere bei einem Schuss. So ist es hier ja auch gewesen. Ich habe drei Schüsse auf zwei Schweine abgegeben. Doch als ich mir dann die Kadaver ansehen wollte, lagen da drei Leichen. Können Sie sich vorstellen, was ich durchgemacht habe? Ich dachte ja im ersten Moment, ich hätte bei dem Nebel eine Spaziergängerin getroffen.« Allein bei dem Gedanken traten trotz der kalten Luft Schweißtropfen auf seine Stirn.

Schmitt nickte mitfühlend, wunderte sich aber. »Sie können doch nicht gedacht haben, dass eine Frau mit einer Rotte Wildschweinen zusammen einen Spaziergang unternommen hat.«

»So viel gedacht habe ich dann gar nicht mehr«, gestand der Jäger ein. »Sie gab kein Lebenszeichen mehr von sich. Ich war so erschüttert, hab mich neben sie hingesetzt und geheult. Ehrlich, Herr Kommissar, ich kann einem Wildschwein oder Hirsch den Garaus machen, aber die Weibsbilder will ich beschützen. Da könnte ich keiner Dame ein Haar krümmen. Und dann lag sie da mit ihren schönen, blonden Haaren im dreckigen Laub.« Er wischte sich mit einem Stofftaschentuch über die Stirn.

Kemper stand neben ihnen, und Schmitt bemerkte durchaus das verstohlene Grinsen des jungen Polizisten.

»Reiß dich zusammen, Lutz, sag ich also zu mir und habe die Polizei angerufen, die auch gleich einen Krankenwagen mitschicken wollte. Und wie ich so neben ihr sitze und noch mal nach ihrem Puls fühle, merke ich, dass die Hand eiskalt ist. Das ist ja so schnell nicht möglich, wenn ich sie erschossen hätte.« Er schnäuzte sich, und Schmitt nickte.

»Ja, und dann habe ich mit meiner Taschenlampe mal genauer hingeschaut und die Bisswunden von den Wildschweinen gesehen. Die haben sie übel zugerichtet.«

Die letzten Worte des Mannes führten dazu, dass Schmitt sich verstohlen umsah. Rings herum gab es viel zu viele Bäume, und mittlerweile war es auch richtig dunkel. Schmitt konnte sich nur zu gut vorstellen, dass die Rotte zurück an ihre Futterstelle wollte. Schweine waren nun einmal Allesfresser. Er bedankte sich und wandte sich an einen älteren Beamten der Spurensicherung. In seinem weißen Anzug vor den Nebelschwaden kam er ihm wie ein Überlebender aus einer dystopischen Welt vor. »Irgendwelche verwertbaren Spuren, die auf ein Verbrechen hindeuten?«

»Nein, Herr Kommissar. Bislang nicht, kein Projektil, kein Spaten, aber etwas ist merkwürdig.«

Schmitt blickte zu Kemper, der aufmerksam zuhörte und eifrig sein Notizbuch zückte.

Der Beamte schob die Kapuze vom Kopf und erklärte: »Wir haben bislang noch keine Handtasche, kein Smartphone oder irgendwelche persönlichen Dinge gefunden. Weder bei der Leiche noch hier in der Umgebung. Wir sollten morgen bei Tageslicht noch mal nachschauen.«

»Manche nehmen auf einen Spaziergang nichts Persönliches mit«, sagte Kemper und steckte das Notizbuch ohne Vermerk wieder ein. »Wenn ich joggen gehe, habe ich auch nichts dabei.«

Schmitt musterte die athletische Figur seines Assistenten und gab einen Grunzlaut von sich. »Einen Haustürschlüssel oder ein Handy sollte man aber durchaus erwarten, wenn sie hier allein in der düsteren Gegend herumspazierte. Haben wir irgendwelche Anhaltspunkte, wer unsere Tote ist?« Schmitt sah in die Runde und stöhnte auf. In seinen Blickwinkel geriet eine schlaksige Gestalt, eine Nikon mit Blitzlicht trug er in der linken Hand. Die Presse war vergleichsweise spät dran, musste Schmitt zugeben. Doch nun brach sie in Gestalt von Gunnert Haase über ihn herein.

»Herr Kommissar, was für eine Dramatik. Schon wieder eine Leiche, bestialisch getötet von einer Rotte Wildschweine. Was können Sie unseren Bürgern dazu sagen?« Gunnert Haase war Schmitt noch von dem Wildschweinvorfall im März bekannt. Nun stand er mit gezücktem Bleistift vor ihm und lächelte ihn, selbst an ein Raubtier erinnernd, an.

»Nicht viel, Herr Haase«, sagte Schmitt. »Wir haben eine Frauenleiche und zwei tote Wildschweine. Die Todesursache der Frau ist noch unklar, die der Tiere entstand durch die Schüsse eines Jägers.«

Leider stand der Jäger Lutz Fröhlich noch immer so nah bei ihnen, dass er sich nun bereitwillig umwandte und Auskunft gab. In der Version, die Schmitt nun von Lutz Fröhlich hörte, klang das Erschießen der Wildschweine wie der Versuch, die arme Frau vor der Rotte zu retten. Schmitt mahnte den Pressemann, in der Zeitung keine Mutmaßungen zur Todesursache der Frau zu schreiben, solange der Bericht aus der Gerichtsmedizin nicht vorlag, und verabschiedete sich schnell.

»Ich fahre jetzt nach Hause. Morgen wissen wir mehr. Sie, Kemper, erkundigen sich bitte, ob schon jemand als vermisst gemeldet worden ist. Können Sie mit den Kollegen zurückfahren?« Kemper nickte, und Schmitt stieg wenig später in sein Auto, atmete tief durch und fuhr los.

Und erst jetzt, allein in seinem Wagen, spürte er, wie erschüttert er von dem Vorfall war. Griffen Wildschweine nun aus heiterem Himmel Spaziergänger an und töteten sie? Das im März war ein Jagdunfall gewesen. Ein verletztes Tier, das nicht wegkonnte, hatte um sich gebissen, und der Jäger war unprofessionell vorgegangen. Wenn die Frau durch wilde Tiere getötet worden war, war es nicht mehr sein Fall. Wenn es aber Mord war und die Wildschweine erst danach den Leichnam aufgespürt hatten, konnte Schmitt seinen Wellness-Trip vergessen. Mühsam starrte er auf die Landstraße, auf der die Sicht nur noch dreißig Meter betrug. Er sollte langsamer fahren, dachte er, als plötzlich schwarze Körper im Nebel auftauchten. Und dann knallte es auch schon, und der leichte Audi geriet ins Trudeln. Schmitt kam sich vor wie in einem Karussell, sein Kopf prallte seitlich gegen das Fenster, während ihm von vorne der Airbag ins Gesicht drückte. Das letzte Geräusch, das er hörte, war ein lautes Quieken.

2. KAPITEL

Sybille runzelte die Stirn und beugte sich ein Stück vor. Nun klingelte sie bereits zum dritten Mal bei ihrer Freundin, doch kein Geräusch drang aus der Wohnung, niemand öffnete die Tür. Sie kaute ratlos auf ihrem Fingernagel herum, als sich nebenan ein Fenster öffnete. »Macht Heidi nicht auf?«

Sybille blickte nach links und entdeckte die Nachbarin von Heidi am geöffneten Küchenfenster. Sie schüttelte den Kopf. »Nein, ich habe schon drei Mal geklingelt. Wir sind heute Abend verabredet. So etwas vergisst sie sonst nie. Haben Sie sie gesehen?«

»Ihr Auto steht jedenfalls in der Einfahrt«, sagte die Nachbarin. »Mehr weiß ich auch nicht. Ich habe sie zuletzt gestern Nachmittag gesehen, als sie von der Arbeit kam. Vor zwei Stunden war in den Klatenbergen der Teufel los. Polizei, Krankenwagen, Feuerwehr, ständig habe ich das Geheule von Sirenen gehört. Als wären wir im Krieg. Nicht, dass was passiert ist.«

Sybille gab zu bedenken: »Das klingt nach einem Verkehrsunfall, meinen Sie nicht? Aber Heidis Auto steht ja hier.« Sie überlegte. Heidi könnte auch in ihrer Wohnung unglücklich gestürzt sein. »Ich schau mal durch die Fenster«, entschuldigte sie sich und lief um das Haus herum. Doch da sah sie nur ihr eigenes Spiegelbild. Ein brauner Pagenkopf und ein rundes Gesicht blickten ihr entgegen, die Daunenjacke trug etwas auf, so pummelig wie ihr Bild im Fenster war sie ja nun nicht. Besorgt sah sie aus, und sie streckte ihrem Spiegelbild die Zunge heraus. Alle sichtbaren Räume der Wohnung gaben keinen Hinweis auf Heidis Anwesenheit. Zum Glück, dachte Sybille, lag sie nicht krank oder schwer verletzt in der Wohnung herum. In der Küche lagen ein paar Einkäufe auf dem Tisch. Sybille ging zurück zur Haustür, wo die Nachbarin noch immer die Arme über die Fensterbrüstung gelegt hatte.

»Nichts zu sehen, oder?«, meinte die Frau und schaute Sybille aufmerksam an.

Sie schüttelte den Kopf und zückte ihr Handy, um nun alle verfügbaren Nummern von Heidi anzurufen. Erfolglos. Dann wurde ihre Sorge noch größer, als sie bei WhatsApp unter Heidis Seite den Status las: *zuletzt online gestern 15:37*. »Ich gehe jetzt zur Polizei«, sagte sie entschlossen, nickte der Nachbarin zu und marschierte zu ihrem kleinen Peugeot. Mit Herzklopfen fuhr sie in Richtung City.

Sie hatte kaum die B 51 überquert, als die Nachrichten kamen. »Heute am späten Nachmittag ist eine Frauenleiche in den Klatenbergen von einem Jäger aufgefunden worden. Er bemerkte eine Rotte von Wildschweinen, die sich über den Leichnam hermachten …«

Mehr hörte Sybille nicht, denn ihr wurde es plötzlich speiübel, und sie musste am Straßenrand halten, um zu würgen. Sollte das etwas das Ende ihrer Freundin gewesen sein? Die große, sportliche Biologin war zu Schweinefutter geworden? Sybille atmete tief die feuchte, kalte Abendluft ein und stieg dann wieder in ihren Wagen. Zur Polizeidienststelle war es nicht weit, doch vor Ort musste sie feststellen, dass das Gebäude geschlossen und dunkel vor ihr lag.

»Was zum Teufel soll das denn?«, fluchte sie. Eine Polizeistation konnte man doch nicht wie einen Kiosk einfach schließen.

Ein junger Mann schlenderte vorbei und schaute sie amüsiert an. Sybille wusste nicht, was so lustig an diesem Abend sein sollte. »Die Polizei, dein Freund und Helfer, aber nicht zu jeder Zeit. Brauchst du Hilfe?«

Das war sicher eine nett gemeinte Frage und keine Anmache, denn immerhin war sie gut fünfzehn Jahre älter als der Mann. »Ich möchte meine Freundin als vermisst melden. Heute Nachmittag ist doch eine Frauenleiche in den Klatenbergen gefunden worden. Angeblich ist sie von Wildschweinen angefallen worden. Wo kann ich mich denn jetzt melden?«

Der junge Mann blieb nun stehen, die Hände tief in die Taschen eines grünen Parkers gesteckt. »Ich würde einfach die 110 wählen und mich verbinden lassen. Eine der Dienststellen aus Warendorf oder Münster ist für unser kleines Dorf zuständig.« Er grinste sie an und versicherte ihr dann: »Ich glaube aber nicht, dass die Frau von Wildschweinen getötet wurde. Die greifen ja nicht einfach eine Spaziergängerin an, weil sie

Hunger haben. Einzelne, verletzte Tiere oder Bachen mit Frischlingen können schon mal gefährlich werden. Schweine sind Allesfresser, und wenn sie auf Aas treffen, greifen sie zu.«

Sybille war entsetzt. Ihre Freundin als mögliches Aas zu bezeichnen, erschuf Bilder in ihrem Innern, die sie nicht brauchen konnte. Ihr Dankeschön fiel entsprechend kalt aus.

Sie setzte sich ins Auto und wählte den Notruf der Polizei. Umgehend wurde sie mit der Polizeistation Warendorf verbunden, und eine müde, weibliche Stimme bat sie, sich früh am nächsten Morgen erneut zu melden. Dann sei der ermittelnde Kommissar wieder da. Ihre Aussage sei eventuell wichtig, denn man wisse noch nicht, wer die Frau sei. Nein, ob sie blonde Haare habe, wusste die Beamtin nicht. Aber sie werde für eine lange Zeit nicht mehr unbeschwert spazieren gehen können, ergänzte die Frauenstimme am Telefon. Wegen der Wildschweine, nicht wegen der Triebtäter.

Auch dieser kurze Dialog hielt nichts Tröstliches für Sybille bereit, nun war auch noch das Wort Triebtäter gefallen. Denn eins wusste sie über ihre Freundin. Heidi hatte keine Feinde, und sie war auch kein Mensch, der sich in irgendwelche Abenteuer stürzte. Also Triebtäter, Raubmord oder Wildschweine – ein Alptraum, in den sie da geriet. Noch vor einer Stunde hatte sie sich auf ein gemütliches Abendessen im Restaurant Steenpoate gefreut, nun hatte sie den Eindruck, nie wieder etwas essen zu können.

Bekümmert fuhr sie nach Handorf zurück und überraschte ihren Mann bei einem Glas Rotwein mit der aparten Nachbarin, die ihr lächelnd mit roten Wangen zuprostete.

* * *

»Oje, das gibt jetzt bestimmt wieder ein Blutbad in Telgte und Umgebung, oder? Haben sich die Jäger schon zusammengerottet? Und wo wir gerade bei Blutbad sind: Wie viele Schweine hat dein Chef gestern mit seinem Auto erwischt?« Der Ton seiner Freundin Ella wechselte zwischen Spott und Empörung.

Dirk sah ihn wieder vor sich, seinen Chef. Völlig aufgelöst hatte er im Auto gesessen, als er mit den Kollegen der Spurensicherung an der Unfallstelle angekommen war. Kreidebleich hatte er im Licht der Taschenlampe hinter dem Steuer gesessen, Blut war ihm an der Schläfe hinuntergelaufen. Und nur das tote Wildschwein neben seinem Wagen hatte ihnen die Unfallursache gezeigt. Kommissar Schmitt hatte eine ganze Weile lang gar nichts gesagt. Viel mehr Sorgen als die Kopfverletzung hatte dem Sanitäter der Abfall seines Blutdrucks gemacht, der durch den Schock in den Keller gerutscht war.

»Diese dunklen Viecher waren plötzlich überall, sie rannten an meinem Auto vorbei, dass die Erde bebte. Wenn ich ausgestiegen wäre, hätten sie mich angegriffen.«

Dirk schüttelte noch im Nachhinein den Kopf über die Panik seines Chefs, der völlig vergessen hatte, dass er in seinem stehenden Auto auf der Landstraße bei den Lichtverhältnissen und dem Nebel durch den Verkehr viel gefährdeter war. Er war einfach sitzen geblieben und hätte jeden Moment von einem nachfolgenden Auto oder LKW erwischt werden können.

»Ein totes Schwein lag neben seinem Audi, es hat zum Glück nur ein wenig den Stoßdämpfer verbeult«, antwortete er seiner Freundin schließlich. »Und das Tier war nicht einmal besonders groß.

»Darf ich mitkommen und einen Bericht für den NABU verfassen?«

Dirk verdrehte die Augen. Seine Freundin nahm ihre Arbeit beim NABU sehr ernst, und sie konnte hartnäckig sein. Er stellte seine Tasse Kaffee ab und gab ihr einen Kuss auf die Nase. »Ich kann dich nicht daran hindern, Fotos von der Umgebung zu machen, aber solange wir noch nicht wissen, was die Todesursache ist, weißt du ja gar nicht, was du über die Wildschweine schreiben sollst. Sind sie Opfer oder Täter?«

»Als Wildtier in Deutschland per se ein Opfer«, grinste Ella frech. »Ich tippe auf Mord, was deine Frauenleiche angeht. Und damit ist dein phobischer Kommissar wieder mittendrin in einem Fall mit Tierbeteiligung. Das Schicksal ist gemein zu ihm.«

Dirk knöpfte seine Uniform zu und ließ die Muskeln spielen. »Das Schicksal meint es gut mit ihm, denn er hat mich und mein breites Kreuz. Ich muss los und ruf dich an, wenn wir etwas wissen.«

Im Auto auf dem Weg von Münster ins benachbarte Telgte wartete er auf die Nachrichten. Solange er am Vortag noch im Dienst gewesen war, hatte es keine Vermisstenmeldung gegeben, die auf die Leiche im Klatenberg gepasst hätte. So eine Mordermittlung machte ja erst richtig Spaß, wenn man im Umkreis des Opfers zu ermitteln begann, Fäden verfolgte und nach einem Motiv suchte, fand Dirk. Er grinste bei dem Gedanken an seine morbide Freude über eine Arbeit, die immerhin aufgrund von Mord und Totschlag entstand. Noch lag ein dämmriger Dunst über der Stadt, aber bei Tageslicht mussten sie nach weiteren Spuren suchen. Es konnte gut sein, dass das Handy im dichten Laub lag. Eventuell hatte die Frau ja um Hilfe rufen wollen, und dann war ihr das Mobilteil aus der Hand gefallen. In den Nachrichten wurde schließlich nur von einem Leichenfund in Telgte berichtet. Die Rolle der Wildschweine wurde hier sehr vorsichtig und vage beschrieben, nicht dass gleich eine Panik unter den Bürgern ausbrach. Er erinnerte sich noch zu gut an das Auftauchen des Wolfes im Münsterland und die Panik, die darauf gefolgt war.

Kommissar Schmitt traf er schließlich auf der kleinen Polizeistation in Telgte, wo sie nun fürs Erste ihr Lager aufschlugen. Er fand den Kommissar schwer seufzend vor.

»Kemper, in meiner Seele kämpfen zwei düstere Erklärungen um die Vorherrschaft. Wenn die Frau von Wildschweinen getötet wurde, kann ich niemals wieder einen Spaziergang in Mutter Natur tätigen. Bezüglich meiner Ängste bin ich realistisch.«

Er unterbrach seinen Chef. »Nie und nimmer, Chef. Die Frau wurde ermordet, da bin ich mir ganz sicher.«

Schmitt seufzte noch schwerer. »In dem Fall ist mein Wellness-Wochenende nur noch ein schöner Plan von gestern. Und ich hatte mich wirklich auf die Entspannung gefreut. Massage, Innenpool und Sauna. Mein alternder Körper braucht dringend eine Auffrischung.«

Belustigt betrachtete Dirk den Kommissar, der stets in guter Kleidung mit Stoffhose und Seidenhemd im Büro saß. Ein kleiner Bauch spannte über dem Gürtel, die spärlichen Haare waren zu einem kurzen Bürstenschnitt frisiert. Er schätzte ihn auf Ende fünfzig, müde wirkte er auf ihn nicht.

In diesem Moment öffnete sich die Bürotür, und eine uniformierte Frau trat mit einem gewissen Eifer ein. »Hier sind die Meldungen von heute Nacht, Herr Schmitt. Eine davon könnte die Frauenleiche betreffen, sehen Sie nur.«

Sein Chef nahm der Beamtin den Ausdruck ab und pfiff durch die Zähne. »Eine Frau vermisst ihre Freundin, mit der sie gestern Abend zum Essen verabredet war«, las Schmitt laut vor. »Der Anruf kam von einer Mobilnummer. Tippen Sie mal los.« Und schon diktierte ihm Schmitt eine Handynummer. Kaum hatte Dirk die letzte Ziffer eingetippt, da meldete sich mit hektischer Stimme auch schon eine Frauenstimme, als hätte sie nur auf den Anruf gewartet.

»Hallo, hier ist Sybille Horstmann.«

»Polizeibeamter Kemper, guten Morgen. Sie haben gestern Abend Ihre Freundin als vermisst gemeldet und …« Weiter kam er nicht.

»Ja, genau, und ich habe furchtbare Angst, dass Heidi die Frauenleiche vom Klatenberg ist. Sie hat blonde, lange Haare. Passt das?« Er blickte seinen Chef an und hob den Daumen hoch, wofür er einen missbilligenden Blick erntete. »Können wir uns in der Gerichtsmedizin treffen?«, fragte Dirk sie. Am anderen Ende der Leitung blieb es still, dann hörte Dirk ein Schluchzen und fühlte sich betroffen. Hatte er etwas Falsches gesagt?

»Die Tote hat blonde, lange Haare, nicht wahr?« Die Stimme am anderen Ende der Leitung war kaum noch zu hören. Er blickte fragend zu seinem Chef. Wie viel durfte er am Telefon verraten?

Schmitt nahm ihm schließlich den Hörer ab. »Hallo, hier spricht Kommissar Schmitt. Wir haben eine Frauenleiche aufgefunden, die Todesursache ist noch unklar. Das Alter ließ sich ebenfalls gestern Abend schlecht schätzen, aber sie hat tatsächlich blonde, lange Haare. Das muss aber noch nichts heißen. Es wäre wirklich gut, wenn Sie uns in die Gerichtsmedizin begleiten könnten. Dann wissen wir es ganz genau. Sollen wir Sie von irgendwo abholen, oder möchten Sie sich selbst dorthin begeben? Die Adresse lautet Münster, Röntgenstraße 23.« Sein Chef machte keine unnötigen Worte. Dirk lauschte auf die Antwort. »Ich komme dorthin, ich arbeite in Münster. Passt es Ihnen in einer Stunde?« Die Stimme vibrierte, und Sybille Horstmann legte sofort auf, nachdem Schmitt den Termin bestätigt hatte.

»Wir fahren los«, sagte Schmitt und schlüpfte in seinen Trenchcoat. Den hatte Dirk an seinem Chef noch nie gesehen, er musste neu sein. Unterwegs im Auto erklärte Schmitt ihm, dass der Gerichtsmediziner bereits angefangen habe. »Ich hoffe sehr, dass er die Leiche in einen vorzeigbaren Zustand versetzen kann, bevor unsere Frau Horstmann kommt. Mein Bauchgefühl sagt mir, dass wir in einer Stunde wissen, wie unsere Tote heißt und wer sie ist.«

Aufgeregt saß Dirk neben dem Kommissar und sah aus dem Fenster, an dem die Baumreihen viel zu schnell vorbeizogen.

Eine halbe Stunde später wussten sie dann endlich, dass es tatsächlich ein Mord war, der in Telgte stattgefunden hatte. Dirk stand mit Schmitt zusammen in dem kalten, sterilen Raum der Gerichtsmedizin, vor ihnen auf dem Metalltisch lag die Leiche einer schlanken, großen Frau mit langen, blonden Haaren, aus denen nun Laub und Dreck herausgewaschen waren. Er erhaschte einen kurzen Blick auf den nackten Brustkorb, auf dem die berüchtigte T-Naht das Ende der Obduktion zeigte. Darüber hinaus konnte er sehr gut die lange Stichwunde sehen. Da hatte jemand mit viel Kraft ein Messer tief in den Körper gestoßen. Er schluckte. Für einen flüchtigen Moment sah die tote Frau seiner Ella ähnlich. Ihm wurde trotz der Kälte im Raum ganz heiß, wenn er daran dachte, einen geliebten Menschen so sehen zu müssen. Er wollte gleich besonders freundlich zu Frau Horstmann sein, nahm er sich vor.

»Das war ein brutaler Mord«, hörte Dirk jetzt die sonore Stimme des Gerichtsmediziners. Die vielen Bisswunden am Körper sind alle post mortem entstanden. Unsere Leiche ist bereits am Montag getötet worden.«

Dirk blickte zu seinem Chef, der sich am Ohr kratzte und ergeben nickte. Eventuell lag auch eine gewisse Erleichterung im Gesicht des Kommissars. Sein Chef legte sich lieber mit einem blutrünstigen Menschen an als mit einem wilden Tier. Der Gerichtsmediziner schob nun das grüne Tuch bis zum Kinn und schob achtsam die abgeschürfte Hand der Frau unter das Tuch. Bis auf eine blutige Schramme an der Stirn sah die Tote nun einigermaßen ansehnlich aus, sah man mal von der extremen Blässe der Haut ab.

»Gab es Abwehrspuren?«, fragte sein Chef.

»Schwer zu sagen.« Der Gerichtsmediziner machte ein bekümmertes Gesicht. »Unter den Fingernägeln haben wir jede Menge Dreck vom Waldboden gefunden. Sie ist zu Boden gegangen und hat im Todeskampf die Hände ins Laub gekrallt. Da müssen wir nun erst die Laborergebnisse abwarten, aber ich fürchte, es ist so schnell gegangen, dass wir keine verwertbaren Spuren finden werden. Vergewaltigt worden ist sie jedenfalls nicht.«

Also lag ein persönliches Motiv vor, kombinierte Dirk. Eine Spaziergängerin hatte ja kaum genug Werte bei sich, die einen Raubmord rechtfertigten. »Trug sie Schmuck bei sich?«, fragte er zur Sicherheit.

»Ja, drei Ringe und eine Kette, alles echt, aber bescheiden. Und sie hatte ein paar blaue Flecken, die aber älteren Datums sind.«

* * *

Sybille stöhnte genervt und bückte sich schon zum zweiten Mal nach ihrem Autoschlüssel. Sie betrachtete das rot geklinkerte Gebäude der Rechtsmedizin mit der weißen, zweiflügeligen Tür und betete. *Lass es nicht Heidi sein, lass es nicht Heidi sein.*

Sie hatte sich immer gefreut, wenn sie im Münsteraner Tatort einzelne Gebäude wiedererkannte. Hier in der Rechtsmedizin regierte Dr. Börne alias Jan Josef Liefers. Sie mochte den Schauspieler sehr, und sie liebte Krimis. Doch das hier war Realität und besaß nichts von dem Adrenalinzauber, wenn sonntagabends die Tatortmelodie ertönte. Sie zog die Nase hoch und betrat das

Gebäude. Dort wurde sie schnell durch einige Gänge geführt und von einem älteren Herrn in einem schicken Trenchcoat in Empfang genommen.

»Liebe Frau Horstmann, ich bin Kommissar Schmitt, wir haben miteinander telefoniert.« Der Mann lächelte sie liebenswürdig an. »Bevor ich Sie nun zu der toten Frau führe, muss ich wissen, in welchem Verhältnis Sie zu der Frau stehen, die Sie vermisst gemeldet haben.«

»Heidi ist eine enge Freundin von mir. Wir kennen uns aber erst seit ein paar Jahren.«

Der Kommissar nickte und lächelte sie weiter an. »Gut. Dann schauen wir mal zusammen, und Sie nehmen sich alle Zeit, die Sie brauchen, in Ordnung?«

Mehr als ein Nicken brachte sie nicht zustande. Ihr Bauch krampfte sich zusammen, und in ihrem Kopf war nur noch Platz für das Mantra: *Bitte lass es nicht Heidi sein.*

»Erschrecken Sie nicht, liebe Frau Horstmann«, hörte sie die Stimme des Kommissars neben sich. »Mein Assistent Polizeibeamter Kemper und der Gerichtsmediziner Dr. Bohne sind ebenfalls mit im Raum.«

Nur vage bemerkte sie einen großen, schweren Mann im weißen Kittel und einen gut aussehenden, bedeutend jüngeren Mann in Uniform. Dieser trat nun zur Seite, und sie konnte den blonden Kopf einer Frau erkennen, während sie langsam näher an den Metalltisch herantrat. Das grelle Licht tat ihren Augen weh. Nur noch eine kleine Drehung des Körpers, und sie konnte in das Gesicht der Frau blicken. Ein beißender Geruch ging von der Leiche auf dem Tisch aus. Heidi hatte immer ein frisches, blumiges Parfum benutzt, dieser Geruch hätte ihr nicht gefallen. Sybille rümpfte die Nase und starrte in das fahle Gesicht. Sie blickte auf die leicht gekrümmte Nase, die hohen Wangenknochen und den zarten Mund. Dann glitt ihr Blick weiter über den verdeckten Körper.

»Soll ich sie weiter abdecken?«, hörte sie die Stimme von einem der Männer.«

Sie antwortete nicht, konnte den Blick aber auch nicht abwenden. Sie war ratlos. Nehmen Sie sich all die Zeit, die Sie brauchen, hatte der Kommissar gesagt, aber wie viel Zeit hatte sie wirklich? Sie konnte das Scharren der Füße neben sich hören. Als sie eine Hand auf ihrer Schulter spürte, schreckte sie auf.

»Frau Horstmann? Ist alles in Ordnung?« Es war der Polizist, der plötzlich ganz nah neben ihr aufgetaucht war. »Wollen Sie sich setzen?«

Sie schüttelte den Kopf. Das war es nicht. Sie fühlte sich nicht schwach, sie war total ratlos. »Kann ich ihre Füße sehen?«, fragte sie leise und wandte sich an das Ende des Tisches. Einer der Männer hob das Tuch hoch und legte die Füße frei. Alle zehn Nägel zeigten sich rot lackiert, größtenteils war der Lack aber nur noch rudimentär zu sehen. Im Herbst wurde man nachlässig mit den Füßen, stellte sie fest, sie selbst musste sich auch dringend die Zehen neu lackieren. Das sah ja scheußlich aus. Was für ein unnützer Gedanke, schalt sie sich und richtete sich auf.

»Das ist sie nicht. Das ist nicht Heidi!«

3. KAPITEL

»Chef, Sie schweigen nun schon seit geraumer Zeit, und ich finde, dass wir durchaus etwas zu besprechen haben.« Sein Kollege hampelte ungeduldig neben ihm im Auto herum und versuchte, die Aufmerksamkeit auf sich zu lenken, wie ein Kindergartenkind.

Schmitt stöhnte. »Ich denke nach.« Das tat er wirklich. Er war sich so sicher gewesen, dass Sybille Horstmann sich von ihrer toten Freundin verabschieden musste. Er hatte sich bereits tröstende Worte zurechtgelegt. Stattdessen hatte die Frau nun vehement auf die Vermisstenmeldung gepocht. Ihre Freundin Heidi sei eventuell noch am Leben, man müsse sie dringend finden. Immerhin sehe die Leiche ihrer Freundin so ähnlich, als wäre es ihre jüngere Schwester. Erneut redete Kemper ungeduldig auf ihn ein, während er stur auf die Straße blickte und jede Kurve so weit wie möglich schnitt.

»Chef, was halten Sie denn jetzt davon? Will diese Sybille es nur nicht wahrhaben, dass ihre Freundin tot ist, lockt sie uns auf eine falsche Fährte, um Zeit zu gewinnen, oder hat die Tote eine ältere Schwester, die zufällig gleichzeitig verschwunden ist?«

»Ja«, nickte er, weil er all das für möglich hielt. Dann wandte er sich doch noch mit einem kurzen Blick seinem jungen Heißsporn zu. »Hören Sie, Kemper, der Gerichtsmediziner hat bestätigt, dass unsere Leiche erst Anfang bis Mitte dreißig war, also definitiv jünger als Heidi Klostermann. Wenn diese tote Frau eine Schwester von ihr ist, dann finden wir das heraus, und dann haben wir vielleicht unsere Leiche identifiziert.«

»Sybille Horstmann sagt, Heidi habe keine Schwester.«

»Und Sybille Horstmann begleitet ihre Freundin Heidi schon seit ihrer Geburt?«, fragte er den Polizisten. Die Frau hatte ihnen beiden erzählt, dass sie erst seit wenigen Jahren mit Heidi befreundet war.

»Ist ja schon gut, ich habe verstanden.« Sein Kollege guckte sich im Auto um. »Gibt es etwas zu essen in diesem rollenden Ausstellungsstück?«

»Hier wird nicht gekrümmelt. Der ist nur geliehen.« Er dachte an das Foto, das ihnen Sybille Horstmann von ihrer Freundin gezeigt hatte und das er nun auch auf seinem Diensthandy hatte. Die Ähnlichkeit der beiden blonden Frauen war verblüffend. Allein dem Foto nach konnte er selbst nicht mit Gewissheit sagen, ob die Tote nicht doch Heidi Klostermann war. Dazu wies die Leiche zu viele Leichenflecken auf und sah dadurch älter aus, als sie eventuell war. Aber es gab Fachleute, die Fotos biometrisch mit Hilfe von Software vergleichen konnten. In wenigen Stunden würden sie wissen, ob Sybille Horstmann eine Freundin verloren hatte.

Na ja, verloren hatte sie sie in jedem Fall, erinnerte er sich. Heidi Klostermann war ja zunächst mal wie vom Bildschirm verschwunden. Denn auch die Firma hatte bestätigt, dass die Biologin nicht zur Arbeit erschienen war. Sie mussten sich dringend die Wohnung von dieser Heidi anschauen, aber so einfach kam er da nicht rein. Schließlich lag weder ein dringender Tatverdacht gegen die Frau vor noch ein bestätigter Tod.

Schmitt blickte nach rechts zu seinem hungrigen Beifahrer. Es juckte ihm in den Fingern, den Polizisten heimlich durch die Wohnung zu schicken. Kemper war der richtige Mann für solche Aufträge. Er ahnte, dass da noch eine Welle auf sie zurollen würde. Wenn er an seinen Unfall von gestern Abend dachte, hätte er beinahe während der vollen Fahrt die Augen geschlossen. Nie und nimmer hätte er seinen Wagen verlassen. Er hatte die Warnblinkanlage angeschaltet und auf Hilfe gewartet. Leichte Röte stieg ihm ins Gesicht, denn er war auch zu einer medizinischen Untersuchung nicht ausgestiegen. Na gut, da hatte der Sanitäter eben im Auto den Blutdruck messen und die Platzwunde versorgen müssen. In seinem Alter war ihm nicht mehr so viel peinlich. Leider spürte er dennoch, wie sein Gesicht röter und röter wurde. Doch es war keine marodierende Wildschweinrotte, die nun auf sie zukam. Gott sei Dank. Lieber einen verrückten Mörder jagen, als so einem Urzeitvieh in die Augen schauen zu müssen.

Sie waren in Telgte angekommen, und er parkte den Leihwagen vor der kleinen Polizeiwache.

Kemper stieg aus und verkündete: »Ich renn eben zum Bäcker Mönning rüber, brauchen Sie etwas?«

Er bat um ein Käsecroissant und betrat die Bezirksdienststelle, wo er gleich die Fotos von der Leiche und von Heidi Klostermann einem kundigen Beamten überließ.

Schmitt hatte sich gerade eine Tasse Kaffee eingegossen und wartete auf sein Croissant, da erhielt er auch schon das Ergebnis. »Kommissar Schmitt?«, fragte der Kollege aus Telgte, dessen roter Bart für Schmitts Geschmack viel zu lang war. Zottelig sah das aus.

»Ja, kommen Sie rein. Was haben Sie für mich?« Er zeigte auf einen Stuhl, denn er hasste es, wenn Leute auf ihn herunterschauten.

»Also, die beiden Personen sind nicht identisch.«

»Das ist sicher?«, hakte Schmitt nach.

»Zu siebenundneunzig Prozent. Die Ähnlichkeit ist aber so frappierend, dass wir von einer Verwandtschaft ausgehen können.« Der Beamte nickte und schaute ihn aus blassblauen Augen an.

»Geschwister?«

»Ich denke schon. Leider gibt das Foto keine DNA her.«

Das sollte wohl ein Scherz sein, der aber kein Grinsen wert war, fand Schmitt. Nachdenklich starrte er auf den roten Bart und sprach eher zu sich selbst als zu dem Beamten, den er eigentlich gar nicht kannte. Seine eigene Dienststelle lag ja in Warendorf. »Wenn die beiden Frauen miteinander verwandt sind und eine nun tot ist, die andere verschwunden, müssen wir dringend von einem Zusammenhang ausgehen, richtig?«

»Sie sind der Kommissar.«

Den Satz hörte er zwar gerne, er brachte ihn aber nicht weiter. »Dann sollten wir uns nun einen Durchsuchungsbefehl für die Wohnung von Heidi Klostermann besorgen.«

»Das mache ich als Ihr erster Assistent.« Kemper war ins Zimmer geschlendert und raschelte mit diversen Brottüten. Eine reichte er seinem Chef.

»Ich habe nicht alles mitbekommen. Ist unsere Tote nun doch Heidi Klostermann?« Zu Schmitts Entsetzen griff Kemper noch während des Sprechens in eine Tüte und biss kräftig in das Käsebrötchen, das er herausgeholt hatte. Mit einem hungrigen Blick drehte sich der Telgter Beamte zur Brötchentüte und zu Kemper. Der hielt ihm die Tüte hin, in der sich offenbar noch ein weiteres Brötchen befand. »Kannst du mitnehmen«, bot Kemper großzügig an.

Zwei kauende Beamte in dem kleinen Büro brauchte Schmitt nicht, und er schickte den rothaarigen Kollegen nun mit dankenden Worten hinaus und setzte Kemper in knappen Worten über den neuen Ermittlungsstand in Kenntnis. »Also, ich möchte einen Durchsuchungsbeschluss für die Wohnung von Heidi Klostermann haben. Gefahr in Verzug, Mordermittlung, lassen Sie sich etwas einfallen. Ich will noch heute Nachmittag in die Wohnung.«

Kemper nickte ihm kauend zu und setzte sich an den Computer, um den Antrag loszuschicken. Kemper war in mancher Hinsicht ein Flegel, aber er schätzte den jungen Polizisten, der sich mit Eifer in jeden Fall stürzte und ihm den Rücken frei hielt. Auch gegen Wölfe, Pferde und Wildschweine. Er nahm sich den Obduktionsbericht noch mal vor. An der Leiche war nur tierische DNA gefunden worden. Tierische DNA! Was hatte die tote Frau im Wald gemacht? Sie war sicher nicht zufällig bei einem Spaziergang ein Opfer geworden.

»Ist das Handy oder irgendein anderer Besitz mittlerweile wieder aufgetaucht? Ist die Spusi noch mal bei Tageslicht los?«, fragte er Kemper und malte zwei Augen auf ein Schmierblatt.

»Ja, natürlich. Bislang ohne Meldung.«

»Fressen Schweine nicht auch Elektronik?«, fragte er. »Ich habe mal gelesen, dass ein Bauer in seinem Schweinestall einen Herzinfarkt bekommen hat und tot zusammenbrach. Von dem war hinterher kaum noch etwas zu finden.«

Kemper lachte und sah auf. »Ja, von der Geschichte habe ich auch schon gehört. Aber ich denke nicht, dass die Tiere in freier Wildbahn ein so krankes Verhalten an den Tag legen. Wollen Sie, dass wir noch mal zum Fundort der Leiche fahren?«

»Auf gar keinen Fall. Das nächste Wildschwein, dem ich begegne, befindet sich als Gulasch auf meinem Teller. Außerdem, Kemper, ist es wohl auch der Tatort. Immerhin hat die Frau ihre Hände im Todeskampf ins Erdreich gegraben.« Das Augenverdrehen des Polizisten übersah er einfach.

Um vierzehn Uhr kam die Bewilligung des Durchsuchungsbeschlusses, und Schmitt sprang auf – froh, etwas tun zu können. Die Vermisstenmeldungen aus der Umgebung hatten keine Treffer erzielt. Als sie bei dem Haus ankamen, in dem Heidi Klostermann wohnte, ging gleich ein Fenster am Nachbarhaus auf und eine Frau mittleren Alters mit blond getönten Haaren beugte sich heraus. Schmitt guckte hoch und grüßte. Neugierige Nachbarn waren wunderbare Zeugen und Informanten, wusste er.

»Oje, ist was mit Heidi?«, fragte die Frau mit Blick auf Kemper, der anders als Schmitt eine Uniform trug.

»Wir wollen uns mal in der Wohnung umsehen«, erklärte Schmitt ihr und guckte die Straße entlang, ob der Schlüsseldienst, den sie offiziell mit dem Öffnen der Tür beauftragen mussten, schon da war. Zeit für einen Plausch, noch kamen sie eh nicht ins Haus. »Wann haben Sie denn Frau Klostermann zuletzt gesehen?«

»Am Montag, als sie von der Arbeit kam.« Sie beugte sich noch ein Stück tiefer vor und legte die Arme lässig auf die Brüstung.

Hoffentlich fiel sie ihm nicht noch vor die Füße, dachte er und beobachtete fasziniert, wie sich über ihr eine Spinne an einem Faden herunterließ. Sein Kollege war schon vorausgegangen und lungerte im Garten herum.

»Haben Sie schon einmal eine Frau hier beobachtet, die der Frau Klostermann ähnlich sah, oder wissen Sie, ob sie eine jüngere Schwester hatte?« Er blinzelte, als ein einsamer Sonnenstrahl ihn traf.

Die Dame schmunzelte. »Wenn Sie glauben, dass ich meine Nachbarn beobachte, haben Sie wahrscheinlich sogar ein klein wenig recht. Aber ich tue dies nur wohlwollend, das wissen alle.« Sie lachte ihn verschmitzt an. »Nein, ich habe nie etwas von einer Schwester gehört. Die Sybille, ihre Freundin, kam halt öfter her. Wenn die es nicht weiß, weiß es keiner. Hören Sie mal, jetzt möchte ich aber auch etwas wissen. Wer ist denn nun die tote Frau, die im Klatenberg gefunden wurde? Und ist es wahr, dass die Wildschweine neuerdings Spaziergänger angreifen? Ich habe schon einmal welche aus meinem Garten vertreiben müssen.«

Schmitt war sich nicht sicher, ob sie ihn auf den Arm nehmen wollte. Verstohlen blickte er um sich. Die Häuser hier besaßen recht ordentliche Gartengrundstücke und befanden sich nicht weit weg vom Waldgebiet. Unwillkürlich machte er einen Schritt rückwärts in Richtung Auto. Um den Garten der Nachbarin verlief eine Hecke, kein Hindernis für eine Wildsau. Er hörte sie lachen. Offenbar machte sich die Nachbarin nicht allzu viele Sorgen um Heidi.

»Wenn man so laut ist wie wir, kommt kein Wildschwein raus, Herr Kommissar. Nun erzählen Sie schon.«

Er wandte sich ihr wieder zu. »Sie haben doch bestimmt schon im Radio gehört, dass die Tote erstochen wurde, oder? Es handelt sich nicht um Ihre Nachbarin, die Identität muss noch geklärt werden.«

Sie nickte. »Das wusste ich schon. Ich habe Sybille eben angerufen. Ah, Sie haben den Schlüsseldienst bestellt.«

Schmitt folgte ihrem Blick. Ein roter Bulli parkte hinter seinem Wagen.

»Ich hätte auch einen Haustürschlüssel gehabt, Sie hätten nur fragen müssen«, meinte die Nachbarin.

Schmitt drehte sich wieder um und starrte sie verblüfft an. War die so phlegmatisch oder provozierte sie gerne ihre Mitmenschen? »Danke für Ihre Mitarbeit. Ich denke, dass ich Sie in Bälde noch vorlade, damit Sie eine Zeugenaussage tätigen.« Und mit diesen gestelzten Worten drehte er sich um und begrüßte einen Mitarbeiter der Firma Gertzen.

Fünf Minuten später sprang die weiße Wohnungstür auf, und etwas Pelziges glitt aus dem Spalt zwischen

Hauswand und Türrahmen. Schmitt griff erschrocken das Nächste, was in seiner Reichweite war, und fand sich eng an den Mann vom Schlüsseldienst gepresst.

Kemper lachte laut. »Es ist nur eine kleine Hauskatze. Das hätte die Dame am Fenster uns ruhig sagen können. Immerhin muss der kleine Kerl doch versorgt werden.«

Schmitt entschuldigte sich und bemühte sich um einen lässigen Gesichtsausdruck. Er unterschrieb den Auftragszettel der Firma und wusste wenig später, dass die Nachbarin bereits vor ihnen das Haus betreten hatte. Denn direkt im Eingangsflur erblickte er die Katzentoilette und zwei Schälchen mit frischem Wasser und Nassfutter. Ganz sicher sogar bekam diese kontaktfreudige Blondine eine Vorladung. Sein Kollege Kemper war bereits vorgeprescht, und er konnte ihn nach Heidi Klostermann rufen hören. Er selbst war sich sicher, dass sie die Bewohnerin weder schwer krank noch tot in der Wohnung vorfinden würden. Diesen Fall hätte die Dame von nebenan ihnen bestimmt gemeldet. Er folgte Kemper in ein helles Wohnzimmer, in dem es dezent nach Zigarettenqualm roch. Ebenso wie in der Küche herrschte eine gewisse Unordnung. Er musterte das Innere des Kühlschranks. Viele gesunde Bioprodukte standen darin, Käse und Joghurts, nur ein kleines Stück Leberwurst. Ein frischer Salatkopf und die Menge der Lebensmittel deuteten jedenfalls nicht auf Urlaubspläne hin. In dem Fall hätte sie sich gewiss in der Firma abgemeldet. Er blickte in Schränke und Schubläden, während Kemper sich das Wohnzimmer vornahm. Im Schlafzimmer fand er ein Wasserbett vor und war kurz versucht, sich darauf plumpsen zu lassen. Er widerstand und durchforstete das Nachtschränkchen, in dem er Taschentücher, Kopfschmerztabletten und eine Schachtel Kondome fand. Heidi Klostermann schien sexuell aktiv zu sein oder dies zumindest nicht auszuschließen. Im Kleiderschrank fand er einen bunten Kimono, der ihn an seine verstorbene Frau erinnerte. Heike hatte auch so einen besessen. Er fühlte den Stoff zwischen seinen Fingern und roch an dem Kleidungsstück. Seife und ein dezenter Parfumduft stiegen ihm angenehm in die Nase. Kurz schloss er die Augen und spürte seine Frau, wie sie sich nach der Badewanne im Kimono an ihn kuschelte. Er hatte dann immer seine Hand auf ihren Oberschenkel gelegt und die Wärme der Haut genossen, ihren Duft nach Lavendel.

»Chef?«, drang laut die Stimme von Kemper an sein Ohr, und er fühlte sich ertappt. Rasch kehrte er ins Wohnzimmer zurück und fand Kemper mit einem Fotoalbum in der Hand vor. »Chef, schauen Sie mal. Wenn mich nicht alles täuscht und dieses Mädchen hier unsere Heidi Klostermann ist, dann ist sie in der ehemaligen DDR aufgewachsen. Allein die Autos auf den Straßen sprechen doch Bände.« Aufgeregt tippte der junge Polizist auf ein paar alte Fotos. Auf einem der Bilder sah man eine Straße mit bunten Trabis, die aussahen wie Pappschachteln auf Rädern. Auf einem anderen Foto sah Schmitt ein Mädchen von vielleicht fünf Jahren, das schüchtern in die Kamera blickte. Rechts und links standen die Eltern und hatten je eine Hand auf die Schulter des Kindes gelegt. Die Haare beider Elternteile waren dunkelbraun, die des Mädchens strohblond. Merkwürdig war das, fand Schmitt und nahm Kemper das Album aus der Hand.

4. KAPITEL

Sie hatte eine Schwester. Sie hatte tatsächlich eine Schwester.« Wie einen wichtigen Gedanken, den man nicht verlieren will, formte sie den Satz immer wieder, bis sie ihn auch leise vor sich hin murmelte. Das hatte etwas Tröstliches und unterbrach das leise Plätschern, das sie im Hintergrund hörte und das für die Feuchtigkeit in dem kleinen Raum verantwortlich war. Sie vermutete die Nähe eines Abwasserkanals oder eines Baches.

Gegen die Kälte half ihr Mantra leider gar nichts. Sie erhob sich von der schäbigen Matratze und sprang auf und ab, doch dabei wurde ihr schwindelig. Erschöpft ließ sie sich auf die Matratze zurückfallen und schlang ihre Arme um den Körper. Sie hatte Hunger, denn die wenigen Müsliriegel, die hier gelegen hatten, waren längst verzehrt. Ihre Wasserration neigte sich auch dem Ende zu, aber sie könnte eine Zeit lang die Feuchtigkeit vom Boden lecken. An einigen Stellen sammelten sich Pfützen. Ohne Nahrung konnte man zehn Tage schaffen, ohne Wasser kaum drei Tage. Bei dem Gedanken brach sie in Tränen aus. Nicht zum ersten Male.

Sie steckte in diesem dunklen Loch fest, in dem nur ein wenig fahles Licht einen Tag-Nacht-Rhythmus aufrechterhielt. Ihre Tränen versiegten, es strengte zu sehr an, der Druck in ihrem Kopf wurde so groß, dass er schmerzte. Auch von innen, denn von außen konnte sie eine große Beule fühlen. Denk an deine Schwester. Denk an ihre helle, muntere Stimme. Sie hatte keinen Moment lang daran gezweifelt, dass die Frau, die sie aus dem Nichts heraus kontaktiert hatte, ihre Schwester war. Plötzlich hatte sie hinter ihr gestanden, just als Heidi ihr Büro abgeschlossen hatte. Die Ähnlichkeit war groß. Die Frau hatte die gleichen Haare, eine schlanke, hochgewachsene Figur und die Nase mit dem kleinen Höcker darauf. Sie war nur knapp zehn Jahre jünger gewesen. »Ich bin deine Schwester, und ich denke, wir sollten uns mal treffen.« Mit dem Satz hatte die Frau sie angesprochen. Doch sie war über Heidis Aussehen nicht annähernd so verblüfft gewesen. Wahrscheinlich hatte sie Heidi schon öfter beobachtet, bevor sie sie angesprochen hatte. Was war denn nur schiefgelaufen? Zu einem Treffen war es nicht mehr gekommen, stattdessen war sie hier auf der stinkenden Matratze aufgewacht. Modrig, feucht und kalt und so einsam, dass ihr stundenlanges Rufen und Schreien nur zu Halsschmerzen und totaler Erschöpfung geführt hatten. Was wäre, wenn die Frau doch eine Betrügerin war?, klang eine misstrauische Stimme aus ihrem Inneren. Eine Frau, die sich ihre Ähnlichkeit mit dem Opfer zu Nutze machte und sich nun Heidis Leben aneignete. Aber warum sollte sie das tun?, fragte die objektive Stimme. Ihr Leben war nichts Besonderes. Sie arbeitete als Biologin in einer Kosmetikfirma. Sie verdiente genug, um sich ein schönes, aber bescheidenes Häuschen leisten zu können und regelmäßige Urlaube in den Süden. So weit so gut. Sie lebte alleine, nachdem ihr langjähriger Freund mit dem Motorrad verunglückt war. Sie war auch keine reiche Erbin oder der heimliche Spross eines Königshauses. Also warum sollte jemand ihr Leben haben wollen? Sie blickte sich um. Sollte es Frost geben, würde sie erfrieren. Erst würde sie unterkühlen und dann müde einschlafen. Das war's. Erfrieren war angeblich ein sanfter Tod. Sie zitterte und schluchzte auf. Sie wollte nicht sterben, weder sanft noch plötzlich.

Ihr fiel die Verabredung mit Sybille ein. Ihre Freundin würde nach ihr suchen. Und sie würde die Polizei verständigen, denn Sybille war ein Mensch, der die Dinge nicht auf sich beruhen ließ. Ihre Freundin würde alles versuchen, um sie zu finden. An diesen Gedanken klammerte sie sich. Und daran, dass ihre Schwester ehrlich gewesen war. Ihre ganze Vergangenheit erschien plötzlich in einem anderen Licht. Hoffentlich hatte ihr Entführer nicht auch ihre Schwester gefangen genommen. Eine weitere leise Stimme meldete sich. Sie kam von ganz weit weg, aus der Erinnerung eines Kindes. »Das sind nicht meine Eltern.« Bilder kamen zurück. Zwei Menschen kamen auf sie zu. Die Frau lächelte wie die Hexe aus dem Schneewittchen-Film, den Heidi sich als Kind so oft angeschaut hatte. Und dann hatte die lächelnde Frau Schneewittchen den vergifteten Kamm übergeben. Der Mann hatte ein Gesicht gemacht, als machte er seiner Frau ein Geschenk. *Schau mal, Schatz, was ich für dich habe; ein kleines, blondes Mädchen.* Heidi wusste gar nicht mehr, ob er den Satz nicht tatsächlich laut gesagt hatte. »Das sind nicht meine Eltern.« Den Satz hatte sie gesagt, laut und immer wieder. Aber das Paar hatte sie einfach mitgenommen. »Wir sind jetzt deine Eltern. Wir werden dich liebhaben, und dir wird es an nichts fehlen.« Und dann räumten sie ihren grünen Koffer und die Tüte mit ihren Spielsachen in ihr Auto. Sie hatten ein großes Auto. Wie alle Parteibonzen in der DDR.

* * *

Dirk fand seinen Chef toll. Das tat er nicht immer, aber jetzt gerade war das einfach gute Arbeit, wie Schmitt die Nachbarin von Heidi Klostermann zum Reden brachte. Die Dame war eine Klasse für sich. Beinahe doppelt so alt wie er selbst, aber mit einer Coolness ausgestattet, von der James Bond noch lernen konnte. Er dachte, zwei Profis bei der Arbeit zu beobachten, und lehnte sich in seinem Stuhl zurück, sodass er Schmitt und die Dame im Blick hatte. Er bewunderte ihre hohen Schnürstiefel und bemerkte eine teure Markenjeans. Und sie roch gut. Jetzt lachte sie gerade laut, aber wenig amüsiert.

»Und Sie finden, dass ich nun Ihren Mord aufklären soll? Mir ist vor allem daran gelegen, dass Sie meine Nachbarin wiederfinden. Ich mag sie nämlich.«

Sein Chef faltete die Hände und sagte: »Wir wissen bereits, dass Heidi Klostermann eine jüngere Schwester hatte, die nun leider tot in der Gerichtsmedizin liegt. Sie wurde mit einem Messer erstochen und im Waldgebiet liegen gelassen. Wahrscheinlich war das auch der Tatort. Somit waren es nicht die Wildschweine.«

Die Nachbarin, er konnte sich ihren Namen nicht merken, hatte die Hand erhoben, als wollte sie Einspruch einlegen. »Natürlich waren es nicht die Wildschweine, aber es gibt hier viele Jäger, die meinen, sie könnten jeden Eindringling aus ihrem Revier verweisen. Seitdem die Schwatten sich hier dermaßen vermehren, lauert hinter jeder Biegung ein schwer bewaffneter Jäger. Trotz der Spaziergänger. Und Messer zum Aufbrechen des Wildes tragen die auch bei sich. Wissen Sie schon, mit welcher Art Messer die Frau getötet wurde?« Sie beugte sich vor und blickte seinem Chef provozierend in die Augen.

Dirk schluckte, denn er wusste, dass die Frau tatsächlich mit einem typischen Jagdmesser erstochen worden war. Er wartete gespannt auf die Antwort von Schmitt.

Der sagte nichts davon. »Das sind ermittlungstechnische Interna, die ich Ihnen nicht preisgeben darf. Jedoch steht der DNA-Test fest, und deshalb möchte ich Sie bitten, Frau Winschinska, noch einmal genau zu überlegen, ob Sie nicht doch diese Frau hier …«, und sein Chef legte ihr ein Foto der toten Frau vor die Nase, »in letzter Zeit bei Ihrer Nachbarin gesehen haben. Das hier ist die Schwester von Heidi, daran besteht nun kein Zweifel mehr, und ich gehe davon aus, dass die beiden Frauen Kontakt miteinander hatten.«

Die blondierte Besucherin nahm das Foto in die Hand und schaute genau hin. »Nein.« Dann legte sie es wieder auf den Tisch. »Aber ich bin auch nicht immer zu

Hause. Letzte Woche zum Beispiel war ich in Berlin. Da konnte ich leider keinen Besuch meiner Nachbarin mitbekommen oder gar kommentieren.«

»Und Sie haben nicht gewusst, dass Heidi Klostermann eine Schwester hatte? Hat sie es niemals erwähnt?«

Kopfschütteln.

»Und wussten Sie, dass sie in der DDR aufgewachsen ist?«

Nun konnte Dirk echte Neugier in ihrem Blick beobachten.

»Nein, das wusste ich auch nicht. Heidi wohnt ja auch erst seit ein paar Jahren in dem Haus. Ich habe aber auch mal eine Frage. Haben Sie irgendwelche Hinweise bei der Durchsuchung ihrer Wohnung gefunden? Wo und wie suchen Sie nach ihr?«

Schmitt räusperte sich. »Nun, zunächst einmal haben Sie ja selbst auch schon in der Wohnung nach Hinweisen gesucht. Sie waren es doch, die die Katze gefüttert hat.« Sein Chef stellte dies nicht infrage, und Frau Winschinska leugnete es nicht.

»Ich habe lediglich auf ihrem Kalender in der Küche nachgeschaut, ob sie einen Termin mit jemanden hatte. Da stand aber nichts«, erklärte sie.

Dirk nickte unbewusst. Den Kalender hatten sie sich natürlich auch angeschaut. Ebenso lief eine Überwachung der Kreditkarte. Doch seit Montagmittag hatte Heidi diese nicht mehr benutzt. Er wusste selbst, dass dies ein schlechtes Zeichen war. Lag sie ebenso tot im Waldgebiet wie ihre Schwester? Sie hatte auch zuvor keinen hohen Betrag abgehoben, wie man es tat, wenn man länger verreisen wollte oder gar auf der Flucht war. Er glaubte mittlerweile, dass jemand hinter beiden Schwestern her war. Eventuell war ja die eine so plötzlich aufgetaucht, um die andere zu warnen. Noch immer hatten sie keinen blassen Schimmer, wie die tote Frau hieß, noch, wo sie hergekommen war. Ihre Fingerabdrücke gab es in keiner registrierten Datei, was nur hieß, dass sie nie straffällig gewesen war.

Sein Chef hatte sich nun erhoben und umkreiste den Stuhl von Frau Winschinska. »Wir wissen leider nicht, wo wir nach Heidi Klostermann suchen könnten, aber wir haben sie zur Fahndung ausgeschrieben. Ich möchte, dass Sie mir jetzt erzählen, was Sie über Ihre Nachbarin wissen. Alles, was Sie über die Frau wissen. Denn auch Kleinigkeiten können uns weiterhelfen.«

Dirk erhielt einen forschen Blick und zückte ergeben Stift und Zettel, um sich Notizen zu machen.

Eine Viertelstunde später ahnte er, dass Heidi Klostermann eine nicht ganz einfache Frau war. Sie war Biologin und lebte allein in dem Haus. Freunde kamen mehr oder weniger regelmäßig, aber immer dieselben. In regelmäßigen Abständen bekam sie ihren Blues, wie die Nachbarin sich ausdrückte. Dann ging sie nicht ans Telefon, ging nicht einkaufen oder gar zur Arbeit. Frau Winschinska brachte ihr dann schon mal eine warme Mahlzeit rüber, damit sie überhaupt etwas aß. Diese akute Phase hielt etwa eine Woche bis zehn Tage an, danach ging es ihr etwas besser, aber sie erholte sich nur langsam und schaffte dann so gerade ihre Arbeit. In einer dieser Phasen hatte sie Frau Winschinska den Haustürschlüssel überlassen, weil sie Angst hatte, auch ihre Katze nicht richtig zu versorgen oder sich gar etwas anzutun. Diese depressiven Schübe kamen zwei Mal im Jahr vor. Hier endete der Bericht, doch dann fügte sie noch hinzu: »Sie hasste übrigens Spaziergänge, daher wäre sie nie einfach so ins Waldgebiet gegangen. Das war mir gleich klar, dass sie nicht die Tote sein konnte.«

Dirk kaute nachdenklich auf dem Stift herum, bis der holzige Geschmack hervortrat. »Was glauben denn Sie, wo Ihre Freundin ist?«

»Sie ist nicht meine Freundin. Ich bin ihre Nachbarin, das ist ein Unterschied«, wurde er berichtigt. Frau Winschinska erhob sich. »Es gibt zwei Möglichkeiten«, sagte sie mit einer Stimme, die keine Widerrede duldete. »Entweder hatte sie wieder einen schlimmen depressiven Schub und wurde in eine psychiatrische Klinik eingewiesen, ohne dass jemand das mitbekommen hat. Dagegen spricht allerdings ihre muntere Art am Montag, als sie von der Arbeit gekommen ist. Oder sie ist entführt worden.«

»Oder sie ist die Mörderin ihrer Schwester und musste untertauchen.« Mist, das hatte Dirk laut gesagt und nicht nur gedacht. Doch zu seinem Erstaunen nickte sein Chef nur zustimmend.

Frau Winschinska hob ihre sorgfältig gezupften Brauen in die Höhe und schulterte ihre Handtasche. »Ganz genau, meine Herren. Ich habe mal gesehen, wie sie mit einem Jagdmesser einen Fasan ausgenommen hat. So jemand bringt bestimmt auch Geschwister um. Ein erfolgreiches Ermitteln wünsche ich Ihnen.« Diese Frau war durch nichts aus der Ruhe zu bringen.

Dirk sah ihr begeistert hinterher. »Meinte die das ernst, oder will sie uns verarschen? Bei dieser Frau bin ich mir nicht sicher.« Er blickte fragend seinen Chef an, der seinen Schnurrbart zwirbelte.

»Das war Ironie, mein Lieber. Aber Sie haben recht, ich traue ihr nicht zwei Zentimeter weit, und ich glaube, dass sie bedeutend mehr weiß. Dirk, tun Sie mir einen Gefallen und finden Sie heraus, wer das Gebiet der Klatenberge als Jagdpächter hütet. Reden Sie mit ihm. Die Jäger sollen die Augen offen halten. Eventuell gibt es doch noch eine weitere Leiche im Unterholz.

* * *

»Ich und mein Freund machen das.« Dirk stand an der Haustür von Hubert Lensing und starrte auf den kleinen Mann hinab, der behauptete, Jagdpächter der Klatenberge zu sein. Meine Güte, dachte Dirk, wie alt war der Kerl? Achtzig? Neunzig? Wahrscheinlich irgendetwas dazwischen. Sein Blick wanderte über die spärlichen Haare, die leicht geröteten Augenlider und die knochigen, von Altersflecken übersäten Hände seines Gegenübers. Dirk befürchtete, dass ihm seine Zweifel an der Nase abzulesen waren. Um ein freundliches Gesicht bemüht, fragte er vorsichtig: »Sie sind also einer der Jagdpächter, ja? Wird Ihnen das nicht zu viel?«

»Wieso sollte uns das zu viel werden? Die Jagd ist eine Passion. Und wir sind beide in Rente. Horst und ich haben genug Zeit und genug Erfahrung, um dieses Gebiet zu hegen. Das machen wir doch schon seit zwanzig Jahren.«

Dirk nickte. Das klang nach altem Gewohnheitsrecht, da hatte wohl jemand bei der Verlängerung des Pachtvertrages nicht die Geburtsdaten der beiden Jäger im Blick gehabt. »Ich würde gerne mit Ihnen beiden sprechen. Können Sie Horst …?«

»Horst Grabitz. Jaja, Sie sagten es ja am Telefon schon. Der Horst kommt jeden Moment. Kommen Sie schon mal herein.« Hubert Lensing schlurfte durch einen engen Flur in eine große Wohnküche mit einer alten Sofaecke, wie Dirk sie nur aus uralten Filmen kannte. Auf dem Tisch stand eine Flasche Korn. Er folgte dem alten Mann und roch den Duft eines Grünkohleintopfes. »Wohnen Sie allein?«

»Nein, Gott sei Dank nein. Das, was Sie da riechen, entstammt der Kochkunst meiner Frau. Aber sie ist gerade unterwegs mit den Frauen vom Lesekreis. Sie wandern durch die Klatenberge und durch die Wacholderheide und suchen nach Hinweisen. Meine Frau sieht besser als ich.«

Ein rüstiges Pärchen, dachte er bei sich, und kaum, dass er saß, stand auch schon ein Teller Grünkohl vor ihm.

»Leute in Ihrem Alter haben immer Hunger. Lassen Sie es sich schmecken. Ah, da kommt er.« Ein feines Gehör schien Hubert Lensing zu haben, denn er selbst hatte kein Auto gehört. Aber er machte sich begeistert über den Eintopf her und hoffte, dass Horst Grabitz zwanzig Jahre jünger als sein Freund war. Er reckte den Hals und konnte im Nachbarraum ein paar beeindruckende Hirschgeweihe erkennen. Welche Ehefrau ließ denn einen solch zweifelhaften Schmuck noch in ihr Wohnzimmer? Belustigt schüttelte er den Kopf und kaute an der würzigen Mettwurst.

»Das ist Hirschbratwurst, junger Mann. Das ist was ganz Besonderes.«

Dirk blickte hoch und sah einen Mann, der den Türrahmen ausfüllte. Ausgebeulte Cordhosen in langen Beinen, darüber ein kräftiger Oberkörper mit deutlichem Bauch und einem rotgesichtigen Kopf. Auch garantiert über achtzig, bemerkte Dirk und stellte sich vor. »Dirk Kemper, guten Tag. Ich ermittle zusammen mit Kommissar Schmitt in dem Mordfall im Klatenberg.«

»Ich nehme auch so einen Teller, Hubert. Ich kenn doch die Kochkünste deiner Maria«, sagte Horst Grabitz und nickte ihm dann erst zu. »Sie brauchen unsere Hilfe als Jagdpächter, hat Hubert mir schon erzählt.« Mit einem beunruhigenden Schnaufen setzte sich der schwere Mann ihm gegenüber und strahlte den dampfenden Teller an, den sein Freund vor ihm hinstellte.

Beim Autofahren fragte man sich zunehmend, ab welchem Alter ältere Menschen besser den Führerschein abgeben sollten. Aber das Tragen eines Jagdgewehrs stellte anscheinend nie ein Problem dar. Er wollte den beiden freundlichen Männern nichts unterstellen, aber sahen die überhaupt noch gut genug? Und konnten die eine Flinte treffsicher halten? Er wagte einen Vorstoß. »Bemerkenswert, dass Sie beide das noch alleine stemmen. Das ist ja kein kleines Gebiet. Wie alt sind Sie, wenn ich fragen darf?« Er schob den leeren Teller ein Stück von sich weg. »Danke, das war ganz vorzüglich.«

Hubert Lensing drückte ihm seine dürre Brust entgegen. »Ich bin zweiundachtzig, und der Horst wird vierundachtzig. Im letzten Jahr haben wir zusammen drei

Wildschweine geschossen. Neben der üblichen Entnahme des anderen Wilds.«

»Nicht schlecht, beides gute Schützen«, meinte Dirk. Er hatte allerdings keine Ahnung, ob das ein dreifaches Horrido wert war.

»Nicht ganz«, lächelte Hubert, der noch immer am Herd stand. »Ich höre sehr gut, aber der Horst sieht besser.« Und dann machte er eine Bewegung, als würde er ein imaginäres Gewehr halten.

Ach herrje, dachte Dirk. So etwas durfte er als Polizist gar nicht zu Ende denken. Er räusperte sich. »Ist Ihnen in der letzten Zeit jemand in der Umgebung aufgefallen? Wir gehen davon aus, dass der Fundort der Leiche auch der Tatort ist. Es ist also möglich, dass der oder die Täter sich vorher das Gelände angeschaut haben. Falls es nicht ein Mord im Affekt war. Aber vielleicht haben Sie auch das Opfer mal dort gesehen.« Er holte ein Foto der toten Frau aus seinem Notizbuch und legte es gut sichtbar auf den Tisch. Blass und starr, brauchte es schon ein wenig Fantasie, um sich die Frau als lebendige, aktive Spaziergängerin vorzustellen. Der Tod schaffte optisch immer eine ungeheure Distanz und stand einer Leiche makaber ins Gesicht geschrieben, fand er und konnte selbst kaum den Blick von dem Foto abwenden. »Es wird leider auch eine Frau hier aus der direkten Umgebung vermisst.« Er holte ein zweites Foto heraus, auf dem Heidi Klostermann zu sehen war. Quicklebendig bei einem Mädelsabend mit Freundinnen. Die alten Herren beugten sich über die Fotos, dann wurden erst die Brillen gesucht, und nacheinander nahmen sie die Fotos in die Hand, um minutenlang wortlos darauf zu starren. Jedenfalls kam es ihm wie eine Ewigkeit vor. Ungeduldig tippten seine Füße unter dem Tisch einen Rhythmus.

»Die sehen doch beide fast gleich aus, also abgesehen davon, dass die eine tot ausschaut.« Hubert, der angeblich die schlechteren Augen besaß, setzte sich nun auch an den Tisch. Der Anblick der toten Frau schien ihm zu schaffen zu machen. Er zerrte immer wieder an seinem Kragen, als bekäme er schlecht Luft.

»Nee, nee, die eine ist älter als die andere.« Horst besaß tatsächlich noch gute Augen.

Dirk nickte anerkennend und erklärte. »Wir gehen davon aus, dass die beiden Schwestern sind.«

»Ich glaube, ich habe eine von denen am Waldweg gesehen, ich weiß aber nicht, welche von beiden. So genau achte ich nicht mehr auf junge Blondinen.« Horst grinste und kratzte mit sichtlichem Genuss den Teller leer.

Sein kräftiges Aussehen verdankte er sicher nicht einer gewissen Muskelkraft, da war Dirk sich sicher. Dem großen Jäger sah man die Genusslust an. Aber warum auch nicht? Eigentlich waren die beiden Freunde doch zu beneiden. Sie teilten eine Leidenschaft und konnten diese trotz ihres hohen Alters noch ausüben. Also, er hoffte zumindest, dass sie das in einer vertretbaren Art und Weise noch hinbekamen. »Wann war das?«, fragte er nun also eifrig. »Sonntag? Oder Montag?«

Horst zuckte mit den Achseln und sah hilflos zu Hubert.

Der überlegte kurz und sagte dann. »Es war Montag. Du hast mich angerufen und erzählt, dass du kurz im Revier warst und eine Rotte von Wildschweinen großen Schaden anrichten würde. Daraufhin haben wir uns für den Mittwoch verabredet, aber dann kam uns die Leiche dazwischen. Die Klatenberge sind an sich kein ideales Gebiet für Wildschweine. Zu wenig Eichen, zu viele Spaziergänger, aber jetzt im Herbst scheint es ihnen dort zu gefallen.«

Dirk nickte anerkennend. Die Zusammenarbeit der alten Herren funktionierte offenbar. »Eventuell haben Sie Heidi Klostermann oder die unbekannte tote Schwester als einer der Letzten gesehen. Schade, schade, dass Sie nicht wissen, ob es die jüngere oder ältere Schwester war. Das würde uns enorm helfen.« Und wie das helfen würde, dachte er. Denn dann wüssten Schmitt und er ziemlich genau, ob die beiden Schwestern sich hier beim Klatenberg hatten treffen wollen. Denkbar war, dass die eine Schwester die andere umgebracht hatte und dann in Panik verschwunden war. Oder sie hatte den Angriff einer dritten Person überlebt und war geflohen. Doch in dem Fall wäre es das Beste gewesen, zur Polizei zu gehen. Er zog die Unterlippe durch die Zähne und stand schließlich auf. »Wenn Sie irgendetwas Ungewöhnliches bemerken oder bei Ihren Streifzügen entdecken, rufen Sie uns bitte sofort an.« Er ließ die Karte des Kommissars auf dem Tisch liegen, steckte die Fotos aber wieder ein. Im Flur drehte er sich noch mal um. »Herr Lensing, was genau sucht Ihre Frau mit den anderen zusammen im Klatenberg?«

»Na, das Handy oder die Handtasche der Toten. Sie glauben gar nicht, wie weit Wildschweine Dinge verschleppen können. Bis die mal wissen, dass etwas nicht essbar ist, können sie es meilenweit vor sich hergeschoben haben.«

In der näheren Umgebung hatte die Spurensicherung jeden Quadratmeter untersucht, wusste Dirk. Aber ein paar wild entschlossene Frauen, die sich im Jagdfieber auf die Suche nach dem persönlichen Besitz einer Toten machten, konnten jetzt nicht wirklich schaden. Bei dem Bild, wie die unbekannte, aber sicher auch etwa achtzig Jahre alte Gattin von Hubert Lensing abseits der Wege durchs Herbstlaub marschierte, musste er grinsen. Nein, heutzutage gehörten Senioren nicht wirklich zum alten Eisen und saßen gar nur noch vor dem Ofen herum. Kaum hatte er die Haustürklinke in der Hand, da horchte Hubert Lensing, der ihn leise schlurfend zur Tür brachte, auf und griff souverän in seine ausgebeulte Hosentasche. Zum Vorschein kam ein I-Phone 8, wie Dirk erstaunt beobachtete.

»Hi Liebes, seid ihr auf dem Rückweg?«, hörte er noch, bevor die Tür hinter ihm ins Schloss fiel.

Die waren genauso gut vernetzt wie seine eigene Generation, dachte Dirk.

Gleich darauf öffnete sich die Haustür wieder. »Herr Kemper?«, hörte er seinen Namen und drehte sich um. Hubert Lensing hielt sein Handy in die Luft, sein Gesicht zeigte Ratlosigkeit. »Meine Frau ist ganz aufgeregt. Die haben irgendetwas gefunden. Ich glaube, es ist ein Arm.«

5. KAPITEL

Chef, Sie sind der Kommissar, der leitende Ermittler. Sie müssen mit!«

Was nutzte es einem, Chef zu sein, wenn man die unangenehmen Dinge nicht delegieren konnte? Schmitt lehnte sich missmutig in seinem Bürostuhl zurück und hoffte, dass er diesen heute nicht verlassen müsste. Die große Tasse Kaffee, die er gerade getrunken hatte, war jetzt kontraproduktiv. Sie trieb seinen Blutdruck nur noch mehr nach oben. Er wollte nicht mehr in die Wildnis. Er hatte die Nase voll von diesen Ermittlungen in freier Wildbahn. Jeder beschissene Tatortkommissar durfte in der Großstadt ermitteln. Nahezu nie traf er auf ein größeres Tier, abgesehen von kleinen Hauskatzen. Psychopathen, Soziopathen, frustrierte Ehepartner oder tyrannische Chefs – all diese menschlichen Querschläger sah Schmitt als Herausforderung an. Aber eine Wildschweinrotte, die unberechenbar durchs Unterholz strich und Arme abbiss. »Nein!« Er hatte es laut gesagt.

Kemper stand vor ihm und zuckte zusammen. »Wir können an einer Apotheke vorbeifahren und Ihnen etwas zur Beruhigung besorgen.«

Der Satz gab den Ausschlag. Er war doch nicht verrückt. »Noch so ein Vorschlag, und Sie helfen wieder alten Damen in Oelde über die Straße. Ich komme.«

»Chef, ich werde mich in vier Teile teilen und jede wertvolle Seite Ihres Körpers decken.« Ein unverschämtes Grinsen begleitete Kempers Worte.

An der Tür lief Schmitt noch mal zurück und holte seine Dienstwaffe aus der Schublade. Die hatte er das letzte Mal bei sich getragen, als er vor ein paar Jahren für ein Foto posiert hatte. »Sie fahren«, sagte er knapp und hielt Kemper seine Schlüssel hin.

Kemper näherte sich dieses Mal von einer anderen Seite dem Gebiet und bog in eine Straße ein, die *Im Klatenberg* hieß. Er sah die vielen Kiefern rechts und links neben dem Wagen stehen und duckte sich ohne besonderen Grund, einfach instinktiv. Und dann sank sein Herz endgültig in die Hose, denn vor ihnen auf der Straße tauchten zwei weitere Autos auf, die Hundestaffel. »Wenn Sie meinen Wagen direkt hinter den Kollegen der Hundestaffel parken, dann werde ich meine Dienstwaffe auf Sie richten.«

»Aber hier ist der Ort, an dem die Frauen den Arm gefunden haben, also ein Stück weiter rein, aber da komm ich mit dem Auto nicht hin. Und das wollen Sie auch nicht, dass ich diesen feinen Wagen durch die Bäume lenke.«

»Weiter, weiter, weiter«, befahl er und nickte einem Mann höflich zu, der an der Leine einen wahren Wolf bei sich führte. Wahrscheinlich würde er behaupten, es sei ein gut ausgebildeter und sehr braver Schäferhund. Papperlapapp. Das waren Leichenspürhunde. »Hier können Sie halten, Kemper.« Er blickte zurück. Die beiden Kollegen mit ihren Hunden waren gut dreißig Meter weit weg. »Wir schlagen uns von hier aus durch.« Als er mit zitternden Knien aus dem sicheren Gefährt ausstieg, hörte er bereits die schnatternden, hohen Stimmen einiger Damen. Dies war eins der schönsten Geräusche, die er kannte, dachte er. Bei dem Pegel würden alle Wildtiere der Umgebung weit weglaufen. Er stieg aus und befahl sich selbst, sich nur auf das zu konzentrieren, was er sah.

Es war eine schöne Gegend hier, auch im November. Der sandige Boden, die vielen Kiefern mit ihrem Duft und die zahlreichen Pilze, die aus dem Boden schossen, mussten jeden Spaziergänger begeistern. Man hatte ihn informiert, dass der gefundene Arm bereits abgeholt worden sei und in der Gerichtsmedizin so schnell wie möglich untersucht werde. Aber er als leitender Kommissar musste sich ein Bild machen und die Aussagen der Damen aufnehmen.

»Die scheinen noch weiter zu suchen«, meinte Kemper und zeigte in die Richtung, aus der die Stimmen kamen.

Sie schlugen sich nach links auf einem schmalen Pfad und trafen schnell auf drei rüstige, alte Damen mit ordentlichem Schuhwerk, Cordhosen und Wanderstöcken. Ein abgebissener Arm schien die drei nicht mehr umzuhauen als ein blutiges Steak. Er stellte sich selbst und den Kollegen Kemper vor und fragte dann, wer von ihnen den Arm gefunden habe und wie.

»Das war ich.« Die Frau war klein und rundlich, ein paar graue Strähnen lugten unter der Schirmmütze hervor, und wache braune Augen begegneten seinem Blick. »Ich heiße Maria Lensing, mein Mann ist der Jagdpächter hier.« Sie trat einen Schritt vor und stützte sich lässig auf ihren Wanderstock. »Ich bin hinter den Baum da.« Sie zeigte mit einer Hand auf eine alte, krumme Kiefer. »Und da habe ich mich hingehockt, weil ich mal musste, und dabei habe ich den Arm neben meinem Schuh entdeckt, halb unter Zweigen. Ohne mein kleines Bedürfnis hätte den so schnell keiner gefunden. Mit meinem Bedürfnis war es dann natürlich vorbei, und ich weiß gar nicht, ob da je wieder etwas kommt.«

Ihre Freundinnen kicherten, und er musste sich eingestehen, dass das taffe Frauen waren, die nicht gleich in Ohnmacht fielen. Witzigerweise gab ihm selbst diese Haltung auch etwas mehr Mut, und er musste nicht mehr bei jedem Rascheln nach seiner Waffe tasten.

Kemper grinste ihn breit an und fragte an die Frauen gewandt: »Haben Sie noch weitergesucht?« Sein Blick schweifte umher. »Da gehört ja noch ein ganzer Körper zu«, ergänzte er.

Eine lange, dünne Frau, die Schmitt aber für die körperlich Fitteste hielt, nickte und schob doch etwas aufgeregt ihre Brille hoch. »Da vorne liegt ein Schal, ein Männerschal.« Sie zeigte hinter sich, und er traute sich tatsächlich, fünf Schritte allein in diese Richtung zu gehen.

Astwerk und etwas Laub knirschten unter seinen Füßen. Ein karierter Schal aus edlem Tuch lag kaum sichtbar zu seinen Füßen. Der konnte hier zwei Tage oder schon zwei Monate liegen, dachte er, hob ihn mit spitzen Fingern auf und übergab ihn Kemper, der immer einen Asservatenbeutel bei sich trug. Er wollte nicht pietätlos erscheinen, aber die Frage lag auf der Hand und war wichtig. »War es ein weiblicher Arm, den Sie gefunden haben?« Schmitt wandte sich mit der Frage wieder an Frau Lensing.

Die Frau starrte ihn an, als hätte er etwas wirklich Dummes gefragt, und pustete in die kalte Luft. »Also ich habe mir den Arm ja nicht so genau angeschaut, als müsste ich dafür Stulpen stricken. Aber er war nicht behaart, soweit ich das sehen konnte, und er war auch nicht in einem fortgeschrittenen Verwesungsprozess. Ja, ich halte es durchaus für einen Frauenarm.« Sie reckte den Kopf hoch und machte ein zufriedenes Gesicht.

Schmitt zuckte innerlich zusammen. Die Frauen waren abgebrüht bis in die letzte graue Haarsträhne.

»Mir ist schrecklich kalt«, warf nun die lange, dünne Frau ein. »Können wir gehen?«

»Vielleicht läuft ein Serienmörder hier herum«, meldete sich nun die dritte ältere Dame im Bunde. Sie passte so gar nicht zu den anderen beiden, was nicht nur daran lag, dass sie deutlich jünger war. Er schätzte sie auf höchstens siebzig. Eine elegante Erscheinung mit tiefbraun gefärbten Haaren und einem Lippenstift, den sie offenbar extra passend zu den Herbsttönen gewählt hatte. Ihre Kleidung passte zu einer Privatdetektivin. Lodenmantel, schwarze Handschuhe, die sie sicher nicht nur der Kälte wegen trug, und eine getönte Brille. »Mein Name ist Clara Teichner. Vielleicht haben Sie schon von mir gehört?«

Also tatsächlich eine Privatschnüfflerin, dachte er genervt. »Ähm, nein, nicht dass ich wüsste.«

»Ach so, Sie lesen wahrscheinlich gar keine Krimis, das verstehe ich. Ich schreibe Kriminalromane, und die Damen waren so nett, mich teilhaben zu lassen. Das ist ja hier eine Goldgrube für Autoren. So nah am Verbrechen war ich noch nie.«

Und ehe er oder Kemper sich versahen, hatten sie jeder ein Visitenkärtchen in der Hand. Doch sie war noch nicht fertig mit ihrem Auftritt. Sie hob die behandschuhte rechte Hand und fuhr durch die Luft, als würde sie eine Schlagzeile an den Himmel scannen. »Leichenfledderei im Klatenberg, was für ein Titel. Ich werde einen Kriminalroman daraus machen und mal recherchieren. Wenn ich etwas Wichtiges herausfinde, lasse ich Sie teilhaben, meine Herren.« Begeistert lächelte sie in die Runde, und ihm blieb nur, sie müde darauf hinzuweisen, dass Alleingänge von Laien sehr gefährlich werden könnten. So richtig ernst nahm er die Ideen der Hobbyschriftstellerin nicht.

Wenig später entließ er die durchgefrorenen Frauen. Von der Hundestaffel war noch kein neuer Fund hinzugekommen, und allmählich setzte die Dämmerung ein. Natürlich mussten sie davon ausgehen, dass sie die sterblichen Überreste von Heidi Klostermann gefunden hatten.

Wieder im Auto sitzend, dieses Mal hatte Schmitt sich selbst ans Steuer gesetzt, fuhr er mit einem Blick auf die Uhr die Landstraße Richtung Münster entlang. »Wir fahren noch mal in die Gerichtsmedizin. Ich will mir diesen bizarren Fund der Damen heute noch anschauen und mit dem Rechtsmediziner sprechen.« Im Augenwinkel sah Schmitt das Nicken des Kollegen.

»Mmh«, meinte Kemper skeptisch und stellte sich die Sitzheizung an. »Diesen Landfrauen traue ich es zu, dass sie das Grab einer Nachbarin ausgebuddelt und einen Arm für eine Schnitzeljagd mitgenommen haben.«

»Also, Kemper, das geht dann doch zu weit. Solche Frauen sind mir jedenfalls lieber als die zart besaiteten Damen, die wir mit Riechsalz vom Waldboden auflesen müssen. Ich denke, es ist eine Frage der Zeit, bis die dazugehörige Leiche auftaucht.«

»Heidi Klostermann!« Das war nicht als Frage formuliert, und Kemper fügte hinzu: »In dem Fall müssen wir nur herausfinden, was die Schwestern miteinander verbunden hat und wem sie im Wege standen.«

»Nur noch.« Schmitt zuckte nur mit den Achseln und hupte kräftig, als ein Traktor einfach auf die Straße einfuhr. Mit lautem Getöse überholte er das schwere Gefährt. Dann sprach er laut seine Gedanken aus. »Wildschweine machen so etwas, oder, Kemper? Sie zerfleddern eine Leiche und lassen schon einmal einen Arm fallen.«

»Ja, Chef, ich denke auch, dass die Wildschweine sich über die zweite Leiche hergemacht haben und dabei den Arm verschleppt haben. Es klingt schrecklich, aber letztendlich sind Schweine Allesfresser. Wir können uns nur damit revanchieren, dass wir uns ein ordentliches Wildschweingulasch mit Klößen gönnen.« Breit grinste Kemper ihn an.

Für den smarten, sportlichen Polizisten war fast alles eine spannende Herausforderung, dachte Schmitt. Er wusste, dass Kemper ihn sehr schätzte und es liebte, mit ihm Mordfälle aufzuklären. Er hatte den jungen Mann zwei Jahre zuvor bei einem Fall mit Wölfen in Oelde kennen und schätzen gelernt. Und als Gewohnheitsmensch bestand er nun immer darauf, Kemper an seiner Seite zu haben. Zwar lachte auch Kemper so manches Mal über seine Marotten, aber er respektierte sie auch.

Als sie wenig später schon wieder in dem Gebäude der Rechtsmedizin an der Röntgenstraße angekommen waren, trafen sie denselben Mediziner wie bei ihrem letzten Besuch vor.

»Ah, Herr Kommissar. Selten genug haben wir es hier in Münster mit brutalen Morden zu tun. Dass Sie uns nun Leichenteile bringen lassen, ist zutiefst befremdlich. Es sind übrigens eindeutig Bissspuren, und wie bei der ersten Leiche post mortem. Das beruhigt mich sehr.«

Schmitt stutzte und starrte auf den breiten Rücken des Mediziners, der ihnen voran durch den kühlen Gang eilte. »Sie finden es beruhigend, dass die Wildschweine Leichen anfressen?«, fragte er neugierig.

Der Mediziner drehte sich um und öffnete eine Metalltür. Er hielt die Tür auf und ließ sie eintreten. »Das ist das, was Schweine nun einmal tun. Es ist ein relativ normales Verhalten. Schlimmer wäre es, wenn unser Täter die Leiche auch noch zerteilt hätte. Das wäre ein zutiefst gestörtes Verhalten und würde mir Angst machen. Verstehen Sie, was ich meine?«

»Absolut.« Schmitt nickte und fand den Gerichtsmediziner plötzlich sehr sympathisch. »Gut, was können Sie uns zu der toten Frau sagen?«

»Oh, zu der Frau gibt es noch nicht viel Neues, das meiste wissen Sie ja schon, und ihre Identität konnten wir leider noch nicht feststellen.«

»Ich meinte die zweite Frau. Von der Sie den Arm haben.«

»Das, mein lieber Herr Kommissar, ist ein Männerarm.«

Schmitt blickte auf den karierten Schal hinab, den er bei sich trug, um ihn ins Labor zu geben, und stöhnte auf.

* * *

Mit geübtem Handgriff zog sie die Lippen in einem weinroten Ton nach, schlüpfte in ihren Lodenmantel und warf als letzte wärmende und farbgebende Aktion den ebenfalls weinroten Schal über die Schulter. Eigentlich hatte sie heute schon genug frische Luft gehabt, aber die kurze Strecke bis zu dem Haus von Heidi Klostermann konnte sie durchaus noch zu Fuß gehen. Überhaupt bekam man in Bewegung mehr gute Ideen. In der Tasche trug sie ihren Block bei sich.

Langsam zog die Novemberdämmerung durch die Straßen, die Lichter in den Häusern gingen an, und sie lugte neugierig durch das eine oder andere Fenster. Einige ganz Eilige hatten bereits Lichterketten angebracht. Im Haus von Heidi Klostermann brannte Licht, ebenso leuchtete die Außenlampe vor der Haustür. Aufgeregt betätigte sie die Türklingel. Was wäre es aufregend, wenn sie nun Heidi Klostermann in ihrer Wohnung antraf, während alle ihre zerfledderte Leiche im Klatenberg vermuteten? Sie könnte als Erste die Dame nach der toten Frau befragen. Man munkelte ja, dass es die Schwester von Heidi Klostermann sei. Die Tür wurde aufgerissen, und sie machte erschrocken einen Schritt zurück.

»Heidi Klostermann?«

»Was wollen Sie?«

»Mein Name ist Clara Teichner, ich bin Krimiautorin. Meine Güte, Frau Klostermann, die ganze Stadt sucht nach Ihnen.«

Die Frau blickte sie ohne jede Regung im Gesicht an, dann warf sie ihren gut frisierten Kopf zurück und sagte: »Und was wollen Sie von Heidi Klostermann?«

»Was wohl? Eine gute Geschichte. Jeder Roman hat doch auch eine reale Vorlage, und nachdem wir heute Mittag einen Arm im Laub gefunden haben, habe ich mich zu einem neuen Buch entschlossen. Ich hoffe, Sie können mir dabei helfen.«

Plötzlich packte die Frau sie hart am Ellbogen und schob sie rückwärts. »Wir sollten uns dringend unterhalten. Und ich kann Ihnen versichern, dass die Polizei nicht nach mir sucht. Ich bin die Nachbarin und versorge nur die Katze.«

»Oh.« Zunächst enttäuscht brachte sie erst mal nichts weiter heraus. Dann sprach sie mehr zu sich selbst. »Dann ist Heidi Klostermann also doch tot.« Und sie dachte wieder an den grässlichen Fund, den ihre Freundin Maria gemacht hatte. Der Griff um ihren Ellbogen wurde plötzlich fester.

»Wieso sagen Sie so etwas? Erst halten Sie mich für Heidi, und dann soll sie auf einmal tot sein?« Empörung stand der Nachbarin ins Gesicht geschrieben, und in einem Befehlston verlangte sie: »Kommen Sie mal mit zu mir. Ich glaube, das wird ein längeres Gespräch.«

Clara musterte die energische Frau, die nun endlich ihren Ellbogen losließ und vor ihr herging. Sie schätzte sie auf Mitte fünfzig, die Haare waren eindeutig blond gefärbt, sie konnte einen dunkleren Haaransatz erkennen. Sie war sehr geschmackvoll gekleidet. Mit gezücktem Schlüssel schloss sie die Tür des Nachbarhauses auf und ließ Clara eintreten. Es roch nach Lavendel und Linsensuppe. Auf dem Sofa, auf dem sie beide Platz nahmen, versank Clara so tief, dass sie sich vorkam wie ein Schulmädchen. Die Nachbarin hatte derweil die Schuhe ausgezogen und saß im Schneidersitz neben ihr. Diese entspannte Haltung brachte sie in einen Vorteil, und Clara rutschte hin und her, bis sie schließlich doch aufstand und sich in den Sessel gegenüber setzte.

»Das Sofa macht mein Rücken nicht mit.« Unter den aufmerksamen Blicken der anderen Frau wurde sie ein wenig nervös.

»Also, was wissen Sie über meine Nachbarin?«, fragte die und griff nach der Zigarettenschachtel auf dem steinernen Couchtisch neben dem Sofa.

Das Angebot nahm Clara gerne an. »Danke schön, danach sehne ich mich schon seit drei Monaten.« Sie hielt die Zigarette ans Feuerzeug, das ihr hingehalten wurde, und nahm einen tiefen Zug. Der eine Glimmstengel würde schon nicht die ganze Entwöhnungstherapie zum Scheitern bringen, dachte sie und fragte sich dann, wie viel die andere Frau aushielt. »Wie heißen Sie eigentlich?«

»Irena Winschinska. Polnischer Landadel.« Das konnte ein Witz sein oder auch nicht. Die Dame verzog keine Miene, sondern wartete ab, dass Clara weitersprach.

»Wir haben heute einen Arm gefunden. Vermutlich einen Frauenarm. Und zwar in den Klatenbergen. Die Polizei sucht noch nach weiteren Leichenteilen.« Sie nahm den nächsten Zug, während Irena ein wenig blass um die Nase wurde und ihre Zigarette in der Hand zu vergessen schien. »Wildschweine?«, fragte sie.

»Vermutlich. Hoffentlich. Die Vorstellung, dass ein Mörder Leichenteile versteckt, als riefe er zu einer bizarren Schnitzeljagd auf, finde ich noch gruseliger. Das wäre mir selbst für einen Roman zu brutal.«

»Ach ja, Sie schreiben. Was schreiben Sie, und haben Sie deshalb mit der Polizei gesprochen? Glauben die auch, dass Heidi tot ist?« Die Stimme wurde etwas leiser, aber den Blick hielt Irena weiter aufmerksam auf ihre Besucherin gerichtet.

Das war keine Frau, der man etwas vormachen konnte, merkte Clara und erzählte ihr kurz von ihrer Wanderung mit den beiden Landfrauen. »Ich schreibe im Übrigen Kriminalromane«, ergänzte sie dann. »Die Leichenfunde in den Klatenbergen sind eine gute Ausgangsposition für einen Roman, und ich hoffe sehr, dass Ihre Nachbarin noch lebt, damit ich sie interviewen kann. Aber wo könnte sie sein?« Sie überlegte, ob sie eventuell etwas hartherzig und eigennützig klang. »Entschuldigung, bitte halten Sie mich nicht für eine sensationshaschende Schreiberin. Der Mord an der jungen Frau und der Fund des Armes gehen mir durchaus nah, aber ich habe eine andere Art der Bewältigung gefunden.«

Irena nickte und drückte ihre Zigarette nach nur wenigen Zügen in einem bunten Ascher aus. »Ich habe Heidi am Montag nach der Arbeit zuletzt gesehen. Danach ist sie verschwunden. Leider wurde am Montag auch ihre angebliche Schwester ermordet. Von der ich aber nichts wusste. Vermutlich haben die beiden sich am Montag treffen wollen. Wenn Heidi nun also nicht die Mörderin ihrer eigenen Schwester ist, ist sie vermutlich die Leiche, von der Sie den Arm gefunden haben.« Sie atmete tief ein und schloss für einen Moment die Augen.

»Gibt es etwas, das Sie der Polizei nicht erzählt haben?«, fragte Clara. Am liebsten hätte sie die Aufnahmefunktion ihres Handys eingeschaltet. Sie konnte gut mit ihrem Handy umgehen.

»Ja, da gibt es etwas. Ich habe es nicht erzählt, weil ich es eben erst herausgefunden habe.«

»Sie waren gar nicht wegen der Katze drüben?«

»Doch. Auch. Also eigentlich hatte ich sie ja schon gefüttert. Aber der Kommissar hat mich neugierig gemacht. Heidi ist angeblich in der DDR aufgewachsen. Sie hat mir nie etwas von ihren Eltern erzählt. Ich dachte, ich finde vielleicht alte Fotos von ihr. Aber die Polizei hat alle Alben mitgenommen. Doch ich habe noch ein Foto gefunden. Es steckte in der Schallplattenhülle einer ostdeutschen Band. Karat hieß sie Gruppe.«

Clara unterbrach sie. »Hey, die kenne ich tatsächlich. Die Songs waren richtig gut, die habe ich als junge Frau auch gehört.«

»Ja, die Band war mal ziemlich bekannt. Jedenfalls flog ein Foto aus der Hülle.« Sie biss sich auf die Unterlippe und zog schließlich ein zerknittertes, altes Foto aus ihrer Gesäßtasche. Sie legte es auf den Couchtisch und strich glättend darüber.

Fasziniert suchte Clara in ihrer Manteltasche nach der Brille. Bislang sah sie nur Farbfelder auf dem Foto und mit viel Anstrengung drei Personen. Mit Brille erkannte sie ein junges Pärchen mit Schlaghosen und engen Pullovern, wie man es aus den Siebzigerjahren kannte. Das kleine Mädchen hatte ebenso blonde Haare wie die Frau, an deren Hand es sich festhielt. Alle drei lächelten in die Kamera. Doch wenn man genau hinschaute, war der Blick des Mannes misstrauisch, besorgt. Er lächelte nur mit dem Mund.

»Könnte die Kleine Ihre Nachbarin Heidi sein?«, fragte Clara und legte das Foto zögerlich zurück. Das wäre ein tolles Cover, dachte sie und konnte es kaum abwarten, die Geheimnisse um Heidi Klostermann zu ergründen.

Irena nahm das Foto wieder an sich und brauchte beneidenswerterweise offenbar noch keine Brille, dabei musste sie ja auch schon über fünfzig sein. »Blond ist Heidi auf jeden Fall. Könnte schon sein. Oder es ist ein Foto ihrer Schwester, warum sollte sie es sonst aufbewahrt haben? Es sind sicherlich ihre Eltern, die man hier sieht. Ich frage mich, wie die Polizei darauf kommt, dass Heidi aus der ehemaligen DDR stammt. Obwohl, die Kleidung wirkt schon ganz schön hausbacken und die Straße wie aus der Nachkriegszeit. Müssen wir das Foto der Polizei geben?«

»Wo hat Heidi gearbeitet?«, fragte Clara statt einer Antwort. Arbeitgeber wussten zumindest über den beruflichen und schulischen Werdegang Bescheid. Das stand schließlich in jeder Bewerbungsmappe. Leider war es heute zu spät, um an ihrem Arbeitsplatz aufzutauchen. Claras eigene Erfahrungen mit dem Leben in der ehemaligen DDR waren begrenzt. Sie war einmal mit einem ihrer Lebensabschnittsgefährten nach Dresden gefahren. Die niedrigen Buchpreise hatten sie begeistert, und sie hatte sich mit vielen deutschen Klassikern eingedeckt. Die Unfreundlichkeit der Grenzbeamten war ihr im Gedächtnis geblieben sowie der ungeheuer leckere Kuchen im Osten. Eierschecke und Donauwellen hatten ihr nirgends so gut geschmeckt wie in Dresden. Als Westdeutsche hatten sie und ihr Begleiter ein provokantes Verhalten an den Tag gelegt, und beinahe wäre ihr Robert verhaftet worden. Die Grenzbeamten hatten nach ein paar dummen Sprüchen ihr ganzes Auto auseinandergenommen. Drei Stunden hatten sie an der Grenze zugebracht. Danach hatte sie sich nie wieder der Willkür kommunistischer Beamter ausliefern wollen. Heidi Klostermann hatte anscheinend zumindest die Kindheit dort verbracht. Warum hatte sie nie eine Schwester oder Eltern erwähnt? Gab es dunkle Flecken in ihrer DDR-Vergangenheit? Die Fantasie ging mit Clara durch, sie entwarf bereits dunkle Machenschaften, Flucht und Verhaftung von Heidis Familie.

»Heidi arbeitet als Biologin bei der Firma Softface. Die entwickeln Hautpflegeprodukte.« Irena beobachtete sie interessiert. »Dürfen Sie denn einfach so über Heidi schreiben, ohne sie zu fragen?«

Claras Lachen klang etwas affektiert, das merkte sie selbst. »Ich ändere natürlich die Namen und erfinde das meiste. Es wird ein Roman, kein Tatsachenbericht. Die

Wahrheit überlasse ich den Journalisten. Und selbst die verfälschen ja oft Details.«

Irena griff nun doch zum Telefon und suchte nach einer Visitenkarte zwischen einem Stapel Zeitschriften. Dann wählte sie. »Ich rufe nun doch diesen Kommissar an. Ich finde, er sollte von dem Foto wissen. Fotos, die man versteckt, haben eine Bedeutung.

Dem lauten Tuten entnahm Clara, dass Irena so freundlich war, sie mithören zu lassen.

»Kommissar Schmitt.«

»Hier spricht Irena Winschinska. Ich habe in der Wohnung meiner Nachbarin ein altes Foto gefunden. Es steckte in einer Plattenhülle der Band Karat.«

»Und das wissen Sie so genau, weil Sie bei ihr in der Wohnung plötzlich geputzt haben?«

Clara musste bei der süffisanten Frage des Beamten grinsen, aber Irena hielt sich gut. »Nein, das habe ich gefunden, als die verfluchte Katze den Plattenständer umgekippt hat. Ich bin mir sicher, dass das Foto Heidi als kleines Mädchen mit ihren Eltern zeigt.«

Ein Räuspern war zu hören. »Aha. Wir haben ein ähnliches Foto in einem der Alben gefunden. Warum glauben Sie, dass das Foto die Eltern von Heidi zeigt?«

»Na ja, eine gewisse Ähnlichkeit kann man ja durchaus erkennen. Die Frau ist genauso blond wie Heidi. Es kann auch sein, dass es ihre Schwester …« Weiter kam sie nicht, denn der Kommissar wurde dienstlich. »Bleiben Sie zu Hause, ich komme vorbei.«

Obwohl das Foto nun an Bedeutung gewonnen hatte, hatte Clara keine Lust, den Kommissar erneut zu treffen, und sie verabschiedete sich.

6. KAPITEL

Sie wissen, dass wir eigentlich Feierabend haben, oder, Chef?« Dirk dachte an die Verabredung mit Ella. Sie wollten ins Kino gehen. Eigentlich besaß er noch eine Wohnung in Oelde, aber am Wochenende und auch immer öfter unter der Woche schlief er bei Ella in Münster. In Oelde war nun einmal nicht so viel los. »Und jetzt drohen Sie mir bitte nicht wieder mit niederen Diensten. Ich bin der, der Sie vor den wilden Tieren beschützt.« Er stand vor seinem Schreibtischplatz und stützte sich auf die Stuhllehne.

Es gab so viele neue Spuren in dem Fall, dass sie locker die Nacht durcharbeiten könnten. Das Wochenende lag vor der Tür, und sein Chef hatte ihm schon mitgeteilt, dass sein nächstes freies Wochenende nur dann in Sicht sei, wenn er dienstuntauglich werden würde oder man zumindest mal Heidi Klostermann fände. »Und mit dienstuntauglich meine ich Kopf unter dem Arm«, hatte Schmitt hinzugefügt.

Statt einer Antwort fragte der Kommissar ihn nur: »Haben Sie das Foto eingesteckt? Es geht los. Sie wollen doch sicher wissen, warum unsere verschwundene Frau Fotos von zwei unterschiedlichen Elternpaaren besitzt, oder, Kemper?«

»Na klar will ich das wissen. Sofort und viel lieber, als auf einen fiktiven Kinofilm zu starren.« Einen tiefen Seufzer konnte er nicht unterdrücken, dann zog er seine warme Jacke an, und sie gingen zum Auto.

Es war ziemlich dunkel, als sie mit Schmitts Wagen, den er nun repariert zurückbekommen hatte, erneut zum Wohnhaus von Irena Winschinska fuhren. Unterwegs hing Dirk seinen Gedanken nach. Er hatte heute noch die Vermisstenmeldungen durchgesehen. Das war schon verrückt. Statt der vermissten Heidi hatten sie nun einen Männerarm gefunden. Doch es gab bislang keine passende Vermisstenmeldung dazu. Der Gerichtsmediziner hatte ihnen mitgeteilt, es handele sich dem Arm nach um einen schlanken, zierlichen Mann zwischen fünfundfünfzig und sechzig Jahren, der noch nicht lange im Freien gelegen haben könne. Zwei Leichen innerhalb so kurzer Zeit. Da drängte sich der Verdacht auf, dass diese miteinander in Verbindung standen. Das plötzliche Bremsen seines Chefs riss ihn aus den Gedanken. Eine schwarze Katze überquerte die Straße.

»Von links nach rechts, na prima«, meinte sein Chef, grinste dabei aber belustigt.

»Warum bringt es Unglück, wenn sie von links nach rechts läuft? Ich finde es unglücklich, wenn ich mein Auto wegen ihr demoliere, egal aus welcher Richtung sie kommt.« Er blickte den Kommissar fragend an.

Schmitt setzte zu einer Erklärung an, während sie nun vor den Häusern von Irena Winschinska und ihrer Nachbarin parkten. »Eine schwarze Katze kommt schon wegen ihrer Farbe aus der dämonischen Ecke, und links ist im Christentum die unchristliche, schlechte Seite. So einfach ist das. Dann wollen wir mal die Fotos miteinander vergleichen.«

Wenig später standen sie um den Esstisch von Irena Winschinska herum, und alle drei starrten auf die alten Fotos. Das Mädchen auf dem Foto, das Frau Winschinska gefunden hatte, war jünger, aber es schien dasselbe Kind zu sein wie auf Schmitts Foto. Die Frau, die neben ihr stand, war blond wie das Mädchen selbst. Auf dem Foto, auf dem das Mädchen etwas älter war, stand sie zwischen zwei völlig anderen Personen. Die Frau war dunkelhaarig und besaß auch ein schmaleres Gesicht. Der Mann besaß einen Wohlstandsbauch und war etwas größer. Es handelte sich definitiv um vier Erwachsene und ein Mädchen.

»Vielleicht ist das eine Paar Verwandtschaft«, überlegte Dirk laut. »Die blonde Frau sieht jedenfalls wie die leibliche Mutter aus.«

»Da sagen Sie es, Kemper. Die leibliche Mutter.« Schmitt blickte triumphierend in die Runde, so als hätte er wieder mal den Durchblick.

Frau Winschinska zündete sich eine Zigarette an und lehnte sich an einen Küchenschrank, sagte aber nichts dazu. Einen Penny für ihre Gedanken, dachte er. Warum schnüffelte sie im Hause ihrer Nachbarin herum? Und warum informierte sie dann die Polizei? War es aus Sorge um ihre Nachbarin? Oder wollte sie die Beamten nur beschäftigen, gar ablenken? Er traute dieser forschen Frau nicht so ganz über den Weg. Doch als sie nun sprach, hörte er ein leichtes Zittern in der Stimme, und sie tat ihm sofort leid.

»Was ist mit dem Arm, der gefunden wurde? Ist es Heidis?« Ihre Augen wurden groß und dunkel, ihre Zigarette glühte in der Luft.

»Woher wissen Sie das? Wir haben der Presse doch noch gar keine Mitteilung gemacht?« Sein Chef steckte beide Fotos in seine Brieftasche und blickte streng um sich.

Frau Winschinska ignorierte den Einwurf. »Bitte, bitte, sagen Sie es mir.«

Er nickte kurz. »Der Arm gehört zu einer männlichen Leiche.«

Sie atmete hörbar aus und stürzte sich dann auf ihren Glimmstengel. Ihre Erleichterung erschien Dirk echt.

»Eine Clara sowieso war eben bei mir. Sie will ein Buch über die Vorfälle schreiben. Sie war wohl dabei, als der Arm gefunden wurde.« Ein weiterer tiefer Zug aus der Zigarette, dann fragte sie: »Herr Kommissar, glauben Sie, dass Heidi zwei Paar Eltern hatte? Also leibliche Eltern und Adoptiveltern?«

Sein Chef nickte ihr anerkennend zu. »Genau daran habe ich auch gedacht«, bestätigte er und erhob sich. »Wenn Sie irgendeine Bewegung nebenan wahrnehmen oder sich an merkwürdige Besuche in der vergangenen Zeit erinnern, rufen Sie uns bitte an. Alles kann wichtig sein. Und eine Frage habe ich noch. Ich weiß, dass Sie sich in der Wohnung umgesehen haben.« Er hob die Hand, als sie sich zu dem Vorwurf äußern wollte. »Lassen wir das, ich hätte es eventuell bei einem Freund auch so getan. Vielleicht können Sie mir sagen, ob Ihre Nachbarin nicht einfach verreist sein könnte. Fehlen Sachen? Ein Koffer, die Zahnbürste, etwas in der Art?«

»Nein.« Sie drückte die Zigarette im Spülbecken aus und schmiss sie in einen Mülleimer. »Ich bin mir zu achtzig Prozent sicher, dass ihr etwas passiert ist.«

Die nächste Frage konnte Dirk sich nicht verkneifen. »Und was ist mit den anderen zwanzig Prozent?«

Mit einer gekonnten Bewegung aus der Hüfte stieß sie sich vom Küchenschrank ab und schlenderte zum Wohnzimmerfenster. Dirk fiel auf, dass es in dem Raum gar keinen Fernseher gab. »Zu zwanzig Prozent hat sie einen fulminanten Liebhaber kennengelernt und vergisst im siebten Himmel die Zeit. In dem Fall wäre es ein böses Erwachen, wenn sie erfährt, dass ihre Schwester ermordet wurde.«

Er dachte daran, dass er seine Ella bei einem Mordfall kennengelernt hatte. Möglich war alles. Für die Täterin hielt Irena Winschinska ihre Nachbarin jedenfalls nicht.

Wieder im Auto und tatsächlich noch zeitlich passend, damit Dirk es ins Kino schaffen konnte, nagte sein Chef grübelnd auf der Unterlippe herum. »Kemper, was wissen Sie über die ehemalige DDR?«

»Ich kenn das Lied von Udo Lindenberg auswendig. *Ist das der Sonderzug nach Pankow?*«, sang er laut und grinste dann seinen Chef an, bevor er fortfuhr: »Ich bin achtundzwanzig Jahre alt, Chef. Was sollte ich noch von der DDR wissen? Wir haben die Zeit mal in der Schule durchgenommen, aber deshalb ist man darüber nicht weniger oder besser informiert als über den Marsch von Hannibal über die Alpen. Es gibt viel Rechtsextremismus im Osten, und wir hier im Westen lachen noch immer, wenn jemand sächselt. Und im Museum habe ich mal einen echten Trabi gesehen. Reicht das für die Ermittlungen?«

Sein Chef verdrehte die Augen und stöhnte laut auf. »Sie bedienen Klischees, mein Lieber. Sie werden morgen die Vermisstenmeldungen aus dem Osten überprüfen. Wir müssen endlich wissen, wer unsere Tote ist und woher sie kam. Und dann möchte ich, dass Sie mehr über Heidi Klostermann herausfinden. Wo ist sie aufgewachsen und wer waren ihre Eltern? Und wenn Sie sich nebenbei noch etwas politische Kenntnisse über die DDR einverleiben, werde ich das sehr begrüßen. Irgendetwas stimmt hier nicht, und mein Instinkt verrät mir, dass es mit der Vergangenheit der vermeintlichen Schwestern zu tun hat. Wie viele Jahre betrug noch gleich der Altersunterschied?«

»Fünf bis zehn Jahre. Wenn die Schwestern getrennt voneinander aufgewachsen sind, ist es gut möglich, dass Heidi nie von einer jüngeren Schwester erfahren hat. Dann kommt die hierher und regt eine Familienzusammenführung an, die ihr schlecht bekommt.«

»So wie Sie es sagen, könnte man meinen, die ältere Schwester habe kein Interesse daran gehabt, sie willkommen zu heißen. Glauben Sie etwa, Heidi Klostermann ist unsere Mörderin?« Schmitt riskierte einen längeren Seitenblick und fügte hinzu: »Glauben Sie einem alten Ermittler. Schwestern bringen sich selten gegenseitig um. Sie rauben sich schon mal ihre Liebhaber und bringen sich gegenseitig um das Erbe, aber Mord und Totschlag? Nein, ich denke, der Fall ist komplizierter.

Und an die männliche Leiche darf ich gar nicht denken. Ein gefundenes Fressen für die Presse.«

* * *

Das wollte Dirk wenig später von seiner Ella bestätigt bekommen. Immerhin besaß sie eine ältere Schwester irgendwo im Sauerland. Seine Freundin blickte ihn an, als hätte er ihr ein zutiefst unsittliches Angebot gemacht. »Du willst wissen, ob sich Schwestern selten gegenseitig umbringen? Also wirklich, Dirk. Kommissar Schmitt zieht dich jedes Mal in ganz merkwürdige Gedankengänge hinein. Im Ernst, mit siebzehn hätte ich meine Schwester gerne in einem sibirischen Internat gesehen, aber töten wollte ich sie nie, nein. Sie mich vielleicht schon, das weiß ich nicht. Als ich zwölf war, fragte sie meine Mutter, wann wir mich zur Adoption freigeben. Also streiten, schimpfen, beißen und kratzen ja, aber ich denke, dein Kommissar hat recht, wenn er Heidi Klostermann diesbezüglich für unschuldig hält. Bist du fertig?«

War er. Er hatte sich gerade noch rasiert und sein neues Aftershave aufgetragen und fühlte sich unwiderstehlich. Gut gelaunt nahm er seine Ella in den Arm, und sie bestiegen ihre Räder, um zum Cineplex zu radeln. Am Eingang des großen Kinogebäudes bekam er eine SMS von seinem Chef: *Ein Angestellter der Firma, in der Heidi Klostermann arbeitet, wird als vermisst gemeldet! Er wohnt in MS. Ich schicke Ihnen hier die Adresse. Bitte morgen früh vorbeifahren und Haarproben mitbringen. Sie wissen schon, warum.*

»Oh Mann«, entfuhr es seiner Freundin, die über seine Schulter gelehnt einfach mitgelesen hatte. »Hast du mir nicht erzählt, dass der gefundene Arm zu einem Mann gehört?« Mit weit aufgerissenen Augen blickte sie ihn an, und in dem grellen Licht des Gebäudes sahen ihre Augen unglaublich blau aus.

»Gehen wir morgen in den Klatenbergen spazieren?«, fragte sie begeistert.

Empört sah er sie an. »Ich werde höchstens dienstlich dorthin fahren, aber ganz sicher mische ich mich nicht als ziviler Spaziergänger unter die depperten Hobbydetektive. Außerdem muss ich morgen arbeiten. Du hast es ja gelesen.«

»Ich kann auch alleine dorthin gehen. Ich wollte eh mal einen Artikel über das reizvolle Naturschutzgebiet für den NABU schreiben. Dort gibt es eine selten schöne Wacholderheidelandschaft. Mit Schafen.« Sie hakte sich bei ihm unter, und er kommentierte das nicht weiter. So weit kannte er Ella. Er würde bei Kritik nur irgendwelche Trotzreaktionen hervorrufen. Und wirklich gefährlich war es für sie sicher nicht, dort spazieren zu gehen. Anders als sein Chef fürchtete Dirk nicht, dass eine Rotte Wildschweine es auch auf quicklebendige Blondinen abgesehen hatte.

* * *

Mörderisches Telgte und *Der Serienmörder von den Klatenbergen*, so lauteten am Freitagmorgen einige der Schlagzeilen in den Zeitungen. Seit dem dreifachen Mord an den Putzfrauen eines Fitnessstudios im Jahr 2003 hatte es kein solches Verbrechen mehr in Telgte gegeben. Und dass nun ausgerechnet noch die verdammten Wildschweine mitmischten, hetzte die Bevölkerung zusätzlich auf.

Kopfschüttelnd legte Schmitt die Zeitung weg. Da gab es Bürger und Bürgerinnen, die nun das Gebiet weiträumig mieden, ihre Kinder nicht mehr draußen spielen ließen und am liebsten Polizeischutz für was auch immer beantragt hätten. Und auf der anderen Seite gab es die Jäger und Abenteurer, die Jagd auf die Tiere machten und natürlich hofften, in den Klatenbergen Hinweise auf den Mörder oder gerne auch Leichenteile zu finden. Er selbst konnte beide Parteien nicht verstehen.

Mit Genuss biss er dennoch in eine dünne Scheibe Pumpernickel mit Leberwurst und blickte durch das Küchenfenster auf die Straße. Er freute sich immer, wenn er seine Nachbarin traf oder sie sah. Sie hatte sich von ihrem Mann getrennt und war mit ihrer guten Laune und einem grünen Daumen in das Haus gegenüber eingezogen. Auch bei Regenwetter sah er sie oft im Garten arbeiten. Er selbst war vor einiger Zeit von Oelde nach Warendorf gezogen. Das Haus, das er gemeinsam mit seiner Frau gebaut und lange bewohnt hatte, war für ihn zu einem Mausoleum geworden. Jede Mahlzeit, die er dort allein an dem Tisch einnahm, mit Blick auf ihren leeren Platz, war eine Verschwendung an Gaumenfreuden. Denn eigentlich war er ein Genießer. Aber der Tod seiner krebskranken Frau hatte ihm zugesetzt. Nach außen merkte man ihm das hoffentlich nicht an. Er war stolz auf seinen guten Geschmack und legte Wert auf ein gepflegtes Äußeres. Aber innerlich hatten seine Marotten zugenommen, und er hatte seit ihrem Tod zu wenig für sich selbst getan. Der Umzug in die Pferdestadt Warendorf war eine gute Idee und die richtige Maßnahme gewesen. Denn die zahlreichen Pferde liefen zum Glück nicht frei in der Gegend herum, dafür standen an jeder Ecke große, bunte Pferdeskulpturen. Er mochte sein neues kleines Reihenhaus und fand allmählich auch wieder Freude an den Mahlzeiten bei guter Musik oder einem lesenswerten Buch. Und die Nachbarin von gegenüber sorgte für einen zusätzlichen Reiz.

Da er wusste, dass sein Kollege Kemper sich heute zunächst um die Besorgung von DNA-Materialien kümmern würde, hatte er es nicht eilig, ins Büro zu fahren. Den leitenden Mitarbeiter der Kosmetikfirma, für die Heidi Klostermann arbeitete, hatte er für elf Uhr ins Büro bestellt. Sein Mitarbeiter Kurt Bremer war am Vorabend noch von seiner Ehefrau als vermisst gemeldet worden. Er sei angeblich von einer Dienstreise nicht zurückgekommen. Sie hatte sich schon gewundert, dass er seit Dienstag nichts mehr von sich hatte hören lassen. Zwei Mitarbeiter derselben Firma waren also nun verschwunden, und das brachte ihn selbst noch mal auf eine ganz andere Fährte als die Geschwistersache.

Als er aus der Tür trat, war seine Nachbarin tatsächlich an der Haustür und dekorierte ihre Blumentöpfe mit den kleinen Tujabäumchen darin vorweihnachtlich. »Guten Morgen, Horst«, begrüßte sie ihn mit einem bezaubernden Lächeln, bei dem sich zwei Grübchen bildeten. »Wollen Sie etwa arbeiten?«

»Hallo Moni, wie schön, Sie zu sehen.« Er grinste verlegen. »Mörderisches Telgte – ich weiß nicht, ob Sie die

Schlagzeile gelesen haben, aber dafür bin leider ich zuständig.«

»Brrr, was für ein Fall. Da hat man doch Leichenteile gefunden, oder?« Sie schob sich eine Haarsträhne zurück unter ihr buntes Stirnband. »Und eine Frau ist verschwunden. War sie verheiratet?«

Er trat ein paar Schritte näher auf die Straße, damit nicht jeder ihr Gespräch mitbekam. »Nein, sie lebte alleine. Wieso fragen Sie das?«

Sie lachte erneut. »Bei verheirateten Frauen gehe ich zunächst immer von einem freiwilligen Verschwinden aus. Die Ehe ist in der Theorie eine wunderbare Einrichtung, aber als gelebte Realität oftmals eine Aneinanderreihung von schlechten Kompromissen.«

Er dachte an seine Frau, mit der er dreißig Jahre lang verheiratet gewesen war, und widersprach ihr trotz aller Sympathie. »Ich war sehr gerne verheiratet, und ich liebte unsere Kompromisse. Meine Frau ist leider verstorben.«

»Das tut mir aufrichtig leid, und ich freue mich ehrlich, dass es Ausnahmen gibt. Gibt es schon eine heiße Spur bezüglich der verschwundenen Frau?«

»Nein, nur kalte Leichenteile. Entschuldigung, das war pietätlos.«

»Ich habe eine Bekannte, die arbeitet mit dieser verschwundenen Frau zusammen. Soll ich sie mal ein wenig aushorchen?« Sie stand vor ihm mit einem roten Schleifenband in der Hand und einem Holzelch zu ihren Füßen und wirkte wie das genaue Gegenteil einer Miss Marple.

Er wusste, dass er Privatpersonen nicht in Ermittlungen miteinbeziehen sollte, aber sie würden sich austauschen müssen, und darauf hatte er große Lust. »Ja, warum nicht? Aber seien Sie dezent und vorsichtig. Aus irgendeinem Umfeld wird unser Mörder kommen.«

»Ich plaudere nur ein bisschen mit ihr, das fällt gar nicht weiter auf, denn jeder spricht doch aktuell über die Morde. Salut.« Und damit drehte sie sich um und widmete sich ganz ihrer Dekoration.

Gut gelaunt trotz ungeklärter Morde und Vermisstenanzeigen setzte er sich in seinen Audi und fuhr zu der kleinen Polizeibehörde nach Telgte. Sein eigenes Büro befand sich eigentlich an der Kreispolizeibehörde der Wilhelmstraße in Warendorf, aber er wollte die Ermittlungen lieber vor Ort leiten, auch wenn er dort nicht viele Mitarbeiter in den wenigen Räumlichkeiten zur Verfügung hatte. Im Büro berichtete ihm Kollege Kemper, dass die DNA-Probe von Heike Klostermanns Mitarbeiter bereits im Labor sei.

»Was hatten Sie für einen Eindruck von Frau Bremer?«, fragte er ihn, und Kemper hob hilflos die Hände.

»Also ich bin mit meinen achtundzwanzig Jahren nicht der richtige Mann, um verheiratete Frauen um die fünfzig einzuschätzen. Sie war nett, aber das sagt man vielen Soziopathen ja auch nach. Sie schien mir nervös, was ich normal fand, und sie gab mir bereitwillig die Haarbürste ihres Mannes mit, fragte aber ängstlich, ob wir seine Leiche etwa bereits gefunden hätten. In der Kosmetikfirma arbeite ihr Mann angeblich schon seit knapp zwanzig Jahren, was ja für eine gewisse Zuverlässigkeit spricht. Ich denke nicht, dass wir es mit einem flüchtigen Ehemann zu tun haben, der ganz plötzlich von Udo Jürgens inspiriert wurde.« Kemper schlug zu seiner Erheiterung ein paar Takte von *Ich war noch niemals in New York …* an. Und er hatte durchaus eine angenehme Tonlage für das Lied.

Das schätzte er an dem jungen Polizisten, diese ehrliche Art und die Fähigkeit, kurz seine Beobachtungen mitzuteilen.

»Danke, Kemper.«

Just in dem Moment kam seine Sekretärin herein und kündete den Chef der Kosmetikfirma an. »Herr Daldrup ist jetzt da. Kann er schon hereinkommen, Herr Schmitt?« Sie hatte es sich nicht nehmen lassen, ihrem Chef ins Telgter Büro zu folgen. Offenbar erwartete sie seine positive Antwort, denn ein Mann in einem hellen Trenchcoat stand bereits hinter ihr.

»Ja, gerne. Guten Tag, Herr Daldrup. Setzen Sie sich. Kommissar Schmitt mein Name.«

Schmitt musterte den Besucher. Schicke Schuhe, auf Hochglanz poliert, Hemd und Baumwollschal, eine saloppe Eleganz. Herr Daldrup besaß wässrig blaue Augen, einen gesunden Teint und gezupfte Augenbrauen, die ihn ein wenig irritierten. Er erinnerte ihn an einen Schauspieler. Und genauso klang auch sein Einstieg in das Gespräch.

»Himmel herrje, meine beiden besten Mitarbeiter verschwunden, und die Auftragslage lässt gerade wirklich keine Lücken zu. Sagen Sie mir bitte nicht, dass ich mit dem Schlimmsten rechnen muss.«

»Was wäre denn das Schlimmste?« Schmitt lehnte sich mit verschränkten Armen an die Heizung und schaute auf den Mann hinab, der sich mit einem eleganten Schwung seines Mantels auf dem Besucherstuhl niedergelassen hatte.

»Das Schlimmste? Ja, dass beide tot im Dickicht liegen. Was glauben Sie denn? Eine Kündigung von einem der beiden wäre auch unschön, aber dann hätte ich dank der Frist immer noch Zeit, einen Ersatz zu finden.«

Sehr herzlich, der Herr Daldrup, wie er an die verloren gegangene Arbeitskraft für seine Firma dachte und nicht an die Mitarbeiter selbst.

Das schien dem Mann immerhin auch soeben einzufallen, denn er hob theatralisch die Hände. »Und wenn ich daran denke, dass unserer Heidi etwas zugestoßen sein könnte, nicht auszudenken. Wissen Sie, sie ist mir ja auch ans Herz gewachsen, und sie kämpft sich seit dem Tod ihres Partners so tapfer durch. Das erinnert mich daran, dass ich unbedingt mit der armen Frau Bremer reden muss. Wie schrecklich, nicht zu wissen, wie es dem Ehemann geht.« Er musste auch mal Luft holen, und Schmitt nutzte die Gelegenheit, während er Kemper mit einer Handbewegung zum Mitschreiben aufforderte. »Herr Daldrup, haben die beiden Mitarbeiter an einem bestimmten Projekt gearbeitet? Also könnten sie gemeinsam etwas herausgefunden haben, das sie in Gefahr gebracht hat?«

»In Gefahr? Bei meinen Projekten? Wir arbeiten in der Kosmetikbranche, nicht an biologischen Waffen, Herr Kommissar. Menschen in den Fünfzigern sind zwar zu allem bereit, um ihre Faltentiefe zu beeinflussen oder das Haarwachstum zu steigern, aber sie bringen sicher nicht die Leute um, die daran arbeiten, dass ihre Kosmetika wirksam sind.«

»Nun, wenn Sie ein wirksames Mittel gegen Hautalterung gefunden haben, würden bestimmt einige dafür töten, um an die Rezeptur zu kommen«, warf Kemper vorwitzig ein.

Herr Daldrup winkte ab. »Dafür ist ohnehin in erster Linie die Lebensweise verantwortlich. Und in einem gewissen Maße auch die Gene, so viel kann ich Ihnen verraten. Frau Klostermann arbeitete an einer Studie zur Verträglichkeit einer neuen Hautcreme. Nichts Spektakuläres. Bei Herrn Bremer war es, glaube ich, ein Herrenshampoo gegen Haarausfall. Nein, ich denke nicht, dass meine Firma der Grund für das Verschwinden ist. Ich habe mir Folgendes überlegt.«

Kemper verdrehte die Augen, und Schmitt seufzte innerlich.

»Zum einen kann man natürlich nicht ausschließen, dass die beiden ein Verhältnis miteinander hatten und zusammen durchgebrannt sind.« Es war nicht schwer, an seinem Gesicht abzulesen, dass er daran nicht wirklich glaubte. Schmitt hatte ein Foto des verschwundenen Mannes gesehen und glaubte auch nicht an ein Verhältnis unter den Mitarbeitern. Zudem musste man heutzutage nicht mehr heimlich durchbrennen. Heidi Klostermann hatte keine Sachen mitgenommen, Herr Bremer besaß immerhin die Sachen, die er zur Dienstreise dabeihatte.

Doch ihr Besucher war noch nicht fertig. »Beide Mitarbeiter waren Konkurrenten um eine Beförderung. Die Stelle eines Projektleiters wird in zwei Monaten frei, und einer von beiden sollte diese Stelle besetzen. Eventuell ist es zu Revierkämpfen gekommen, die schiefgegangen sind?«

»Wie viel mehr Gehalt würde diese Beförderung denn ausmachen?« Schmitt glaubte nicht an Daldrups

Theorie. Das änderte sich auch nicht, als er die Summe hörte.

»Na ja, es gibt nicht wirklich mehr Geld, aber für die Dauer des Projektes ein eigenes Büro, und der eigene Name kommt unter die Studie.«

Beim besten Willen konnte Schmitt sich nicht vorstellen, dass ein gestandener und langjähriger Mitarbeiter diesen Ehrgeiz für ein bisschen Augenwischerei entwickeln würde.

Kemper fasste die Theorie später einigermaßen belustigt selbst noch mal zusammen. »Also, der Herr Bremer bringt Heidis Schwester im Klatenberg um, weil er sie verwechselt, und Heidi, die dort mit ihr verabredet war, wird Augenzeugin und bringt dann den Kollegen um. Zu guter Letzt kommen die westfälischen Wildschweine. Fall gelöst, wäre da nicht die verschwundene Heidi. Und natürlich muss der Arm zu Herrn Bremer passen.«

7. KAPITEL

Am Samstagmorgen wurde ihre Annahme bestätigt: Der Arm passte zu Herrn Bremer. Damit bestand kein Zweifel mehr daran, dass er tot war. Seine Mitarbeiterin Heidi Klostermann geriet nun weiter in den Verdacht, in den Klatenbergen ein Blutbad angerichtet zu haben. So pathetisch drückte es zumindest sein junger Kollege aus. Die Suche nach der Leiche wurde vorangetrieben, und am späten Vormittag wurde sie tatsächlich gefunden, locker zugeschüttet mit Erde in einem kleinen, eingezäunten Bereich, auf dem eine Art Wasseruhr stand.

Interessant war auch der Anruf von Schmitts Nachbarin Moni, die Wort gehalten hatte und ihm mitteilte, dass der verschwundene Mitarbeiter Kurt Bremer und Heidi Klostermann eng befreundet gewesen seien. Nein, nicht als Liebespaar, sondern als wirklich gute Kumpels, und dies schon mindestens seit fünf Jahren, wahrscheinlich noch länger. Denn Bremer hatte angeblich Heidi den Arbeitsplatz besorgt. Die Beziehungen unter seinen Mitarbeitern waren Herrn Daldrup also nicht bekannt. Aber das kam nicht selten vor, je nach Größe des Unternehmens.

»Die Schwester und der beste Freund von Heidi Klostermann sind ermordet worden.« Er überlegte gerade laut, während sie gemeinsam im Büro saßen.

Kemper ergänzte: »Und nachdem nun auch die Leiche von Herrn Bremer in der Gerichtsmedizin untersucht wird, wissen wir zumindest schon, dass beide mit dem gleichen Messertyp erstochen wurden. Das spricht für ein und denselben Täter.«

»Oder dafür, dass es beide Male ein Jäger war, denn die Mordwaffe war ein herkömmliches Jagdmesser. Wir müssen erst etwas über die Führung des Messers erfahren, Kemper. Was haben Sie über die Vergangenheit von Heidi Klostermann herausgefunden?«

Kemper strahlte ihn an, offenbar hatte er seine Hausaufgaben gemacht. Er legte seine Notizen vor sich hin, blickte aber selten darauf. »Sie hat tatsächlich ihren ersten Schulabschluss in der ehemaligen DDR gemacht, und zwar in Apolda, das liegt in Thüringen. Kurz nach der Wende, Anfang 1990, wechselte sie nach Münster, wo sie ihr Abitur machte und studierte. Als Biologin hat sie lange Zeit in der Lebensmittelindustrie gearbeitet und wohnte in Unna. Vor fünfzehn Jahren hat sie geheiratet, aber ihr Mann ist vor sechs Jahren bei einem Motorradunfall verstorben. Unschön.«

Schmitt nickte und wollte jetzt nicht unbedingt an seinen eigenen Verlust erinnert werden. »Weiter«, befahl er daraufhin.

»Kinder hatte das Ehepaar nicht. Vor fünf Jahren nahm Heidi die Stelle in der Kosmetikfirma an und zog nach Telgte. Keine Vorstrafen, keine Hinweise auf Verwandte. Wo immer ich nachgefragt habe, hieß es, die Eltern seien verstorben. Das ist das, was Heidi oft erzählt hat, wenn man sie nach den Eltern gefragt hat. Ein alter Lehrer von ihr behauptete allerdings, die seien ausgewandert.«

Hier unterbrach Schmitt. »Aber Sie haben doch sicher die Namen der Eltern herausgefunden, oder? Wir sind die Polizei, wir finden doch heraus, ob jemand gestorben ist, wie er gestorben ist und wo! Hat Heidi denn damals den Namen ihres Mannes angenommen?«

Kollege Kemper kratzte sich am Kopf. »Nein, der hieß Krautwurm. Ehrlich, Chef, bei aller Liebe, den Namen nimmt freiwillig kaum einer auf sich. Also so richtig bin ich in manchen Punkten noch nicht weitergekommen. Ich habe versucht, zu der Grundschule in Apolda Kontakt aufzunehmen, aber die gibt es gar nicht mehr. Auch andere Kontaktpersonen sind schwer zu finden. Nach der Wende hat sich vieles verändert, Menschen sind weggezogen, westdeutsche Unternehmer sind hingezogen. Außerdem ist das Volk im Osten noch immer sehr misstrauisch. Die haben eine lange Zeit der Stasiüberwachung hinter sich, Chef.«

Aha, der junge Polizist hatte sich also doch ein wenig in die Zeit eingelesen. Er konnte es an seinem eifrigen Gesicht sehen. Aber zufriedenstellend waren die Ergebnisse keineswegs. »Bleiben Sie dran, eventuell können Ihnen die Kollegen in Apolda weiterhelfen. Übrigens klingeln mir bei dem Namen Apolda die Ohren. Irgendetwas Unangenehmes verbinde ich mit diesem Stadtnamen, aber ich komme nicht drauf.« Ratlos blickte er den jungen Kollegen an und war überrascht, als der plötzlich frech grinste.

»Von dort stammt eine berühmte Hundezucht, Chef. Es ist der …«

Er unterbrach Kemper, indem er die Hand hob. »Sagen Sie es nicht, mir fällt alles wieder ein. Es ist der Dobermann, ein elegantes Kraftpaket und ein wahrer Höllenhund, wenn Sie mich fragen. Autoritär, stolz und herrschsüchtig. Ich habe alles über diese sogenannten Listenhunde gelesen.« Schmitt wusste, dass es wirklich krank war, wie er sich in perverser Selbstkasteiung mit den Dingen beschäftigte, vor denen er panische Angst hatte. Dabei sah seine Beschäftigung nicht etwa so aus, dass er objektive Fakten sammelte, sondern er las natürlich nur die Dinge, die Kanonenfutter für seine Phobie waren. Seine Hände wurden bereits wieder schweißnass.

Und natürlich musste ihm Kemper widersprechen. »In den richtigen Händen sind das tolle Begleithunde, Chef. Aber ich gebe zu, dass sie einem Respekt einflößen.«

»Der Dobermann ist von einem Mann gezüchtet worden, der für die Steuereinnahme zuständig war und als Nachtpolizist arbeitete. Im neunzehnten Jahrhundert! Was glauben Sie, was der heranzüchten wollte? Ein Kuscheltier, um die Schuldigen sanftmütiger zu machen?« Er stand auf und schüttelte den Kopf. »Ich werde nun die Witwe Bremer aufsuchen, und ich möchte Sie bitten, in die Gerichtsmedizin zu fahren und nach der männlichen Leiche zu schauen. Ich will wissen, ob die Stichführung auch zu unserem ersten Mord passt. Danach können Sie in Münster bleiben und Ihr Wochenende genießen.«

* * *

Der Rechtsmediziner schaukelte seinen Kopf hin und her. »Schwer zu sagen, junger Mann. Schwer zu sagen. Der Stich, die Wucht und die Messerführung hängen ja auch mit der Stellung der Personen zueinander zusammen. Ist es ein Kampf, bei dem man mit seinem Messer eher vage und spontan zustechen kann? Sie wissen, was ich meine. Aber ich kann Ihnen sagen, dass der Täter in beiden Fällen ein Rechtshänder ist. Das ergibt sich aus dem Einstichwinkel.«

»Aha.« Er lugte vorsichtig zu der Leiche hinüber, die nackt auf dem kalten Metalltisch lag. Der fehlende Arm bot einen bizarren Anblick dar, ebenso die fahle Haut und das Pappschild an den Zehen. Wie schnell doch ein Mensch mit einer warmen Temperatur von etwa sechsunddreißig Grad zu einem toten, kalten und vor allem seelenlosen Körper wurde. Er hoffte, nie einen Angehörigen oder Freund so sehen zu müssen. Das schaffte eine Distanz, die man zu einem lieben Menschen nicht haben wollte. »Danke, den Bericht schicken Sie uns ja dann noch zu, oder?« Er drehte sich um und blickte auf die große runde Uhr an der Wand. Halb zwei. Der Feierabend gelang heute früh.

»Halt, ich bin ja noch gar nicht fertig.« Der Arzt trat einen Schritt vor. Der Geruch von Formaldehyd ging von ihm aus, gepaart mit einem zu süßen Aftershave. Der

Geruchssinn wurde bei dieser Art Arbeit sicher nicht geschult. Dirk rümpfte unbeabsichtigt die Nase. »Der Mann hier hat versucht, sich zu wehren, in seiner Hand hatte er einen größeren Stein. Eventuell hat er den Täter verletzt.«

»Danke, das ist ein wichtiger Hinweis.«

»In beiden Fällen könnte es auch eine Frau gewesen sein. Bei einem Messer sind das Überraschungsmoment, die Entschlossenheit und die Geschwindigkeit ausschlaggebend. Allerdings gehört schon etwas dazu, jemandem ein Messer ins Fleisch zu stoßen.«

Dirk betrachtete die groben Nähte auf dem Oberkörper der Leiche. »Ihrer Berufsgruppe fällt das sicher nicht mehr schwer, oder?« Als er das Gesicht des Arztes sah, fügte er schnell hinzu. »Womit ich nicht meine, dass wir nun einen Gerichtsmediziner suchen.«

»Wenn meine Kundschaft plötzlich auf dem Tisch noch zappeln würde, fiele es mir auch schwer. Aber so. Es ist ein Körper, ein Untersuchungsobjekt – und oft auch ein Rätsel. Der Körper erzählt uns viel, wenn wir ihn zu lesen wissen.« Der Rechtsmediziner verschränkte die Arme vor der Brust und blickte ihn abschätzend an. »Wenn Sie mit dem Kommissar zusammen den Mörder suchen, dann sollten Sie nach einer Person suchen, die sehr entschlossen handelt und weiß, wohin sie stechen muss. Ich bin kein Profiler, aber die Stiche gingen beide Male unter die Rippen ins Herz. Guten Tag.«

Dirk verließ nachdenklich das Gebäude. Also doch eine Frau? Also doch Heidi Klostermann? Er hatte nicht wenig Lust, nach Thüringen zu fahren. Wenn sie tatsächlich auf der Flucht war, zog es sie womöglich in ihre alte Heimat. Zudem mussten sie dringend die Identität der toten Frau klären, die laut DNA die leibliche Schwester von Heidi war. Und auch diesbezüglich könnte man doch in Apolda und Umgebung Fotos herumzeigen. Warum sollten sie nicht beide in Apolda geboren worden sein, wenn auch bei unterschiedlichen Eltern aufgewachsen? Einsicht in die Stasiakte zum Namen Klostermann hatte er eben noch beantragt, aber das konnte dauern. Seit Kurzem war das Amt des Bundesbeauftragten für die Stasi-Unterlagen aufgelöst, und nun lag die Verantwortung für die Unterlagen beim Bundesarchiv, was eine große Herausforderung allein durch den Umfang des Schriftgutes bedeutete.

Doch nun freute er sich auf das Wochenende mit seiner Freundin. Für den Dienstwagen, den er sich manchmal ausleihen durfte, fand er im Wohngebiet in Münster immer einen Parkplatz. Eilig rannte er eine halbe Stunde später die Treppenstufen zur Wohnung von Ella hoch. Aber bereits beim Betreten des Flurs ahnte er, dass Ella ausgeflogen war. Keine Umarmung, kein zweites Frühstück und erst recht kein leckeres Brunchangebot für den hart arbeitenden Freund. Enttäuscht zog er einen Flunsch, den außer ihm niemand beachtete. Auf dem Küchentisch lag ein Zettel, dessen Text ihn aufstöhnen ließ.

Hi Schatz, bin mit meiner Kamera in den Klatenbergen unterwegs!

Seine abenteuerlustige Freundin hatte ihre Ankündigung in die Tat umgesetzt und schlenderte nun durch ein Gebiet, in dem bislang zwei Leichen aufgefunden worden waren und in dem eine Rotte Wildschweine hauste.

Natürlich hatte er selbst keine Angst vor einem Wildschwein. Aber was wäre, wenn Ella in ihrem Ehrgeiz ein paar tolle Fotos von niedlichen Frischlingen schoss und der Mama zu nahe kam? Davor wurde schließlich immer gewarnt. Aber Menschen mit einer Kamera glaubten ja immer, der Blick durchs Objektiv schützte sie vor jeglicher Gefahr. Nur so war es für ihn nachvollziehbar, dass Fotografen sich für ein ultimatives Foto zum Beispiel einer Löwenherde näherten. Er starrte auf den Zettel und zögerte nur kurz. Dann zog er sich legere Kleidung an und verließ die Wohnung, um seine Freundin zu retten. Er rief sie von unterwegs an, aber natürlich ging sie nicht an ihr Handy. Verdammt, er hatte sich den Beginn seines Wochenendes anders vorgestellt und bekam eine leise Ahnung davon, was der Kommissar angesichts seiner Ängste mitunter durchmachte.

In dem Versuch, den Polizeiwagen etwas unauffällig in der Nähe des Waldschwimmbades zu parken, damit hier kein Aufruhr entstand, gelangte er an einen schmalen Waldweg. Beim Ausstieg landete er prompt in einer Pfütze und fluchte laut. Er hatte keine Ahnung, wo er in diesem riesigen Gebiet nun nach Ella suchen sollte, und schrieb ihr eine Nachricht:

Bin auch hier und suche dich!! Um vier Uhr im Heidehotel Waldhütte. Ich habe HUNGER!

Dann trabte er los und suchte den ungefähren Fundort der Leiche, denn hier würde sich seine Ella als Erstes umsehen. Und nicht nur Ella spazierte an diesem Freitagnachmittag die Wege entlang. Er marschierte gerade einen relativ schmalen, einsamen Pfad entlang, sog die würzige frische Luft tief ein, als er ein Knacken hörte.

Der Mann, der da gerade querfeldein auf ihn zukam, trug ein Gewehr in der Hand und kam ihm bekannt vor. Es war der Jäger mit dem positiven Namen, der die erste Tote gefunden hatte. Lutz Fröhlich.

»Hallo Herr Fröhlich. Suchen Sie wieder nach Wildschweinen?«

»Hallo, ich grüße Sie. Es ist zu viel los hier, als dass sich jetzt Tiere blicken lassen. Aber es gibt viele Fragen von verunsicherten Bürgern, die sich nicht mehr zum Spazierengehen auf ihre geliebten Wege trauen. Ein Kindergarten hat heute Morgen schon seine Wanderung verschoben, was völliger Unsinn ist. Das Letzte, was ein Wildschwein treffen möchte, ist eine plappernde und lärmende Kinderschar.«

Dirk kannte diese Art von Panik noch aus Oelde, als dort ein paar Tage lang ein Wolf herumgelungert hatte.

»Sie machen also einfach einen guten Eindruck, damit die Bürger sich sicherer fühlen?«

»Ganz genau. Was machen Sie hier? Immer noch auf Spurensuche? Ich hätte Sie in dem forschen Aufzug beinahe nicht erkannt.« Er schob seinen grünen Hut ein Stück weit nach hinten und fuhr fort: »Ich habe noch mal nachgedacht. Ich glaube, ich habe die tote Frau doch schon mal gesehen, aber nicht hier, sondern im Supermarkt. Kann auch sein, dass ich mich täusche.«

Die Zeitungen hatten bislang noch nicht davon berichtet, dass die tote Frau und die verschwundene Frau Geschwister waren. Das wusste Dirk, auch wenn sich diese Erkenntnis langsam herumsprechen würde. Lutz Fröhlich schien es nicht zu wissen. »Wissen Sie noch, wann das war?«, fragte er den Jäger

»Nee, tut mir leid. Das ist sicher schon Tage her. Mir ist es auch nur eingefallen, weil ich eine Zahnbürste an der Kasse im Einkaufskorb übersehen hatte, und sie hat mich darauf aufmerksam gemacht. Und gestern Abend, als ich die neue Zahnbürste auspackte, fiel mir die Begebenheit wieder ein.«

Dirk nickte verstehend. »Was für einen Eindruck hatten Sie von ihr? War sie besonders nervös? Fühlte sie sich vielleicht verfolgt oder hatte Angst vor jemandem?«

»Nein.« Lutz Fröhlich schüttelte verdattert den Kopf. »Sie war einfach nur nett. Was denken Sie? Dass ich die Leute im Supermarkt scanne und deren Verhalten interpretiere? Ich habe eine Zahnbürste und ein paar Lebensmittel gekauft. Ich weiß nur, dass sie nicht von hier kam.« Er schulterte sein Gewehr, das er bislang in der linken Hand getragen hatte, vorbildlich mit geöffnetem Lauf.

Aha, die wirklich wichtigen Informationen kamen zum Schluss. »Woher wollen Sie das jetzt wissen?« Dirk zückte nun doch dienstlich sein Notizbuch.

»Na ja, einfach deshalb, weil sie in ein Auto mit einem fremden Kennzeichen gestiegen ist.« Nun war der Blick des Jägers doch noch triumphierend, als er merkte, wie aufmerksam Dirk etwas niederschrieb. Diese Aussage war wertvoll. Denn in dem Fall hatte er Heidis Schwester getroffen. Heidi Klostermann besaß einen Golf mit Warendorfer Kennzeichen. »Sie wissen nicht zufällig, welches Kennzeichen der Wagen hatte oder welches Fabrikat?«

»Puh«, stöhnte Lutz Fröhlich. Ich kann eine Fuchslosung von einer Marderlosung unterscheiden, aber mit Autos kenne ich mich nicht so gut aus. Es war ein viertüriger Wagen, nicht sehr groß, unauffällig, vielleicht ein

VW oder ein Italiener. Das Kennzeichen war irgendein Kürzel, das ich nicht kannte. Ich konnte nicht erkennen, aus welcher Region es kam, und es interessierte mich damals auch nicht sonderlich.«

»Welche Farbe?«

»Ich bin farbenblind, der kann rot oder grün oder auch orange gewesen sein. Sorry.«

Dirk schrieb alles auf und bedankte sich dann bei ihm. Der Jäger tippte an seinen Hut und verabschiedete sich. Außer ein paar wenigen Spaziergängern traf er dann kaum noch Menschen, zumal ein leichter Nieselregen einsetzte. Wie schön wäre es jetzt, mit Ella in der warmen Wohnung bei einem Milchkaffee und leckerem Kuchen zu sitzen. Eventuell hätten sie sich einen Film angeschaut. Stattdessen fror er hier mitten zwischen Kiefern und Eichen.

Plötzlich wurde der Wald lichter, und er gelangte in die sogenannte Wachholderheide. Selbst bei Regen war es ein wunderschönes Fleckchen Erde mit Heidekraut, Sandwegen und kleineren Büschen. Es gab hier Picknickplätze und Schafe, weshalb er durch ein Gatter gehen musste. Und auf einer Bank sah er Ella sitzen. Sie hatte die Beine ausgestreckt, die Kamera lag neben ihr, und der Kopf war gegen die Lehne gestützt. Offenbar genoss sie die schöne Parklandschaft, auch wenn er es seltsam fand, dass sie sich auf einer nassen Bank niedergelassen hatte.

* * *

Sie wachte auf. Bedauerlicherweise. Es war einer dieser wohligen Träume gewesen, der sie eingewickelt hatte wie eine warme Decke und ihr vorgegaukelt hatte, alles sei gut. Nichts war gut. Ihre Augen wanderten zu der kalten Betondecke, zu den feuchten Wänden. Doch etwas lag auf ihr, und sie spürte, dass ihr noch immer so warm war wie im Traum. Jemand hatte eine dicke Decke über sie gelegt. Plötzlich kümmerte sich jemand um sie.

Und dann roch sie es. Der Duft war sogar stärker als der leichte Hundegeruch, der aus der Decke kam. Sie blickte um sich und entdeckte einen Karton. Ein frisches Brot lag darin, eine große Salami und Äpfel. Und eine Tüte Milch. Ihr kamen die Tränen. Sie musste doch nicht sterben. Sie musste nur noch etwas durchhalten. Ganz langsam kaute sie zuerst ein Stück Brot, trank dazu wenige Schlucke Milch und wartete ab, dass der Magen seine Arbeit wieder aufnahm. Die Salami war für den Anfang viel zu fettig, wusste sie, auch wenn ihr das Wasser im Mund zusammenlief bei ihrem würzigen Duft. Sie hatte seit Tagen nicht mehr richtig gegessen. Kopfschmerzen, Magenschmerzen und die feuchte Kälte hatten ihr so zugesetzt, dass sie seit zwei Tagen mehr oder weniger vor sich hin gedöst hatte. Doch jetzt kam die Hoffnung zurück. Und nach der Nahrungsaufnahme würde auch ihr Kopf wieder besser funktionieren. Sie konnte sich einfach nicht mehr erinnern, wo sie vor ihrer Entführung gewesen war und was sie gemacht hatte.

Eine gefühlte Ewigkeit später wirkten die Speisen. Und sie erkannte die Ungeheuerlichkeit, die vor sich gegangen war. Eine Person hatte ihr Gefängnis betreten und war ihr so nahe gekommen, dass diese eine Decke über sie hatte ausbreiten können. Was hätte diese Person wohl getan, wenn sie aufgewacht wäre? Wer war hier gewesen? Ihre Schwester? Und sie erinnerte sich ausgerechnet jetzt daran, dass ihre Eltern nicht ihre richtigen Eltern waren. Sie waren nicht schlecht zu ihr gewesen, beileibe nicht, aber sie waren nicht echt. Leider war die Erinnerung an die leiblichen Eltern verblasst. Bis sie vor einer Woche dieses Foto in ihrem Briefkasten gefunden hatte. Zusammen mit einem Satz auf ihrem Anrufbeantworter. *Hast du unsere Eltern wiedererkannt?* Unsere Eltern. Sie lächelte, als sie an die Nachricht dachte. Heidi hatte sie sich zehn Mal angehört und dabei das Foto betrachtet, auf dem eine Frau mit den gleichen blonden Haaren wie sie selbst zu sehen war. Unglaublich. Auf dem vergilbten Foto sah sie viel jünger aus, als Heidi es heute war. Das Foto war plötzlich wertvoll geworden, und bevor sie zu dem Treffen mit ihrer Schwester gegangen war, hatte sie es einer Eingebung folgend in ihre Schallplattenhülle gesteckt. Es war die einzige Schallplatte, die sie damals behalten hatte. Nun wünschte sie, sie hätte das Foto bei sich. Was war damals geschehen, als sie ein kleines Mädchen war? Warum war sie nicht bei ihren Eltern aufgewachsen? Sie hatte so viele Fragen und hatte sich so sehr auf die Antworten gefreut. Sie hatte auch bei ihrer Mutter angerufen, ihrer Adoptivmutter, die sie mit Mama ansprach. Weil man das als kleines Mädchen irgendwann so machte.

»Was will diese Frau nach so vielen Jahren von dir, Heidi? Wir sind deine Familie. Du kannst keine Schwester haben. Deine leiblichen Eltern sind lange tot. Diese Frau ist eine Betrügerin.« Ein kaltes Lachen hallte zwischen den Betonwänden, und sie erschrak. Doch es war ihr eigenes Lachen. Eltern, die so weit wegzogen, dass man sie kaum noch sah, wurden unwichtig. Außer einem Geburtstagsblumenstrauß von Fleurop und einer Weihnachtskarte sowie die regelmäßigen Telefonate, die sich wie eine verordnete Pflicht anfühlten, war ihr nichts von diesen Eltern geblieben. Von dem Ehepaar, dem es vor Jahrzehnten so wichtig gewesen war, sie als Tochter aufzunehmen. Doch nun hatte sie eine leibliche Schwester. Sie glaubte daran. Und es gab jemanden, dem sie gerade wichtig genug war, dass er ihr eine Decke und zu essen gab.

Sie kuschelte sich wieder in die Decke und hoffte auf weitere Bilder aus ihrer Kindheit. Plötzlich erinnerte sie sich an ein Versteckspiel. Sie sollte in den alten Garderobenschrank klettern und sich hinter den Mänteln verstecken, bis ihre Mutter käme, um sie rauszuholen. Danach würde es Eiskrem geben. Voll froher Erwartung und kindlichem Vertrauen war sie in das Versteck gekrochen. Und dann? Es hatte keine Eiskrem gegeben und kein Wiedersehen. Sie erinnerte sich nicht mehr, wie sie aus dem Garderobenschrank herausgekommen war, aber nach diesem Spiel war nichts mehr wie vorher gewesen. Sie hatte keine weitere Erinnerung an ihren Vater oder an ihre Mutter. Erst als Oberstufenschülerin hatte sie davon gehört, dass in der DDR Menschen verschwunden waren. Einfach so, von einem Tag auf den anderen. Manch einem war vielleicht die Flucht gelungen, aber von denen bekam man Nachricht aus dem Westen. Dann gab es jene, die dabei ihr Leben ließen und an der Grenze erschossen worden waren. Ihre Eltern hatten dieses Vorgehen verurteilt. Sowohl die Fluchtversuche als auch die Todesstrafe an der Grenze kritisierten sie stets. Ansonsten wurde das Regime nicht infrage gestellt. Ihr Vater war ein hoher Beamter im Gesundheitsministerium, und die Familie genoss den Sozialismus mit seinen Privilegien für eine gewisse Minderheit, die ein bisschen gleicher waren als die anderen Genossen. Ihre Mutter arbeitete an einer Schule. Heidi hatte als Kind ihres parteitreuen Vaters eine super Ausbildung genossen; Gymnasium, Klavierunterricht, Ballettaufführungen. Dann kam der Mauerfall. Da war sie in einem Alter gewesen, in dem die persönliche Freiheit mehr zählte als alles andere. Tagelang hatte sie mit ihren Freunden gefeiert, während sie kaum mitbekommen hatte, wie ihre Eltern immer stiller und blasser geworden waren. Als sie eines Abends zufällig sah, wie ihr Vater einige Dokumente im Kamin verbrannte, ahnte sie die Sorge ihrer Eltern, nun ihre Jobs zu verlieren. Sie waren in der Partei, hielten hohe Posten an den Ämtern inne und kannten die falschen Leute. Noch ein Jahr zuvor waren es die richtigen Leute gewesen, doch nun galt es, schnell die Seiten zu wechseln.

Sie atmete tief ein und spürte einen Druck in der Brust. Sie musste husten und fühlte an ihrer Stirn. Ein leichtes Fiebergefühl machte sich plötzlich bemerkbar. Tief vergrub sie sich unter die Decke. All das war so lange her. Warum war ihre Schwester jetzt erst aufgetaucht? Wieso hatte sich keiner nach dem Mauerfall bei ihr gemeldet?

8. KAPITEL

Da saß sie auf der Bank, die blonden Haare flatterten im Wind, und sie hielt ihr Gesicht in den leichten Sprühregen. Er lächelte, doch je länger er sie beobachtete, desto mehr wunderte er sich über ihre entspannte Haltung. Und plötzlich ergriff ihn eine ungewöhnliche Panik, und er lief in großen Schritten auf seine Ella zu, rief ihren Namen. Die letzten Schritte stürzte er, und nahm sie erleichtert in die Arme, als Ella ihn erstaunt anschaute.

»Ist etwas passiert? Du klingst so besorgt.« Sie kuschelte sich in seine Arme. »Ich wusste doch, dass du mich findest, du Superbulle. Aber allmählich ist mir kalt. Brr.«

Er strich ihr sanft ein paar Regentropfen aus dem Gesicht und war unendlich erleichtert. »Verrücktes Huhn. Hier im Regen so leblos rumzusitzen, als wärst du auch Opfer eines Irren geworden. Hast du etwas entdeckt?« Er setzte sich neben sie und hielt sie weiter im Arm.

Es war schön hier. Das Heidekraut blühte zwar nicht, aber die Gegend war dennoch sehr idyllisch, und es roch nach Kiefernholz und frischen Kräutern.

»Ja«, nickte Ella. »Ich bin begeistert, welche Vögel hier nisten. Ich habe ein paar schöne Fotos geschossen, und da der NABU sich schon seit einigen Jahren um den wunderbaren Ort kümmert, können wir diese Fotos gut auf unserer Seite einbetten. Also, alles Arbeitszeit.« Sie lächelte schelmisch, und er gab ihr einen Kuss auf die Nase.

»Für mich ist es nun Teil eines Tatorts, Schatz. Hast du abseits der Vögel noch etwas gefunden?«

Ella stand auf und reckte sich. »Also, es heißt ja immer, dass der Mörder zum Tatort zurückkehrt. Mir ist tatsächlich ein Mann um die sechzig aufgefallen, der hier herumschlich wie ein Stasibeamter.«

Er horchte auf. »Witzig, dass du diesen Vergleich wählst, denn Heidi Klostermann ist aller Wahrscheinlichkeit nach in der ehemaligen DDR aufgewachsen, und ihre Schwester sicher auch.«

»Oh, das habe ich nicht gewusst. Da hatte ich ja das richtige Gespür.« Sie holte ihr Handy heraus. »Ich habe heimlich ein Foto von ihm gemacht.«

»Du kannst doch nicht einfach wildfremde Männer fotografieren. Hast du noch nie etwas von Datenschutz gehört?«

»Deshalb habe ich es ja heimlich gemacht.« Völlig ungerührt zeigte sie ihm die Aufnahme eines Mannes.

Er schüttelte in gespielter Entrüstung den Kopf und beugte sich über ihr Handy. In Wahrheit mochte er diesen Unternehmergeist seiner Freundin sogar. Das

Foto zeigte einen älteren, schlanken Mann, der einen schwarzen, langen Mantel und ein graues Halstuch trug. Er stand an einem der zahlreichen Pfade, die durch das Gebiet führten, und starrte ins Laub. Ob in Gedanken oder weil er auf der Suche nach etwas war, wusste nur er selbst. Ella musste schräg hinter einem Baum gestanden haben, denn sie hatte ihn im Profil erwischt. Militärisch akkurat geschnittene Haare und eine markante Adlernase konnte er erkennen. Ja, so stellte man sich als Westfale in zehnter Generation einen Stasibeamten vor. Allein diese Brille und die hinter dem Rücken verschränkten Arme passten ins Bild.

»Lass doch das Bild mal durch euren Computer laufen, da gibt es doch so eine Gesichtserkennung. Jede Wette, dass der in eurer Datenbank ist!«

* * *

So abwegig der Gedanke auch war, am Montagmorgen ließ er das Bild durch die Datenbank laufen und hatte einen Treffer. »Chef, das sollten Sie sich ansehen.« Erwartungsvoll lehnte er sich in seinem knarrenden Bürostuhl zurück, während Kommissar Schmitt seinen Fensterplatz verließ und ihm über die Schulter blickte.

»Wer ist das?«

»Bernd Schubert, ein ehemaliger Stasibeamter aus Thüringen.«

»Das allein macht ihn für mich höchstens unsympathisch, aber nicht interessant.« Schmitt wippte hinter ihm auf seinen Zehen.

»Er war am Freitag im Klatenberg.« Er erzählte seinem Chef von Ellas Spaziergang in dem Naturschutzgebiet in Telgte.

Zunächst erntete er dafür ein tadelndes Brummen. »Sie wissen, was ich normalerweise davon halte, wenn Privatpersonen an meinen Tatorten herumschnüffeln, Kemper?«

»Sie war beruflich dort und hat Fotos von einigen Vögeln gemacht. Der NABU kümmert sich schon lange um das Gebiet, müssen Sie wissen.«

»Muss ich nicht wissen, Kemper. Denn wenn Ella sich in diesen Tagen am Klatenberg herumtreibt, dann nur, weil sie herumschnüffeln will. Repräsentative Aufnahmen von Vögeln macht man während der Brutzeit von April bis Juli. Denn nur das Nisten zeigt an, ob sich bestimmte Vögel tatsächlich in der Gegend niedergelassen haben.« Das Wippen hatte aufgehört, und Schmitt stand nun mit erhobenem Zeigefinger direkt vor seinem Schreibtisch. »Ich habe eine Phobie gegenüber bestimmten Tieren, Vögel gehören nicht dazu. Und ich kenne Ihre Freundin inzwischen recht gut, schon vergessen?«

Dirk nickte artig, konnte aber kaum an sich halten, denn er hatte bereits gelesen, warum dieser Stasimann überhaupt in ihrem System auftauchte. »Chef, dieser Bernd Schubert wurde vor fünf Jahren brutal zusammengeschlagen. Angeblich wegen seiner Stasivergangenheit. Und jetzt wird es interessant. Erst wurde sein Angreifer verhaftet und angeklagt. Doch dann drehte der den Spieß um und hat Schubert schwer belastet. Der hätte seine Familie tyrannisiert und ihn damals als jungen Mann gefoltert!«

»Schwerer Tobak. Was macht so einer hier bei uns in Telgte? Ist er umgezogen?« Schmitt setzte sich an seinen eigenen Arbeitsplatz. »Schicken Sie mir mal die Akte rüber.«

»Sein aktueller Wohnsitz ist nicht bekannt, steht hier. Moment, so, jetzt müssten Sie es auch öffnen können.« Er schaute kurz zu seinem Chef hinüber, der sich die Lesebrille auf die Nasenspitze gesetzt hatte und auf den Bildschirm starrte.

Eine ganze Weile las er den Bericht und pfiff dann leise durch die Zähne. »Mensch Kemper, ich nehme die Schelte zurück. Wir werden Ihre Ella beim NABU abwerben und für uns arbeiten lassen. Lesen Sie mal, wer Täter und Opfer bei Bernd Schubert war.«

Er brauchte etwas länger als sein Chef, um sich durch den weiteren Bericht zu lesen, doch dann stieß er auf einen Namen. Ein gewisser Willi Bremer hatte Schubert erst zusammengeschlagen und sich dann zum Opfer der Stasi gemacht. »Chef, das ist aber ein Allerweltsname, oder?« Dirk drehte sich zu Schmitt um und nagte an seiner Unterlippe.

»Kemper, wenn in einem Fall so eine Namensgleichheit auftritt, dann liegt mir nicht das Wort Zufall auf der Zunge. Aber zur Sicherheit können Sie ja mal nachforschen, wo der ermordete Kurt Bremer aufgewachsen ist.«

»Heidis Arbeitskollege kommt tatsächlich gebürtig aus Thüringen, aus Erfurt, er lebt aber schon seit seinem fünfzehnten Lebensjahr im Westen. Sie haben recht. Wir haben eine Spur.« Aufgeregt tippte er auf der Tastatur herum und suchte nach weiteren Ergebnissen. Er hätte nicht gedacht, dass der erste Eindruck, den Schubert auf dem Foto auf Ella gemacht hatte, stimmte. Er war tatsächlich ein Stasimitarbeiter gewesen. Schmitt durchforstete derweil ebenfalls das Internet und verkündete dann: »Wir können die Listen der Stasimitarbeiter aus der DDR-Zeit abrufen. Sie sind frei zugänglich, denn viele ehemalige Stasimitarbeiter haben sich schnell erholt und sind im Schafspelz erneut in hohe Positionen gerückt. Wir werden nun eine Menge Befragungen durchführen müssen. Ich hoffe, Sie haben einen Koffer, Kemper.«

»Ich habe einen Rucksack, Chef. Wir reisen also nach Thüringen? Wann?« In gespannter Vorfreude rieb er sich die Hände und drehte sich wieder zu seinem Chef um.

Doch der hob abwehrend die Hände. »Oh nein, mein Lieber. Sie reisen allein und bitte mit einem vernünftigen Koffer. Eventuell kann ihre Freundin da aushelfen. Erstens können wir während der laufenden Ermittlungen nicht beide hier weg, und zweitens haben Sie selbst herausgefunden, dass in Apolda der Dobermann gezüchtet wurde. Bestimmt besitzt jeder zweite Bürger dort so ein Höllentier. Wenn ich mir etwas wünschen darf, dann fahren Sie heute Nachmittag, spätestens morgen früh los. Es sind etwa vierhundert Kilometer. Suchen Sie sich ein Hotel in Apolda oder Umgebung aus, und dann besprechen wir die weitere Vorgehensweise. Was sagen Sie dazu?«

»Darf ich Ella mitnehmen, oder könnte es gefährlich werden?«

Schmitt zuckte mit einem harmlosen Gesichtsausdruck mit den Achseln. »Sie werden selbst am besten wissen, wie gefährlich es ist, mit Ihnen zu verreisen. Solange Ella sich nur Dobermannstatuen anschaut und shoppen geht, dürfte das kein Problem werden. Eventuell ist es sogar eine ganz gute Tarnung.« Er hob den manikürten Zeigefinger. »Aber keine gefährlichen Alleingänge. Ich werde die Kollegen vor Ort benachrichtigen, damit Sie Unterstützung erhalten, falls notwendig. Zug oder Auto?«

»Kann ich den schwarzen Mercedes bekommen?« Er grinste bei der Frage.

»Die S-Klasse?«

Dirk nickte und wagte kaum zu hoffen.

»Noch so eine dumme Frage und ich buche Ihnen die Bummelbahn nach Apolda und die Jugendherberge.« Sein Chef griff nach dem Telefonhörer und wählte eine Nummer. »Guten Tag, Frau Bremer. Ich hoffe, Sie kommen zurecht. Es haben sich noch so einige Fragen ergeben. Ist es in Ordnung, wenn ich in einer halben Stunde bei Ihnen bin?« Kurze Zeit später legte der Chef auf und erhob sich.

Die Witwe zu befragen, bevor er nach Apolda fuhr, hatte Sinn, fand Dirk und erhob sich ebenfalls.

»Oh nein, Sie packen sich Sachen für zwei Tage ein und machen sich auf den Weg. Ich informiere Sie.« Schmitt hielt kurz inne und straffte sich. »Herr Kemper, ich denke, Sie wissen, dass ich Ihnen eine Menge zutraue.«

Dirk nickte und spürte eine gewisse Verlegenheit. Schmitt stand direkt vor ihm, und auch wenn er den Kommissar um beinahe mehr als eine Kopflänge überragte, strahlte der fein gekleidete Mann mit dem Bürstenhaarschnitt eine Autorität aus, die ihm Respekt abverlangte. »Und deshalb schicke ich auch Sie nach Apolda und niemand anderen. Lassen Sie sich von niemandem abwimmeln, und lassen Sie die Uniform zu Hause. Sie werden verschiedene Rollen spielen müssen. Und jetzt ab durch die Mitte.«

* * *

Hoffentlich hatte er dem jungen Polizisten nicht zu viel zugemutet, dachte Schmitt. Die Menschen im Osten tickten anders als im Münsterland. Das Misstrauen lag in ihren Genen. Zumindest bei den älteren Bürgern.

Er parkte sein Auto vor einem biederen Reihenhaus und stieg umständlich aus. Er betrachtete das Haus mit der Nummer siebzehn. Die Jalousien waren hochgezogen, an der Haustür prangte eine Art Erntedankkranz, und die Zeitung war aus dem dafür vorgesehenen Rohr genommen worden. Nichts ließ darauf schließen, dass der Mann des Hauses auf eine ziemlich brutale Art gestorben war, und so überraschte es Schmitt auch wenig, als die Tür von einer gepflegten Frau in Jeans und einem weinroten Rollkragenpullover geöffnet wurde. Keine zerzausten Haare oder verweinten Augen, sie war allenfalls etwas blass um die Nase, bat ihn aber mit fester Stimme herein. Im Haus roch es angenehm nach Waschpulver, und ihm kam der unpassende Gedanke, dass die Witwe vielleicht schon die Bettwäsche ihres ermordeten Mannes abgezogen und gewaschen hatte. Sie führte ihn in eine großzügige Wohnküche, während das angrenzende Wohnzimmer verhältnismäßig klein ausfiel.

»Setzen Sie sich, ich mache uns einen Kaffee.«

Während sie mit der Kaffeedose hantierte und den Kaffee tatsächlich noch frisch aufbrühte, mit Kanne und Filter, erzählte er ihr von Bernd Schubert und von Willi Bremer. Er konnte beobachten, wie sie mehr als einmal kurz in ihrer Tätigkeit innehielt, aber es kam kein Laut, keine Bemerkung über ihre Lippen. Frau Bremer schien westfälisch wortkarg zu sein, dachte er. Dazu passten auch die Geschirrtücher mit dem Blaudruckmuster.

»Willi Bremer ist der Halbbruder meines Mannes. Soweit ich weiß, hatte mein Mann nicht mehr viel Kontakt zu ihm. Die Geschichte mit der Anzeige kommt mir aber bekannt vor.« Sie schüttete den fertigen Kaffee ein, und wenn er nur halb so gut schmeckte, wie er roch, hätte sich der Besuch schon gelohnt. Vorsichtig nippte Schmitt an der cremigen Brühe, nachdem er sich einen Schuss echte Sahne gegönnt hatte. Frau Bremer tat ebenfalls reichlich in ihren Kaffee und fügte noch ein Stück Zucker hinzu. Das gefiel ihm irgendwie. Mit Genussmenschen konnte er gut.

»Ich glaube, Kurt hat damals mit seinem Bruder telefoniert. Wir waren anfangs recht erschrocken von Willis Brutalität, aber wir können auch nur schwer nachvollziehen, was die Menschen in der ehemaligen DDR durchgemacht haben, die nicht regimetreu oder die sogar aufsässig waren. Außer einem Päckchen zu Weihnachten und zum Geburtstag war zwischen Willi und Kurt nie viel gelaufen.« Sie drehte ihre Tasse in den Händen und schaute aus dem Fenster, während sie weitersprach. »Ich glaube, Willi hat es seinem Bruder übelgenommen, dass der als Teenager auf in den Westen ist. Sein Vater war ein Westdeutscher, und so gelang ihm die Ausreise. Sie hatten plötzlich keine gemeinsamen Themen oder gar gemeinsame Probleme mehr. Und immer nur Vorwürfe zu hören, weil man ein anderes Leben führte, hat der Beziehung geschadet. Beim Fall der Mauer gab es noch mal kurz Kontakt, doch dann half Willi eifrig mit beim Aufbau Ost. Er schien seine Bestimmung gefunden zu haben. Seine Weihnachtskarten wurden sanfter im Ton.« Sie lächelte zart, und er nickte ihr aufmunternd zu.

Frau Bremer war eine sehr angenehme Gesprächspartnerin. Sie saßen beide in der warmen Küche, während es sich draußen zugezogen hatte und der Regen gegen das Küchenfenster schlug. Erst jetzt fielen ihm die klugen Katzenaugen der Frau auf und ihre sympathische Art, den Kopf mit den kurz geschnittenen, brünetten Haaren leicht schräg zu halten, wenn sie überlegte.

Jetzt spitzte sie die Lippen und seufzte dann. »Bis vor etwa fünf Jahren, als Willi komplett ausrastete und diesen ehemaligen Stasimenschen zusammenschlug, und zwar krankenhausreif!«

»Hat er seinem Bruder erzählt, was ihn dazu bewogen hat? Also warum er so zornig geworden war? Wo hat er Bernd Schubert getroffen?« Er biss sich auf die Lippen, sonst hätte er sie mit noch mehr Fragen bombardiert.

»Entschuldigung, aber ich fürchte, ich weiß es nicht so genau. Ich glaube, er hat Schubert irgendwo getroffen, und zwar in einer Position, in der ein ehemaliger perfider Stasibeamter eigentlich nach der Wiedervereinigung nicht hätte sein dürfen.« Sie presste die Lippen aufeinander, als wäre sie selbst erschrocken über ihre harten Worte.

»Frau Bremer, wie lange haben Heidi Klostermann und Ihr Mann sich bereits gekannt? Doch nicht erst seitdem sie zusammen in derselben Firma sind, oder?«

Überrascht blickte sie auf. »Nein, natürlich nicht. Sie kommen ja beide aus Apolda, und Kurt hat ihr vor fünf Jahren dann die Stelle in seiner Firma besorgt. Kurt und Heidi kennen sich seit dem Studium.« Ihr Blick wurde wieder sehr traurig. »Ich hoffe sehr, dass ihr nicht das Gleiche zugestoßen ist wie meinem Mann. Sie hat es im Leben nicht einfach gehabt. Gerade als sie richtig glücklich war, starb ihr Mann bei einem Motorradunfall. Ein LKW hatte ihn übersehen.« Sie trank ihre Tasse leer und blickte fragend auf seine. »Sehr gerne, Frau Bremer. Ich habe selten einen so guten Kaffee getrunken. Wissen Sie, dass die tote Frau aus den Klatenbergen eine Schwester von Heidi war?«

Sie nickte stumm und spülte seine Tasse erst kurz unter dem Wasserhahn warm ab, bevor sie ihm neu eingoss. Eine merkwürdige Sitte, die sie mit ihrer eigenen Tasse wiederholte. »Ja, es wird viel geredet, wissen Sie. Es ist also tatsächlich wahr? Ich dachte, weil in der Zeitung nichts darüber berichtet wurde, es sei nur Gerede. Wegen der Ähnlichkeit.«

»Hat Heidi Ihnen erzählt, dass ihre Schwester Kontakt zu ihr aufgenommen hat? Wusste Ihr Mann etwas davon?« Sie setzte sich wieder und rührte Zucker und Sahne unter. »Ich glaube nicht. Er hat nie erzählt, dass Heidi eine Schwester hatte. Komisch.«

Er nickte verstehend und sagte: »Ich glaube auch eher, dass Heidi selbst erst vor Kurzem von dieser Schwester erfahren hat. Wir haben in ihrer Wohnung zwei interessante Fotos gefunden, die ahnen lassen, dass Heidi adoptiert wurde.«

Plötzlich wedelte Frau Bremer aufgeregt mit der rechten Hand in der Luft herum. »Warten Sie mal, das hat Kurt irgendwann mal erwähnt. Ihre Eltern sind ausgewandert, und er hat sich gewundert, warum Eltern so weit weg von ihrer einzigen Tochter ziehen. Na ja, hätte Heidi sogar recht schnippisch erwidert. Es waren ja nie meine leiblichen Eltern.«

»Haben Sie Kinder?«

»Ich hatte drei Fehlgeburten, und wir haben sie alle drei begraben. Da ist so ein Gefühl, dass wir Kinder hatten, ja. Aber leider nur ganz kurz. Wir sind sozusagen verwaiste Eltern. Nun bin nur noch ich übrig.« Tränen schimmerten in ihren Augen, und sie wischte sie schnell weg. Er ließ ihr ein wenig Zeit, bevor er wissen wollte: »Was für ein Mensch ist Heidi Klostermann? Mögen Sie sie?«

»Nun, ich hatte nicht so viel mit ihr zu tun wie mein Mann, aber sie kam regelmäßig zum Essen zu uns. Sie ist jünger als ich und hübscher, aber ich war nie eifersüchtig auf ihre Freundschaft mit Kurt, denn sie war stets eine gute Freundin. Nicht mehr und nicht weniger. Heidi konnte gut zuhören, aber sie besaß auch ihre eigenen Dämonen. Es kam durchaus vor, dass ich einen Rehbraten im Ofen hatte und sie eine halbe Stunde vor der Zeit die Verabredung absagte, weil es ihr nicht gut genug ging. Wenn sie ein Glas Wein getrunken hatte, konnte sie sehr lustig sein und erzählte Anekdoten aus ihrer Kindheit oder von der Arbeit.« Plötzlich hielt sich Frau Bremer die Hand vor den Mund und blickte ihn erschrocken an. »Oh, mein Gott. Ich rede von ihr, als wäre sie schon tot.« Sie stand auf und holte sich ein Taschentuch aus einer Schublade. »Sagen Sie mir die Wahrheit, Herr Kommissar. Lebt sie noch?«

»Ich weiß es nicht. Wir haben keine weitere Leiche im Klatenberg gefunden. Vielleicht hat sie den Täter gesehen und ist vor lauter Panik untergetaucht, versteckt sich irgendwo.« Er sagte ihr nicht, dass Heidi Klostermann auch als eine Verdächtige gehandelt wurde. Eventuell war sie über Umwege zu ihren Eltern gereist, wo immer die sich auch befanden. Hier lief die Personensuche noch. Er selbst hatte sich die Liste der einstigen Stasimitarbeiter noch mal angesehen. Und es tauchte dort ein Mann mit dem Namen Alfred Klostermann auf. Möglich, dass dies der Vater oder Adoptivvater von Heidi war. Die Suche nach ihm lief noch, und es war davon auszugehen, dass sie ihn auch finden würden. So einfach entkam man auch als Auswanderer nicht der deutschen Bürokratie. Die Frage war nur, ob man den Mann zu einer Aussage motivieren konnte. In Heidis Wohnung hatten sie keine Hinweise auf den Verbleib der Eltern gefunden, keine Kontaktadresse, keine Postkarten. Das Handy blieb weiterhin unauffindbar.

Er räusperte sich. Frau Bremer hatte still neben ihm gesessen, während er seinen Gedanken nachhing. So etwas erlebte man selten. Richtig wohl fühlte er sich hier mit der fremden Frau in der Küche.

Jetzt wandte er sich ihr wieder mit voller Aufmerksamkeit zu. »Frau Bremer, wissen Sie, wohin die Adoptiveltern von Heidi gezogen sind? Sie leben doch nicht mehr in Deutschland, oder?«

Sie zog die Stirn kraus und dachte nach. »Ich bin mir sicher, dass Kurt es mal erwähnt hat. Sie sind jedenfalls weit weggezogen, und meiner Meinung nach war Heidis Vater ein Stasimitarbeiter. Eventuell hat er also auch fliehen müssen. Viele alte Fälle wurden ja wieder aufgerollt. Misshandlungen, Freiheitsberaubung, Enteignung, die Liste der Verbrechen ehemaliger Stasibeamter ist lang. Heidi hat sehr wenig von ihrer Vergangenheit erzählt. Ich ahne, dass die Gesinnung ihrer Eltern ihr unangenehm war.« Plötzlich schossen ihr mit Gewalt die Tränen in die Augen. »Ach, mein armer Kurt. Die Freundschaft zu Heidi hat ihm das Leben gekostet, oder?« Sie blickte ihn nicht an, sondern holte erneut ihr Taschentuch hervor und tupfte ihre Augen vorsichtig trocken. Erst jetzt bemerkt er, dass sie dezent Schminke trug. »Sonst würden Sie mir doch nicht all diese Fragen stellen«, fügte sie hinzu.

»Es wird einen Zusammenhang geben, ja, Frau Bremer. Aber wo er liegt, ob weit in der Vergangenheit der beiden oder erst hervorgerufen durch aktuelle Ereignisse, das wissen wir noch nicht. Aber ich werde es herausfinden.« Er stand auf, und als er schon an der Haustür war, fiel es ihr noch ein.

»Argentinien! Die Eltern von Heidi leben in Argentinien. Warten Sie mal.« Und sie verschwand auf einer Holztreppe, die nach oben führte. Dort befanden sich wahrscheinlich das Schlafzimmer und ein Badezimmer. Er musste dann doch fünf Minuten lang warten, dann kam sie herunter und zeigte ihm einen Gürtel mit indianisch anmutendem Muster. »Heidi war vor zwei Jahren im Sommer zu Besuch bei ihren Eltern und hat Kurt diesen schönen Gürtel mitgebracht. Echte Handarbeit. Ich hatte es ganz vergessen.«

Er befühlte das feste Gewebe und bewunderte die strahlenden Farben. »Eine schöne Arbeit. Wissen Sie zufällig auch noch, in welcher Gegend von Argentinien das war?«

»Nein, keine Chance. Tut mir leid. Aber Sie haben doch das Handy von Kurt. Eventuell hat er den Kontakt sogar in seinem Handy oder er geht aus einem Chat mit Heidi hervor.«

Er gab ihr den Gürtel zurück und nahm ihre Hand in beide Hände. »Frau Bremer, ich danke Ihnen. Sie haben mir sehr geholfen.«

9. KAPITEL

Wenig später fasste Schmitt sein Wissen auf dem Whiteboard zusammen. Ein Beamter kümmerte sich derweil um die Untersuchung von Kurt Bremers Handy. Mit tief in den Hosentaschen versteckten Händen stand er vor dem weißen Board und starrte auf die Namen und die Beziehungen untereinander. Heidi und Kurt Bremer kannten sich also seit dem Studium, Heidi und ihre jüngere Schwester kannten sich wahrscheinlich erst seit Kurzem, da Heidi tatsächlich bei Adoptiveltern aufgewachsen war. Was anfangs aufgrund der Fotos und der Aussage von Frau Bremer nur eine Vermutung gewesen war, hatte sich anhand alter Unterlagen bestätigt. Die Identität von Heidis Schwester war noch nicht geklärt, aber hier vertraute er auf die gründliche Bürokratie der Deutschen. Wenn jemand im System verschwand, dann sicher nicht aus Versehen.

Anders sah es mit dem Ehepaar Klostermann aus. Wenn die beiden sich nach Argentinien abgesetzt hatten, würde es schwer werden, eine Auskunft zu bekommen. Das Land hatte bereits seine Erfahrungen mit deutschen Flüchtlingen. Viele deutsche Kriegsverbrecher hatten sich damals erfolgreich nach Südamerika abgesetzt – oft sogar mit der Hilfe der katholischen Kirche. Es wäre gut, Adresse oder Telefonnummer von Heidis Eltern zu finden. Und das Schicksal meinte es gut mit ihm. Als er bei einem Glas Wasser noch mal den rechtsmedizinischen Bericht über Kurt Bremer las, teilte ihm der junge, rothaarige Polizist mit: »Ich glaube, ich habe etwas für Sie. Ich habe einen Chatverlauf in Bremers Handy gefunden, in dem eine Heidi ihm von einem leichten Erdbeben in Bahia Bianca berichtet und erwähnt, dass es ihren Eltern aber gut gehe.«

Schmitt blickte begeistert auf. »Bahia Bianca, was für ein schöner Stadtname. Gut gemacht!«

Der junge Mann mit den viel zu lang geratenen Beinen grinste ihn an. »Ich habe mal ein wenig gegoogelt. In Bahia Bianca hat Charles Darwin einen Zwischenstopp eingelegt, einen sehr entscheidenden. Denn dort auf dem Schiff hat er während dieser Zeit die Entwicklung der Evolutionstheorie vorangeführt. Als Stasimitarbeiter, der sich grundsätzlich für auserwählt und für etwas Besseres hält, würde ich auch diesen Ort für eine passende neue Bleibe wählen.«

Schmitt blickte ihn überrascht an. »Wieso das denn?«

Der Polizist trat näher. »Na ja, laut Darwin überleben am besten die Artgenossen, die sich gut anpassen können. Und das konnte das Ehepaar Klostermann ja offenbar sehr gut. Ich gehe jetzt mal davon aus, dass sie nicht in einem argentinischen Gefängnis sitzen.«

Ein Neunmalkluger, dachte Schmitt und erwiderte: »Na, dann schauen wir mal, ob wir von der deutschen Botschaft eine Auskunft erhalten.«

Erneut strahlte der junge Beamte und hielt ihm einen Zettel hin. »Das gehörte doch mit zu meiner Aufgabe, dachte ich. Hier ist sind Adresse und eine Telefonnummer. Ältere Menschen besitzen ja häufig noch Festnetzanschlüsse.« Er legte dem Kommissar den Zettel auf den Tisch. »Sie können jetzt gut anrufen, denn in Argentinien ist es gerade Morgen.«

Meine Güte, dachte Schmitt, bei diesem Eifer konnte er ja froh sein, dass der Mann nicht auch noch selbst angerufen hatte. Denn so etwas ließ er sich nicht gerne aus der Hand nehmen. Er bedankte sich für die gute Arbeit.

Zunächst einmal musste eine Tasse Tee her, und er bat seine Sekretärin um einen Pfefferminztee. Dann legte er sich innerlich ein kleines Konzept vor und wählte schließlich die Nummer, die auf dem Zettel stand und die seine Stimme nun in Südamerika erklingen ließ.

Es dauerte nicht lange und ein tiefer männlicher Bass meldete sich. »Alfred Klostermann, hello?«

Sein Herz machte einen Hüpfer, und er war nun doch ein klein wenig überwältigt von dem plötzlichen Erfolg. Ohne Umschweife stellte er sich vor. »Hier spricht Kommissar Schmitt aus dem Kreis Warendorf in Deutschland. Herr Klostermann, spreche ich mit dem Vater von Heidi Klostermann?«

Das lange Schweigen am anderen Ende der Leitung hatte er nicht erwartet. Der Mann musste doch eine Menge Fragen haben, wenn er unerwartet in Argentinien von der deutschen Polizei angerufen wurde.

»Herr Klostermann, sind Sie noch dran?«, fragte er endlich.

Ein Räuspern. »Was ist passiert?« Herr Klostermann hatte sich gefangen und rechnete offenbar mit dem Schlimmsten.

»Ihre Tochter Heidi ist verschwunden, und eine Frau, die laut DNA ihre jüngere Schwester ist, wurde hier im Kreis Warendorf ermordet aufgefunden. Ich hoffe, Sie können uns weiterhelfen.« So hart und knapp hatte er es eigentlich nicht formulieren wollen, aber er hatte so den Eindruck, als könnte man mit dem Mann am besten Klartext reden.

»Puh, Sie schonen mich nicht. Was wissen Sie bislang von meiner Tochter?«

Wollte Klostermann etwas über ihr Verschwinden wissen oder vielmehr in Erfahrung bringen, was die Polizei über seine und Heidis Vergangenheit wusste? Er stellte sich dumm. »Nun, sie ist am Montag nach der Arbeit zuletzt gesehen worden, und es scheint so, als hätte sie eine Verabredung mit ihrer Schwester gehabt. Aber das ist nur eine Vermutung. Ihr Handy und auch das Handy ihrer Schwester sind nicht auffindbar, und wir kennen auch noch nicht die Identität der toten Frau.«

»Ich dachte, Sie wissen, dass es Heidis jüngere Schwester ist?«

»Ja, aber mehr wissen wir nicht. Wir haben keinen Namen. Bis dato. Können Sie uns weiterhelfen?«

Er hörte ein hartes Lachen. »Ich wusste doch gar nicht, dass Heidi jüngere Geschwister hat. Wir haben Heidi adoptiert, da war sie gerade drei Jahre alt. Ihre Eltern starben bei einem Autounfall, das hat man uns damals so gesagt.«

Herr Klostermann klang verwirrt. Entweder war er ein guter Schauspieler, oder er wusste wirklich nichts. Denn die Existenz einer jüngeren Schwester war der eindeutige Beweis, dass Heidis Eltern nach ihrer Adoption noch gelebt haben mussten. Der Altersunterschied betrug geschätzt etwa acht bis zehn Jahre. Und Schmitt wusste aus der DNA-Analyse, dass Heidi und die tote Frau dieselben Eltern hatten. In der ehemaligen DDR war bestimmt nicht alles in geordneten, rechtlichen Bahnen verlaufen, doch wie viel wusste Herr Klostermann?

»Nun, das ist dann eine Lüge gewesen, die man Ihnen aufgetischt hat, Herr Klostermann. Acht bis zehn Jahre später haben Heidis Eltern ein Kind bekommen, eine Tochter. Wie hieß denn Ihre Adoptionstochter mit Geburtsnamen?«

»Das weiß ich nicht. Wir haben damals nicht viele Fragen gestellt. Das gehörte in dem Regime nicht zum guten Ton und brachte nur Schwierigkeiten ein. Hören Sie, ich bin vielmehr daran interessiert, ob es meiner Tochter gut geht und was Sie alles unternehmen, um sie zu finden.«

Aha, dachte Schmitt, es wurde aber auch Zeit, dass er sich nach dem Wohlbefinden seiner Tochter erkundigte. »Wann hatten Sie denn zuletzt Kontakt mit Heidi?«, fragte er ausweichend.

»Am vergangenen Sonntag. Wir telefonieren jeden Sonntag mit unserer Tochter.«

»Und wie war das gestern?«

»Nun, wir haben uns natürlich schon ein wenig Sorgen gemacht, weil sie sich nicht gemeldet hat. Auf dem Handy ist sie nicht erreichbar, aber ab und an kam das schon mal vor, wenn sie verabredet war oder lange gefeiert hat. Doch dann meldet sie sich spätestens am Montagabend bei uns. Als ich eben die deutsche Nummer sah, war ich fast sicher, dass es Heidi ist, die irgendwo von unterwegs anruft. Und jetzt erzählen Sie mir diese unglaubliche Geschichte.«

Die keine Geschichte war, dachte Schmitt und zündete die nächste Salve. »Herr Klostermann, ich habe Ihnen noch nicht alles erzählt. Wir haben auch noch eine männliche Leiche gefunden, Kurt Bremer, den langjährigen Freund und Arbeitskollegen von Heidi. Er stammt auch aus Apolda. Kannten Sie ihn?«

Diesmal fiel das Schweigen am anderen Ende der Leitung weit kürzer aus. »Flüchtig. Ich habe ihn einmal bei Heidi gesehen, er ist …« Die Stimme brach ab, schon vorher hatte er das Zittern wahrgenommen. Herr Klostermann konnte seine Sorge anscheinend nicht länger verbergen. »Oh mein Gott, bitte finden Sie sie.«

»Herr Klostermann, wir wissen um Ihre Beschäftigung oder sollte ich besser Beteiligung sagen zu Zeiten des DDR-Regimes. Doch das ist lange her. Können Sie eventuell herkommen und uns unterstützen?«

Er konnte die nachfolgenden Worte kaum verstehen, weil Klostermann so leise sprach. »Es tut mir leid, das ist mir aktuell aus gesundheitlichen Gründen leider nicht möglich. Kann ich Sie unter dieser Nummer erreichen?«

»Ich gebe Ihnen meine Handynummer.« Er diktierte dem älteren Herrn seine Mobilnummer und wunderte sich nicht, als der dann einfach auflegte.

Schmitt lehnte sich zurück. Denn er hatte immerhin mehrere wichtige Informationen erhalten: Heidi Klostermann war aller Wahrscheinlichkeit nach nicht freiwillig verschwunden. Denn sonst hätte sie sich am Sonntag wie gewohnt bei ihrem Adoptivvater gemeldet. Und noch etwas war ihm aufgefallen. Herr Klostermann schien seine Adoptivtochter ehrlich zu lieben, auch wenn er weit weggezogen war. Komisch, er hatte schnell den offenbar falschen Schluss gezogen, dass Stasimitarbeiter oder Menschen mit zweifelhaften Moralvorstellungen ihre Kinder weniger liebten. Gleichzeitig war er aber auch überzeugt davon, dass Klostermann nicht die ganze Wahrheit erzählt hatte. Mit Sicherheit wusste er, aus welcher Familie Heidi gekommen war. Klostermann hatte seiner Tochter vielleicht von einem angeblichen Autounfall erzählt, aber einen Warendorfer Kommissar würde er mit dieser Behauptung nicht in die Irre führen. In der ehemaligen DDR bekamen Paare oft früh ihre ersten Kinder, weil sie dann Anspruch auf eine eigene Wohnung hatten. Es ergab aber keinen rechten Sinn, wenn man ein Kind nach drei Jahren zur Adoption freigab. Eine anständige Erziehung der Kinder war im Kommunismus wichtig gewesen. Man wollte keine Individualisten und Egozentriker heranziehen lassen, sondern das Gemeinwohl musste im Vordergrund stehen. Es war also durchaus vorgekommen, dass man rebellischen Eltern die Kinder einfach weggenommen hatte. Davon hatte Schmitt schon mal gelesen. Unvorstellbar. Hier war es nicht um Identität und Kindeswohl, sondern um das Staatswohl gegangen! War Heidi so ein Kind gewesen? Hatte man sie einfach ihren Eltern weggenommen? Bei einer Dreijährigen konnte man davon ausgehen, dass ihre Erinnerungen an ihre leiblichen Eltern nur rudimentär bleiben würden. Das bewusste Erinnern setzte erst ab dem dritten Lebensjahr ein.

Am späten Nachmittag meldete sich Kemper bei ihm. »Bin angekommen, Chef. Ella ist auch bei mir, ich soll Sie grüßen. Ist ein nettes Städtchen hier, sehr sauber, und Dobermänner haben wir nur als Statue gesehen.«

»Sie sollen auch keinen Hund kaufen, sondern ermitteln, Kemper. Von mir aus können da zehn Dobermänner auf ein Auto kommen, solange ich hier bin und die in Apolda bleiben. Haben Sie schon die Kollegen vor Ort gesprochen?«

»Danke der Nachfrage, die Autofahrt war angenehm und Pausen braucht ein deutscher Polizist nicht. Natürlich bin ich sofort zur Polizeiinspektion gefahren und habe mich vorgestellt. Die warten hier geradezu auf westfälische Beamte, die nach alten Fällen fragen. Wir haben es nur Ellas Charme zu verdanken, dass sich schließlich ein Beamter um unser Anliegen gekümmert hat. Leider müssen wir davon ausgehen, dass hier gar nicht alles aktenkundig ist. Des Weiteren erklärte der Apolder Beamte mir, dass unser Fall nichts Besonderes sei.«

»Ach so. Dann haben die in Apolda häufiger Leichen, bei denen sich herausstellt, dass sie nach einer verloren gegangenen Schwester gesucht haben?« Den bissigen Ton konnte er nicht verhindern.

Sein junger Kollege blieb unberührt. »Das meinte ich nicht. Aber es gibt eine Reihe von Eltern, die noch Jahrzehnte später ihre Kinder suchen. Oft wurde ihnen im Krankenhaus erzählt, dass sie verstorben seien, oder man hat sie ihnen einfach weggenommen, weil die Eltern regimefeindlich agierten. Und dann wurden sie an gut situierte Parteifreunde verschachert. Er riet mir, mich mal auf Facebook umzusehen. Da gibt es bestimmte Seiten, auf denen man nach Vermissten suchen kann. Vielleicht hat Heidi gezielt nach ihrer echten Familie gesucht und hat dabei schlafende Hunde geweckt. Haben Sie schon die Adoptiveltern gefunden? Haben die ein Alibi oder eine Erklärung?«

Er hörte Kemper im Hintergrund schnaufen, als befände der sich beim Sport. Der telefonierte doch hoffentlich nicht während einer Joggingeinheit mit ihm. »Die haben zumindest mit Heidis Verschwinden nichts zu tun. Das sagt mir meine Menschenkenntnis. Herr Klostermann hat behauptet, Heidis Eltern seien bei einem Autounfall ums Leben gekommen, aber das ist gelogen.«

»Sagt Ihnen Ihre Menschenkenntnis.«

Auf die Spitze reagierte er gar nicht. »Sagen Sie mal, was treiben Sie da eigentlich? Wenn ich mit einem schnaufenden Walross telefonieren möchte, rufe ich im Zoo an.«

»Ich arbeite – und zwar mit vollem Körpereinsatz. Ich schleppe gerade eine dicke, schwere Kiste mit Akten aus dem Keller in den dritten Stock. Die Thüringer Beamten sind so charmant wie unsere westfälischen Schweinebauern, wenn die Lüftung auf Störung steht. Wenn ich Glück habe, hält mir oben einer die Tür auf.«

Er nickte nur verstehend, auch wenn Kemper das natürlich nicht sehen konnte. Dann vernahm er eine weitere Stimme und eine quietschende Tür. Kemper schien die dritte Etage erreicht zu haben.

»Danke, lieben Dank, wo darf ich mich denn niederlassen«, hörte er Kempers Stimme. Die Antwort verstand er nicht. Er wollte gerade schon auflegen, da er es hasste, in der Warteschlange zu landen, da sprach Kemper wieder mit ihm. »Chef, ich sitze nun in einem netten Büro mit Ausblick auf den Apolder Bahnhof und habe eine Kiste mit Akten von Vermisstenanzeigen vor mir. Wünschen Sie uns Glück. Wenn die Eltern von Heidi Klostermann nicht tot sind, haben sie vielleicht ganz offiziell nach ihr gesucht. Übrigens können Sie meine süße Ella auf die Gehaltsliste setzen. Sie läuft mit dem Foto von der Toten in der City herum und fragt, ob jemand die Frau kennt.«

Bislang hatte die Polizei das Foto der toten Frau aus dem Klatenberg nicht freigegeben und auch noch keine Umfrage in den Zeitungen gestartet. Schmitt ging davon aus, dass die Frau nicht aus der Gegend war. Allerdings war er bald verzweifelt genug, das Foto der Pressestelle zu geben und einen Suchruf zu starten. Es war wie verhext, aber auch nach knapp einer Woche wussten sie noch nicht, wer die Frau war. Dass Kemper das Foto nun seiner Freundin gegeben hatte, war streng genommen eine Verletzung des Dienstgeheimnisses, doch er selbst hatte das provoziert, indem er Ella die Mitfahrt gestattet hatte. Blieb nur zu hoffen, dass die junge Dame sich nicht in Gefahr begab.

»Ach, Chef, bevor ich es vergesse: Ich hatte die Akte von Herrn Klostermann beantragt. Sie wissen schon, die Stasiakte. Die müsste allmählich auf meinem Schreibtisch angekommen sein.«

Tatsächlich. Da lag eine Akte auf dem zweiten Schreibtisch im Büro. Und als er davorstand und sie aufschlug, schaute ihn das Foto eines Mannes an, den er sofort erkannte. Das war der Mann von dem Foto aus Heidis Album, nur etwas älter. Dunkelbraune Haare, streng im Seitenscheitel gekämmt, eine scharf geschnittene Nase und braune Augen, die von buschigen Brauen begleitet wurden. Ein altmodisch gemustertes Hemd und eine furchtbare Krawatte ließen den Mann nicht sympathischer erscheinen. Er griff nach seiner Lesebrille.

10. KAPITEL

Sie setzte ihren Lodenhut ein wenig schräg auf die dunkelbraunen Haare und zog ihre Augenbrauen nach. Ja, so sah es gut aus, leicht hochgestellt, was dem Gesicht einen interessierten Ausdruck verlieh. Ein paar Visitenkarten steckte sie auch noch ein, und dann holte Clara ihr E-Bike aus der Garage. Die erste kleine Szene ihres Buches war getippt, doch nun brauchte sie mehr Infos, um dem Ganzen Leben einzuhauchen. Sie lächelte versonnen, während sie zu ihrer ersten Station radelte. Die Polizei hatte natürlich ganz andere Möglichkeiten, an Informationen zu kommen, doch ihre eigene Quelle war eine Goldgrube.

Zehn Minuten später und mit kalten Knien stieg sie vom Fahrrad, zog die Lederhandschuhe aus und schloss ihr Rad ab. Dann betrat sie mit wehendem Lodenmantel einen Friseursalon, in dem gerade eine Mitarbeiterin einer Kundin die Haare färbte. Sie rümpfte die Nase, denn der scharfe Ammoniakgeruch stieg ihr in die empfindliche Nase. Doch sie roch auch frischen Kaffee und marschierte lächelnd zur Kasse und Anmeldung. Hier stand eine hochgewachsene Frau mit einem asymmetrischen Haarschnitt, der sicher auch als Referenz für die Talente des Salons herhalten sollte.

»Hallo Frau Teichner. Wie können wir Ihnen heute helfen?«

»Guten Tag, ich grüße Sie. Ich würde gerne mit Monika sprechen. Ist sie da?«

»Ja, aber so spontan hat sie leider keinen Termin mehr frei. Tut mir leid.«

»Aber natürlich hat sie das nicht. Es geht auch nicht um einen Kosmetiktermin, sondern um eine etwas bizarre Recherche.« Sie lächelte verschwörerisch, doch die Mitarbeiterin reagierte nur mit einem verwirrten Ausdruck. Clara war etwas beleidigt. Es war wirklich schwierig, als Autorin bemerkt zu werden. »Sie wissen doch, für ein aktuelles Buchprojekt. Kann ich nach hinten gehen? Danke.« Ohne weiter abzuwarten, ging sie den Flur hinter der Anmeldung entlang, der in den Kosmetikbereich führte. Hier roch es schon ganz anders. Nach Parfum und ätherischen Ölen. Leise Musik konnte sie nun auch wahrnehmen.

Monika saß hinter einem monströsen Bildschirm und hatte eine Lesebrille auf der Nasenspitze. Ihr Blick auf den Bildschirm wirkte dennoch angestrengt. Sie sah auf, als sie Clara hörte. »Hallo Clara. Habe ich einen Termin übersehen?«

»Nein, keine Sorge. Ich brauche deine gute Beobachtungsgabe für eine Buchrecherche. Hast du einen winzigen Moment?«

Monika lächelte, aber nur so weit, wie es die sorgfältig aufgetragene Puderschicht zuließ.

Wie machte sie das nur, einen so gleichmäßigen Teint hinzubekommen, fragte sich Clara und setzte sich auf einen Stuhl, die Handtasche auf den Knien. Aus dieser großen, olivfarbenen Tasche holte sie zunächst einmal eine Tafel edler Schokolade. Immerhin fing man mit Speck Mäuse. »Bitte schön, Aufwandsentschädigung. Also, Moni, du hast eine Kundin mit Namen Heidi Klostermann. Wie du sicher weißt, ist sie verschwunden, und ich, nun ja, ich ermittele ein wenig in dem Fall. Ich war dabei, als man die Leichenreste von Heidis Mitarbeiter gefunden hat und bin also sozusagen mittendrin im Geschehen.« Als sie Luft holte, bemerkte sie die weit aufgerissenen Augen von Monika. Wenn da mal nicht die Wimperntusche verschmierte, dachte sie und erzählte etwas ausführlicher von den Ereignissen.

»Wow, du erlebst etwas. Ja, Heidi kommt mehr oder weniger regelmäßig zum Peeling zu mir. Sie ist Biologin und selbst in der Kosmetikbranche tätig. Mensch, ich habe so manches Mal bei ihren Tipps gedacht, ich müsste eigentlich ihr Geld geben und nicht umgekehrt.« Moni warf ihr einen nachdenklichen Blick zu. »Ich habe natürlich von den Morden gehört, aber ich hatte keine Ahnung, dass eine meiner Kundinnen verschwunden ist. Was willst du denn wissen?«

»Alles. Alles könnte für meine Geschichte von Relevanz sein. Traust du ihr einen Mord zu?« Die Frage hatte sie eher als Scherz gestellt. Daher kam die Antwort überraschend. »Unbedingt. Heidi Klostermann ist eine sehr konsequente Person, die ich nicht als Feindin haben möchte. Ich habe sie mal erlebt, als sie sich über eine Kollegin ausließ, die in der Firma intrigiert hat und so den Rauswurf eines Kollegen verursacht hat. Wenn sie die allein in einer dunklen Gasse in die Hände bekommen hätte, hätte sie ihr in ihrem Zorn sämtliche Haare ausgerissen. Aber sonst ist sie eine kluge und freundliche Frau, die aber auch ganz plötzlich sehr melancholisch werden kann.« Moni hielt wie Wicki ihren Zeigefinger an die Nase. Im Hintergrund hörte man Stimmen. »Heidi hat mal irgendetwas von ihrer Herkunft erzählt. Sie ist nämlich adoptiert worden. Und sie hat einen Scherz darüber gemacht, dass sie vielleicht eine heimliche Prinzessin sei, eben nur leider unehelich gezeugt.«

»Sie wuchs in der DDR auf; soweit ich weiß, gab es da keine Prinzen, nur Genossen.« Clara schüttelte den Kopf.

Moni lachte. »Stimmt und die ganz besonderen Genossen, die in Saus und Braus lebten. Viel wahrscheinlicher ist es, dass ihre Eltern bei einem Fluchtversuch erschossen wurden. Obgleich, wenn sie nun eine jüngere Schwester hatte, passt das nicht. Mmmh, mehr weiß ich auch nicht.«

»Denk nach. Menschen reden, wenn sie entspannt auf einer Liege liegen.« Sie beugte sich zu Moni vor und setzte einen bittenden Blick auf. »Ich kann alles gebrauchen.«

Moni setzte ein verschwörerisches Lächeln auf. »Eine Info habe ich doch noch für dich, aber sie hat sicher nichts mit den Morden oder dem Verschwinden von Heidi zu tun.«

»Sag schon«, drängelte sie neugierig und zückte ihren Schreibblock aus der Tasche.

»Heidi war verliebt!«

Clara strahlte. »Na bitte, das sind doch Informationen, die in einen Roman passen. In wen?«

Moni machte ein spitzes Gesicht. »Sie hat mir keinen Namen genannt. Der Mann ist schon ein paar Jährchen älter als sie, vielleicht Anfang sechzig. Er sei schlank und sportlich mit einem markanten Gesicht, und er habe eine gefährliche, geheimnisvolle Aura an sich, die Heidi anscheinend anziehend fand. Du kennst doch die Faszination der bösen Buben. Außerdem soll er Geld haben, er fährt einen Jaguar.« Moni lachte laut. »Du meine Güte. Jetzt, da ich es erzähle, hat es eventuell doch etwas mit ihrem Verschwinden zu tun.«

»Wo hat sie ihn kennengelernt?«

»In dem Sportstudio, in das sie regelmäßig geht. Es befindet sich, soweit ich weiß, in der Nähe vom Lidl und wird von zwei Brüdern geleitet. Das kennt jeder.«

Clara kannte es nicht, aber das sollte sich ändern. »Sag mal, findest du, dass ich schon zu alt bin, um mich jetzt noch in einem Fitness-Studio anzumelden?«

»Quatsch. Das ist doch der neue Trend, dass die Siebzig- und Achtzigjährigen nun trainieren gehen.«

Clara verzog ein wenig den Mund. Sie wurde gerne für eine Frau in den Sechzigern gehalten. Sei's drum. Immerhin sprach sie mit ihrer Kosmetikerin, und die kannte jede ihrer Falten mit Namen. »Moni, du hast mir sehr geholfen. Dann will ich mal hoffen, dass der gute Mann die Lust am Sport nicht so schnell verloren hat, wie Heidi verschwunden ist.« Sie stand auf und bemerkte schmerzend ihren Rücken. Na, wenn das kein Zeichen war. »Wann ging Heidi immer zum Sport?«

»Also, das weiß ich wirklich nicht, Clara.«

Aber das wusste bestimmt die Nachbarin, dachte sie und wollte da gleich mal anrufen. Von ihr hatte sie ja auch den Hinweis mit dem Kosmetikstudio.

So kam es, dass sie wenig später ihr Rad vor dem besagten Fitnessstudio abstellte und ihr Handy zückte. Schnell erklärte sie Irena, dass sie eine Spur habe und von ihr wissen wolle, wann Heidi üblicherweise zum Sport gehe.

Die Antwort kam prompt. »Dienstagnachmittags und oft auch samstagnachmittags.«

Mit einem zufriedenen Lächeln betrat sie fünf Minuten später das Studio, um sich für ein Probetraining anzumelden. Und verkündete dann: »Ich kann leider nur am Dienstagnachmittag oder am Samstagnachmittag. Und wenn es morgen schon klappt, wird es mir mein Rücken danken. Ich muss wirklich dringend etwas tun.«

Der nette Herr an der Bar, die gleichzeitig auch zur Anmeldung genutzt wurde, lächelte souverän. »Solche Probleme sind unsere Herausforderungen, meine Liebe. Um 15:30 Uhr können wir mit einem Probetraining starten.« Er schrieb ihr den Termin auf einen kleinen Zettel, während sie selbst einen großen Zettel ausfüllen musste. Und den musste sicher jeder ausfüllen, der hier anfing. Geburtsdatum, Adresse und eine kleine Anamnese. Wo gab es Einschränkungen, wann und wo Operationen, nahm man Medikamente gegen Bluthochdruck oder Herzinsuffizienz? In das Feld für Berufstätigkeit trug sie besonders gut lesbar *Schriftstellerin* ein.

Dann beobachtete sie ganz genau, wie ihr ausgefüllter Zettel in einen blauen Ordner abgeheftet und hinter der Theke in einen Schrank gestellt wurde. Wenn sie den

Namen des Herrn herausgefunden haben würde, der in Heidis Augen Gnade gefunden hatte, musste sie unbedingt an den entsprechenden Ordner kommen. »Bis morgen und vielen herzlichen Dank, dass Sie sich so schnell um mich kümmern.« Sie winkte mit ihrem Terminzettel und öffnete die Tür nach draußen.

Kühle, frische Luft schlug ihr entgegen, und sie zupfte ihren Schal zurecht. In dem Moment fuhr ein schnittiger, dunkelblauer Wagen auf den Parkplatz. Vorne an den Lüftungsschlitzen erkannte Clara eine runde Plakette mit einem Katzenkopf darauf. Ihre Augen funktionierten noch gut. Das Maul weit aufgerissen und die Zähne zeigend blickte ihr ein Jaguar entgegen.

Fünf Sekunden später lag sie unter ihrem Fahrrad. Sie japste. Außer dem Rücken schmerzte nun auch das Steißbein erheblich, und der hilfesuchende Blick, den sie dem Mann zuwarf, der soeben aus dem Jaguar stieg, war echt. Es würde eine Zeit lang dauern, wenn sie sich allein von dem schweren E-Bike befreien müsste. Der Mann trug einen dunklen Wollmantel und einen grauen Schal, und von ihrer liegenden Position aus fielen ihr außerdem noch die eleganten Schuhe aus weichem, hellem Leder auf, die nun auf sie zueilten. Seine Sporttasche hatte er am Wagen abgestellt.

»Vorsichtig«, sagte er und hob das Rad so leicht hoch, als handelte es sich um ein Kinderdreirad. Dann stellte er es aufrecht wieder auf den Ständer und beugte sich zu ihr herunter »Können Sie unbeschadet aufstehen, oder sollen wir einen Krankenwagen holen?«

Jetzt sah sie auch sein Gesicht. Eine gesunde Hautfarbe, eine Adlernase und stechende Augen, dazu militärisch kurz geschnittene Haare und eine Brille mit schwarzer Fassung. Ein Raubvogelgesicht, stellte sie fest, auf eine respekteinflößende Art attraktiv.

»Ich kann sogar noch Rad fahren, aber dieses Gefährt lag so schwer auf mir.« Er streckte ihr beide Hände entgegen, als sie Anstalten machte, sich zu erheben, und dank seines Schwungs kam sie eleganter wieder auf die Beine, als sie gehofft hatte. Ihre spontane Aktion hätte leicht ins Auge gehen können. Zum Glück war wenig passiert. Blaue Flecken heilten von alleine. »Vielen lieben Dank. Ich bin ein wenig durch den Wind, müssen Sie wissen. Meine Nichte wird seit Tagen vermisst, aber hier wusste mir auch keiner zu helfen.«

Sein Blick blieb gleichgültig. »Das tut mir leid, ich hoffe, Sie finden sie schnell. Alles okay?«

Er machte Anstalten, zu seiner Sporttasche zu gehen. »Eventuell kennen Sie sie ja, wenn Sie hier trainieren. Sie heißt Heidi Klostermann.«

Die Adlernase wandte sich abrupt wieder ihr zu. »Und Sie heißen wie?«

»Ich bin Clara Teichner. Eigentlich ist sie auch nicht so richtig meine Nichte, aber sie steht mir nahe und nennt mich immer Tantchen.« Sie konnte sehen, wie seine Augenbrauen sich zusammenzogen. Hinter der Stirn gerieten anscheinend all die kleinen, grauen Zellen in Aufruhr. Vielleicht überlegte er soeben, ob der Hase vor ihm ein passendes Beutetier war. Denn unter seinem Blick fühlte sich Clara wie ein Hase. Er würde sie anlügen, da war sie sich sicher.

»Ja, ich kenne Heidi. Sie ist immer dienstags hier, während ich mal an dem Tag und mal an dem komme.

Grüßen Sie sie von mir, wenn Sie sie sprechen.« Nun wandte er sich endgültig seiner Sporttasche zu.

»Von wem soll ich grüßen?«

»Von dem Mann mit der Katze.« Und ohne ein Wort des Abschieds griff er nach der Tasche und war wenig später im Inneren des Studios verschwunden.

Clara zückte ihr Notizbuch und schrieb sich das Autokennzeichen auf. MS SG 110.

Etwas langsamer, aber nicht weniger motiviert und vor allem stolz wie Sherlock Holmes nach einem gelösten Fall, fuhr sie zur Kosmetikfirma, in der Heidi Klostermann arbeitete. Doch so einfach kam sie dort nicht rein. Es gab einen Pförtner, der schon an der Einfahrt zu den Parkplätzen fragte, ob und mit wem sie einen Termin habe.

»Ich möchte zu Heidi Klostermann oder zum Chef persönlich. Clara Teichner ist mein Name, ich bin Schriftstellerin.«

Völlig unberührt drückte der junge Mann einige Tasten und verkündete dann, ohne sie anzuschauen: »Frau Klostermann ist heute gar nicht im Haus, und der Chef hat Besuch. Tut mir leid.«

So hatte sie den Mann eingeschätzt. Der wusste noch nicht einmal, dass die Mitarbeiterin Heidi Klostermann schon seit Tagen vermisst wurde, aber sein Handy lag offen neben ihm, und sie erkannte das Instagram-Symbol.

»Wenn Sie etwas Anständiges lernen würden, müssten Sie hier nicht so gelangweilt in einem Vier-Quadratmeter-Häuschen sitzen. Nun lassen Sie mich schon rein.« Sie wedelte mit einem Fünfeuroschein, und endlich blickte er sie aus dunkelbraunen Augen an. »Ich studiere Jura im siebten Semester, danke, dass Sie sich Sorgen um meine Bildung machen. Ohne bestätigten Termin kommen hier nur die Polizei oder Heidi Klum hinein. Den Schein nehme ich aber gerne als Aufwandsentschädigung. Und eine Frage habe ich jetzt auch: Was wollen plötzlich alle von Heidi Klostermann? Vor zehn Tagen etwa war schon mal eine Frau hier und wollte zu dieser Mitarbeiterin. Sie sah ihr sogar verdammt ähnlich.«

Clara bekam unter den Handschuhen ganz feuchte Hände. »Hat sie ihren Namen genannt?«

»Bestimmt, aber ich muss nur die aufschreiben, die einen Termin haben und reinkommen. Die Dame hatte aber keinen Termin, und Frau Klostermann war schon weg.« Er schielte bereits wieder zu seinem Handy und steckte sich dabei ihren Schein in die Jeanshose.

So ein Frechdachs. Ungeduldig beugte sich Clara ein Stück weit über ihren Fahrradlenker und hätte beinahe aufgestöhnt, weil ihr Rücken diese plötzliche Dehnung nicht haben konnte. »Und wie ist sie hierhergekommen? Wenn die mit dem Auto gefahren ist, wissen Sie doch bestimmt noch Fabrikat und Farbe oder sogar das Kennzeichen?« Herausfordernd schaute sie ihn an. Immerhin hatte sie mal als Lehrerin gearbeitet. Das lag zwar zwanzig Jahre zurück, aber solche Blicke verlernte man nicht.

Der junge Mann verdrehte nun ganz ungeniert die Augen. »Meine Güte, arbeiten Sie für die Polizei, oder was? Es war ein roter Fiat, und er kam nicht von hier. Reicht das nun?«

»Nicht ganz. Wie ist denn Ihr werter Name? Denn Sie, mein Lieber, haben sich soeben einen Termin besorgt. Mit der echten Polizei.«

11. KAPITEL

Jetzt, eine Stunde vor Sonnenuntergang, war eine gute Zeit, um den Wildschweinen den Garaus zu machen. Schon von Weitem sah er die beiden Jagdpächter mit ihren alten Drillingen am vereinbarten Treffpunkt warten. Er grinste. Der eine schwer und so laut schnaufend, dass sich wohl kaum ein Wildschwein sehen lassen würde. Der andere krummbeinig, doch immer noch leise in seinen Bewegungen, nur leider so schlecht mit den Augen, dass er meist danebenschoss. Beide hatten sie dicke Jacken und Mützen auf, und Hubert trug auch noch eine Decke unter dem Arm.

»'N Abend, Lutz. Schön, dass du uns unterstützt.« Umständlich kramte Horst einen ledernen Flachmann hervor und ein Pinnchen und goss ihm erst einmal einen Begrüßungsschnaps ein.

»Wacholderkorn, passend zur Umgebung«, kicherte der Älteste von ihnen.

Lutz kippte den leckeren Brand hinunter und fühlte kurz die wohlige Wärme des Alkohols in der Brust. »Danke, Horst. Hier scheint eine übliche Route der Schwatten zu sein.« Er zeigte auf einen Trampelpfad, der zwischen dem Kiefernwald und dem Beginn der Wacholderheide entlanglief. »Das zeigen auch die Wildkameras.«

Hubert kippte derweil ebenfalls seinen Wacholderschnaps hinunter und nickte genüsslich. Hinter ihnen war am Rand des Waldes einer der Hochsitze zu sehen, die in dem Gebiet verteilt waren. Wie die beiden nun allerdings unbeschadet die steile Treppe zum Hochsitz hinaufkletterten, wollte Lutz lieber nicht mehr beobachten. Eventuell war genau für diese Aktion der Schnaps gut. Nach einer kurzen Begrüßung trennte er sich von den alten Herren und suchte einen eigenen Hochsitz auf, der sich aber in unmittelbarer Nähe befand. Und dann hieß es, Geduld und Ruhe zu bewahren. Das überaus feine Gehör und die scheue Art der Wildtiere sorgten dafür, dass man sie selten zu Gesicht bekam. Lutz machte es sich so bequem wie möglich auf der Holzbank und legte sein Gewehr in die Aussparung. Dank einer ausgeklügelten Zwiebeltechnik war es ihm warm genug. Nicht die dickste Daunenjacke half am besten gegen die Kälte, sondern eine Kombination aus warmer Unterwäsche und mehreren Schichten dünnerer Kleidung übereinander. Zum Abschluss hatte er seine Fleecejacke mit hoch schließendem Kragen angezogen sowie eine wind- und regensichere, lange Jacke. So würde er es einige Stunden lang aushalten.

Er musste eingeschlafen sein, denn das typische Grunzen von Schweinen weckte ihn abrupt. Gleich darauf hörte er auch das Wühlen im Laub. Lutz sah in die Richtung des Hochsitzes, auf dem Hubert und Horst saßen. Von ihrem Platz aus mussten sie die Rotte zumindest hören. Immer näher kam das Geräusch, und schließlich sah er die Schatten von vier Tieren, zwei Ausgewachsene und zwei kleinere Überläufer. In dem Moment knallte ein Schuss und kurz darauf ein zweiter. Lutz wartete nicht weiter ab, sondern hielt den Lauf seines Gewehres auf das kleinste der Tiere. Mit einem Satz fiel es zu Boden. Ein Meisterschuss, dachte er und beobachtete, dass der zweite Überläufer hinter seiner Mutter herrannte. Die Schüsse vom anderen Hochsitz waren fehlgeschlagen. Die Bache war quiekend ins Gebüsch gerannt. Eine führende Bache, also eine Wildsau mit Nachwuchs, durfte unter keinen Umständen erschossen werden. Während der Nachwuchs durchaus bejagt wurde. Der Keiler, das größte Schwein der Truppe, stand einfach da und schnaufte. Er musste getroffen worden sein, denn am Hinterlauf blutete er. Das war ein schlechter Schuss, der da von nebenan gekommen war, und das Tier reagierte stocksauer. Obgleich sich Lutz zwei Meter über dem Tier befand, konnte er den strengen Geruch wahrnehmen. Das borstige Schwein senkte den Kopf, und ehe er sich versah, wurde sein hochbeiniger Sitz schwer erschüttert. Da zeigte sie sich, die Intelligenz der Schweine. Leider waren die meisten Hochsitze für solch eine Attacke nicht ausgelegt. Abgesehen von der Bewunderung für den Keiler, erfasste ihn nun auch eine gehörige Portion Angst. Denn er hörte das Knacken des Holzes und spürte die Vibration, die das kleine Häuschen erfasste. Er konnte es dem Tier nicht verdenken. Wollte er nicht in die Tiefe stürzen, musste er handeln.

Er zog seinen Revolver, eine 44er Magnum, und beugte sich die Leiter hinunter, in der Hoffnung, dass die dünnen Streben keinen Schaden genommen hatten. »Sorry, mein Schwatter. Dann zielte er auf den kräftigen Kopf und drückte ab. Der schwere Körper fiel zu Boden. Doch Lutz blieb noch eine Weile ruhig oben hocken, bis er sicher war, dass der Keiler auch wirklich tot war. Beim vorsichtigen Abstieg entdeckte er dann auch Hubert und Horst. Sie strahlten jeder über das ganze faltige Gesicht.

»Was für ein Jagderfolg! Zwei tote Schwatte.« Hubert hatte eine dicke Taschenlampe in der Hand und leuchtete nun auf die Beute.

Horst war außer Atem und nickte nur stolz.

Worauf die beiden stolz waren, erschloss sich ihm nicht, aber Lutz wollte es dabei belassen. Er stieß mit dem Fuß gegen den mächtigen Keiler. »Der wollte mir nach dem ersten Schuss tatsächlich ans Leder. Habt ihr beide geschossen oder nur einer?«

Es stellte sich heraus, dass nur Horst geschossen hatte, angeblich war er der bessere Schütze, weil er mehr sah. Lutz bezweifelte, dass die beiden Altherren mit dem Vieh fertiggeworden wären, wenn sie alleine im Revier gewesen wären. Wahrscheinlich hätte der Keiler sich irgendwann in den Busch gerettet und wäre eventuell Tage später elend doch noch an der Verwundung gestorben, oder er hätte die Senioren angegriffen und fertiggemacht.

Es war neun Uhr am Abend und eine helle Vollmondnacht, und sie entschieden, die Tiere noch vor Ort aufzubrechen. Hierbei wollte er den beiden älteren Herren helfen. Denn das längere gebeugte Stehen über dem Tier, um die Innereien auszuholen, war für Hubert und Horst recht mühsam. Horst sorgte also für die Beleuchtung, Hubert ging Lutz zur Hand, aber die schwerste Arbeit machte er selbst. Das Zerteilen der Fleischportionen konnte dann in Ruhe am nächsten Tag jeder in seinem Keller machen. Und damit begann der schöne Teil, wie er fand. Das Portionieren und Einfrieren als leckere Mahlzeiten. Natürlich musste von jedem Tier eine Fleischprobe für die Trichninprüfung ins Veterinäramt gebracht werden. Das zweite Schwein lag nun vor ihnen, ein junger, männlicher Überläufer, ein Tier, das sich im zweiten Lebensjahr befand. Lutz wurde es allmählich ganz schön warm bei der schweren Arbeit. Gerade räumte er mit beiden Händen die Innereien aus dem Körper. Davon verwahrte er nur die Leber, den Rest ließ er für die Tiere des Waldes übrig. Doch plötzlich fühlte er einen harten Gegenstand, der sich im Inneren des Magens befand. Eindeutig ein Fremdkörper. Was hatte der Kerl da bloß gierig hinuntergeschluckt? Es gehörte nicht unbedingt zu seinen Lieblingsaufgaben, den Mageninhalt von Schweinen zu untersuchen, und er musste sich überwinden, nach dem harten Hindernis zu tasten. Lutz wusste, dass man fieberhaft nach dem Handy der toten Frau suchte, doch dafür war der Fremdkörper zu klein.

»Was treibst du denn da, Lutz? Mir ist arschkalt.« Horst stand mit hochgezogenen Schultern neben ihm und richtete die Lampe ein Stück weiter nach links, wo Lutz gerade mit den Fingern das Gedärm befühlte, während Hubert die Vorderläufe des Tieres auseinanderhielt.

»Hier steckt irgendwas im Magen. Und ich meine nicht ein Holzstück oder Eicheln. Ich schneide ihn mal auf.« Er setzte das Messer an und schnitt zu, rümpfte aber sofort die Nase. Als Jäger war er nicht zimperlich, nur der Mageninhalt roch noch mal deutlich strenger. Und dann sah er auch sofort den schwarzen, rechteckigen Gegenstand, der nicht verdaut werden wollte. Irgendwann hätte das dem Tier eventuell Probleme bereitet. Mit dem Messer schob er es ein Stück weiter ins Gras, um es besser betrachten zu können. Teile eines Armbandes hingen noch daran.

»Das ist eine Uhr.« Hubert beugte sich mit der Taschenlampe noch näher zu ihm. »Ich werd verrückt«, sagte er japsend. »Wisst ihr, was das ist?« Triumphierend blickte der Älteste von ihnen nun Lutz an.

Der sah noch mal genauer hin. »Vielleicht eine Uhr für Sportler oder ein Pulsmesser.«

»Das da …« Der dicke Finger von Horst zeigte auf das Teil im Gras. »Das da kann mehr als eine Uhr oder ein Pulsmesser. Denn es ist eine Smart Watch von Apple!«

»Es war vielmehr eine was auch immer«, murrte Hubert. »Sieht nicht so aus, als könnte das Ding noch jemandem nützlich sein. Ihr wisst doch, dass Schweine alles Mögliche essen. Und bei dem Stichwort Essen fällt mir die Gulaschkanone meiner Frau ein, die gleich warm und herzhaft auf mich wartet. Also lasst uns fertig werden.«

Doch Lutz ahnte, worauf Horst hinauswollte. Wenn diese Uhr der Toten gehört hatte, konnte die Polizei alle möglichen Daten auswerten. Das hier war ein überaus wichtiger Fund.

»Hat einer von euch ein sauberes Taschentuch?«, fragt er die beiden, denn alte Herren waren die einzigen Personen, die er kannte, die noch Stofftücher in ihren Hosentaschen verstauten. Horst holte ein kariertes Tuch aus den Tiefen seiner Daunenjacke und gab es ihm. Lutz reinigte die Uhr so gut es ging und steckte sie dann in seine Windjacke. »Die bringe ich morgen zum Kommissar. Der wird sich richtig freuen.« Er fühlte sich plötzlich magisch. Er, Lutz Fröhlich, hatte erst die Frauenleiche gefunden und nun auch noch den Gegenstand, der wahrscheinlich zu ihrer Identifizierung führen würde. Wenn es denn die Uhr der Toten war, mahnte eine leise, skeptische Stimme. Aber eigentlich war er sich sicher. Das war Fügung, das war Schicksal und Bestimmung!

12. KAPITEL

Ja! Endlich ging es voran. Mit Schwung haute er auf seine Schreibtischplatte, und sogleich erschien Frau Krone, seine Sekretärin, mit besorgter Miene in der Tür. »Alles in Ordnung, Kommissar Schmitt?«

»Nein. Eigentlich ist alles in Aufruhr, meine Liebe. Aber genau das ist für die Auflösung eines Falls sehr förderlich. Gleich kommt ein sehr wichtiger Zeuge zu uns, der uns die Büchse der Pandora bringen wird.« Er rieb sich in Vorfreude die Hände.

»Die werden Sie doch nicht hier öffnen!«, rief Frau Krone in einer Entrüstung, die hoffentlich gespielt war.

»Aber ganz sicher. Soweit ich in der griechischen Mythologie bewandert bin, wurde die Ursprungsbüchse von einer neugierigen Frau geöffnet. Mit dem Öffnen hat sie damals das Übel in die Welt gelassen. Die Gute hieß Pandora. Also, wo bleibt denn Ihr weiblicher Sportsgeist?«

»Jaja, und bei den Christen hieß sie Eva.« Seine Sekretärin winkte ab. »Ich hoffe, in diesem Fall bedeutet das nur, dass es übel für unseren Täter wird.« Jetzt lächelte sie ihn charmant an.

»Ganz genau so habe ich es gemeint. Also, falls Lutz Fröhlich sich gleich meldet, immer herein mit ihm.«

In freudiger Erwartung reagierte er daher auf das Klopfen an seiner Tür nur wenige Minuten später. Doch mit dem Jäger Lutz Fröhlich hatte die Erscheinung, die Frau Krone nun hereinließ, wenig gemeinsam. Eine groß gewachsene Frau mit brünetten Haaren und einem Lodenmantel aus edler Wolle rauschte wichtig in sein Büro. Die Dame setzte sich auf einen Stuhl und bat Frau Krone: »Können Sie mir bitte ein Glas Wasser bringen?« Dann blickte sie ihn aus getönten Brillengläsern aufmerksam an. »Herr Kommissar, ich habe jemanden getroffen, der aller Wahrscheinlichkeit nach die tote Unbekannte noch lebend gesehen hat und uns vielleicht sogar sagen kann, wie sie hieß.«

Er erkannte die Frau, die sich nun zurücklehnte und sich der Bedeutung ihrer Worte offenbar sehr bewusst war. Der Name war ihm aber entfallen.

»Guten Morgen, Frau …?«

»Teichner. Clara Teichner. Ich bringe Ihnen beizeiten ein Buch von mir vorbei, dann können Sie sich meinen Namen besser merken.« Mit verschränkten Armen saß die Autorin, die mit den munteren Jägersfrauen auf Leichensuche gegangen war, vor ihm. Sie hatte anscheinend gegen seinen Rat weiter ermittelt.

»Ich würde es sehr begrüßen, wenn Sie sich nicht zu meinem Ermittlungsteam zählen, Frau Teichner, aber da Sie nun einmal eine wichtige Aussage zu machen haben, erzählen Sie bitte von Anfang an.« Aufmerksam hörte er sich die Ergebnisse ihrer Radtour an, die sie von der Kosmetikerin zum Fitnessstudio und dann zur Firma geführt hatte, in der Heidi Klostermann beschäftigt war.

Zum ersten Mal hakte er ein, als sie den Sturz unter ihr E-Bike provoziert hatte. »Können Sie mir den Mann beschreiben?«

»Natürlich! Der Mann ist um die sechzig, dabei aber sehr sportlich und gut aussehend. Stechend braune Augen, eine Adlernase und teure Kleidung. Allein diese Lederschuhe, die er trug, haben ein Vermögen gekostet. Und hatte ich erwähnt, dass er in einem Jaguar vorfuhr? Deshalb habe ich ihn ja überhaupt als Freund von Heidi Klostermann erkannt. Gibt ja hier in dem Kaff nicht so viele Personen, die einen Jaguar fahren.«

Bereits bei der Adlernase hatte er einen Verdacht, wer der Mann war, dem Frau Teichner quasi vor die Füße gefallen war.

»Haben Sie die Autonummer?«

Erneut traf ihn ein beleidigter Blick. Hoffnungsvoll beobachtete er, wie sie einen Zettel aus dem Mantel hervorkramte. »Wissen Sie, Herr Kommissar, die Arbeit einer Autorin ist manchmal Ihrer Arbeit nicht so unähnlich. Wir müssen stets viel recherchieren und gut beobachten. Das ist sie.«

Er nahm ihr den Zettel ab und blickte erstaunt auf die Nummer. »Das ist ja ein Münsteraner Kennzeichen«, entfuhr es ihm.

»Nun, die meisten Besucher und Nutzer des Fitnesscenters kommen aus der näheren Umgebung. Das macht ja für einen Düsseldorfer zum Beispiel keinen Sinn, in Telgte zu trainieren. Sie müssen sich schon etwas mehr konzentrieren, wenn Sie den Fall lösen möchten.« Streng wie eine Lehrerin blickte sie nun auf ihn herab.

Er öffnete ein Foto in seinem Handy und hielt es ihr vor die Nase.« Ist er das?«

Sie nahm ihm das Handy aus der Hand und betrachtete das Foto, das Kempers Freundin Ella in den Klatenbergen heimlich geschossen hatte.

»Ach so. Sie kennen den Mann bereits.« Enttäuschung klang vernehmlich in ihrer Stimme mit.

»Ja, aber nicht als Freund von Heidi Klostermann, daher ist Ihre Aussage schon sehr wichtig. Dieser Mann heißt Bernd Schubert, und er ist ein ehemaliger Stasimitarbeiter – und zwar einer der ranghöheren.« Schmitt hatte bereits genug über Schubert gelesen, um davon ausgehen zu können, dass er auch eine bestimmte Anzahl an Schergen befehligt hatte, die die Drecksarbeit für ihn erledigt hatten. Kein Sympathieträger, gutes Aussehen hin oder her.

Langsam ging die Hand von Frau Teichner zu ihrem Mund, aber in ihren Augen blitzte Begeisterung auf. »Ach herrje. Das hat die arme Frau bestimmt nicht gewusst, als sie sich in ihn verliebt hat. Er hatte jedenfalls ein ausgezeichnetes Benehmen. Meinen Sie nicht, dass man sich nach dreißig Jahren Mauerfall eines Besseren besinnen kann?«

Nein, das glaubte er eigentlich nicht. Und irgendwie war er auch selbstverständlich davon ausgegangen, dass Schubert erst kürzlich aus dem Osten hierhergereist war, doch nun sah es so aus, als würde er in der Gegend leben. Zumindest, wenn der Jaguar nicht geliehen war. Er musste dringend die Adresse dieses Mannes ausfindig machen und ihn zur Vernehmung einladen. Der gab doch einen hübschen Verdächtigen ab.

Seine Besucherin riss ihn aus den Gedanken. »Soll ich nun weitererzählen? Der wichtigste Zeuge kommt ja erst noch.«

Er nickte. Natürlich wollte er alles hören, doch nun kam erst Frau Krone herein und brachte das Glas Wasser. Frau Teichner ließ ihn zappeln, bedankte sich ausschweifend und tat ihre Bewunderung kund, dass Frau Krone einen so tapferen Job mache, in dem sie sicher mit vielerlei Schurkerei konfrontiert werde. Endlich widmete sie sich wieder seiner Wenigkeit.

»Also, der Pförtner dieser Kosmetikfabrik, die übrigens besser geschützt zu sein scheint als das amerikanische Kapitol, hat eine blonde Frau abgewiesen, die zu Heidi Klostermann wollte und ihr, laut seinen eigenen Worten, sehr ähnlich gesehen hat.« Mit einem triumphierenden Augenaufschlag zog sie einen weiteren Zettel hervor. »Hier, für Sie. Da steht der Name drauf.«

Elektrisiert sprang Schmitt auf. »Von der Frau?«

»Nein, von dem Pförtner. Es handelt sich um einen jungen Studenten, der sich etwas dazuverdient. Er meinte zwar, er könne sich nicht mehr an ihren Namen erinnern, aber sie hat ihn laut genannt. Da gibt es doch gewiss Tricks, wie man seine Erinnerung aktivieren kann, oder?«

»Folter hilft nur, wenn jemand eine Information bewusst zurückhält«, brummte er und starrte auf den Zettel, den er nun in Händen hielt. Laut las er vor: »Kai Schwarz. Sagt er die Wahrheit?«

»Ja, das glaube ich schon. Haben Sie keinen Psychologen, der mit ihm spricht? Oder wie wäre es mit Hypnose?«

Es wurde Zeit, die Dame aus seinem Büro zu manövrieren. Er kam sich zwar etwas undankbar vor, aber es gab nun eine ganze Menge Dinge gleichzeitig zu überprüfen. Beinahe tat es ihm leid, dass er Kemper nun weit weg in Apolda stationiert hatte. »Frau Teichner, ich danke Ihnen aufrichtig, dass Sie so klug waren und mir diese Sachen erzählt haben. Aber halten Sie sich bitte von Bernd Schubert fern. Der Mann war früher ganz sicher gefährlich, und er könnte es auch heute noch sein. Es ist besser, er sieht sie nicht wieder, sonst ahnt er noch, dass Sie ihm hinterherspioniert haben.« Irgendetwas in ihrem Gesichtsausdruck machte ihn misstrauisch. »Frau Teichner, Sie wollen doch nicht etwa in diesem Fitnessstudio anfangen, oder?«

»Ich habe Rückenschmerzen. Ich muss dringend etwas tun. Aber machen Sie sich keine Sorgen.« Sie erhob sich tatsächlich etwas schwerfällig. Doch sie hatte sich in ihrem Alter ja auch spontan und bühnenreif unter ihr Fahrrad fallen lassen, dachte er. »Ich habe erst mal genug Material für meinen Roman, Herr Kommissar, und er wird natürlich nur an diesen Fall angelehnt sein, alles Weitere ist dann frei erfunden. Au revoir, mon commissaire«, setzte sie vergnügt hinzu und verschwand winkend aus seinem Büro.

Schmitt bat seine Sekretärin, umgehend die Telefonnummer von Bernd Schubert ausfindig zu machen und eine Verbindung herzustellen, wenn möglich. Und von Kai Schwarz. Wenn das nicht möglich war, musste er beide schriftlich zur Vernehmung laden, aber das kostete leider Zeit. Oder er ließ sie einfach von den Kollegen der Streife abholen. Er dachte an den Jaguar. Da hatte sich die Stasivergangenheit bis heute finanziell gelohnt. Schubert wohnte in Münster. Wahrscheinlich zumindest. War die Schwester von Heidi Klostermann nun von weit hergekommen oder hatte es System, dass die ehemaligen Apolder beziehungsweise Thüringer nun alle hier lebten? Dann fiel ihm ein, dass Clara Teichner ihm nicht erzählt hatte, mit welchem Wagen die Frau bei dem Pförtner aufgetaucht war. Daran zumindest sollte sich ein junger Bursche doch erinnern. Hatte Frau Teichner vergessen, diesen Kai danach zu fragen? Das glaubte er nicht. Die Dame war gerissen und schlau. Er stöhnte leise auf. Er traute dieser Autorin durchaus zu, dass sie absichtlich diese Information für sich behalten hatte, um sich bei der Suche nach dem Wagen einen Vorsprung zu verschaffen. Wenn sie den Wagen fanden, hatten sie auch den Namen der toten Unbekannten. Falls sie die Halterin war.

Er griff erneut zum Hörer. »Frau Krone, ich brauche zuerst die Telefonnummer von Kai Schwarz. Versuchen Sie es auch bei der Kosmetikfirma. Vielleicht sitzt er grad wieder an der Pforte. Und wo bleibt dieser fröhliche Jäger? Verdammt.« Seine gute Laune von zuvor hatte gelitten.

»Herr Schubert besitzt nur eine Handynummer, doch er meldet sich nicht. Er lebt laut Aussage des Fitnesscenters seit mindestens zwei Jahren in Münster«, berichtete ihm Frau Krone. »Merkwürdig, da gibt es doch bestimmt auch jede Menge Fitnesscenter. Wieso muss der hier in Telgte trainieren?«, fragte er sie und erhielt prompt Antwort. »Weil er Heidi Klostermann treffen wollte.«

Die Antwort reichte ihm nicht. »Schubert ist seit zwei Jahren in dem Fitnesscenter gemeldet. Warum sollte er

Heidi über eine solch lange Zeit beobachten und erst jetzt Kontakt knüpfen?«

Frau Krones Stimme nahm einen sanften Klang an. »Wahrscheinlich hat er sich in sein Observierungsopfer verliebt. Da wäre er nicht der Erste.«

* * *

Wenn die tote Frau nicht aus Telgte kam, dachte Clara, musste sie ja irgendwie zu den Klatenbergen gekommen sein. Das hieß, ihr Auto musste noch in der Nähe des Naturschutzgebietes stehen. Nun befanden sich natürlich viele Autos rund um die Gegend. Anwohner, Spaziergänger und Pächter parkten ihre Fahrzeuge hier. Doch sie konnte die Suche eingrenzen, denn sie wusste das Modell und die Farbe. Und aller Wahrscheinlichkeit nach trug das Auto ein ortsfremdes Kennzeichen.

Das Wetter war kalt, aber trocken, ab und an traf sie sogar ein Sonnenstrahl. Vergnügt fuhr Clara die Straßen entlang. *Im Klatenberg* hieß eine Straße. Es gab die Grevener Straße und zig Abzweigungen, die alle *Im Waldweg* hießen. Ganz in der Nähe befand sich das Haus von Heidi Klostermann. Sie fuhr bereits über eine Stunde durch die Gegend und bekam allmählich wirklich kalte Hände. Die Nase hörte gar nicht mehr auf zu laufen. Nun doch etwas entmutigt, hielt Clara an und überlegte, ob sie bei Irena eine heiße Tasse Kaffee schnorren sollte. Lustlos fuhr sie grob in die Richtung und gelangte zum Eichenweg, einer etwas größeren Straße, die eine Biegung machte. Links der Biegung befand sich ein Parkplatz, auf dem ein roter Fiat stand. Ihr stockte der Atem.

Gehörte er einem Anwohner? Sie bog auf den Parkplatz und stellte ihr Rad ab. Bingo. Das Kennzeichen lautete HI SB 51. Na bitte.

Sie guckte sich verstohlen um, aber es war weit und breit niemand zu sehen. Vorsichtig näherte sie sich dem Wagen und blickte durch die Fenster ins Innere. Auf dem Beifahrersitz stand ein Korb mit einer Flasche Wasser, einer Rolle Doppelkekse und einer Brötchentüte. Da hatte sich jemand Proviant mitgenommen. Sie holte ihr Handy heraus und tippte auf die Internetfunktion. Wie war das noch? Bei Google die Frageworte eingeben. Sie tippte *Kennzeichen HI* ein und dann auf *Enter*. So hatte es ihr ihr Neffe erklärt. Hildesheim las sie. Dieses Auto kam also aus Hildesheim. Entschlossen marschierte sie zu dem nächsten Haus und klingelte.

»Hallo, wissen Sie vielleicht, wem der rote Wagen dort gehört? Ich bin eben gegen den Spiegel gekommen, es ist nichts passiert, aber ich wollte mich wenigstens melden.«

Im Türrahmen stand eine Frau mittleren Alters mit einem misstrauischen Gesichtsausdruck. »Der rote Kleinwagen? Den lass ich bald abschleppen. Der steht hier seit über einer Woche, dabei sind das dort Anwohnerparkplätze, und ich werde …«

»Oh, danke schön für die Information.« Schnell unterbrach sie den Redeschwall und verabschiedete sich vergnügt.

Mit wehendem Mantel radelte sie so schnell nach Hause, wie es ihr Alter und der Verkehr zuließen. Doch nur, um sich Handschuhe zu besorgen und ihren John in den Garten zu lassen. Nachdem er sein Geschäft verrichtet hatte, nahm sie ihn kurzerhand mit ins Auto. Der kleine Rauhaardackel fuhr gerne Auto und hatte auf dem hinteren Sitz eigens ein Körbchen dafür. Dann fuhr sie mit ihrem alten Golf zurück zum Eichenweg. Natürlich würde sie gleich noch die Polizei informieren, aber erst wollte sie den Wagen selbst untersuchen. Mit großem Vergnügen hatte sie gesehen, dass der Fiat gar nicht abgeschlossen war. Aufgeregt setzte sie sich in den Wagen und öffnete als Erstes das Handschuhfach. Eine Faltkarte von Telgte lag darin, das Handbuch zum Auto, und dort steckte auch der Fahrzeugschein. Sie, Clara Teichner, hatte den Namen der toten Frau aus den Klatenbergen ermittelt. Endlich. Nicht, dass sie ihn im Roman verwenden durfte, aber nun konnte sie weitere Nachforschungen über das Leben der Toten anstellen. Jedes Detail inspirierte sie. Und der schicke Kommissar wäre ihr ewig dankbar und würde sie ernst nehmen. So eine Freundschaft mit einem Kommissar könnte für eine Krimiautorin zur Goldgrube werden.

Eine Zeit lang saß sie einfach nur da, nahm den süßlichen Geruch im Wageninneren auf und lächelte still vor sich hin. Dann schloss sie das Handschuhfach wieder und stieg aus, ging um das Auto herum und öffnete den Kofferraum. Die kleine rote Kofferraumklappe schwang langsam hoch, und sie entdeckte einen roten, sehr alt aussehenden Lederkoffer und einige andere Utensilien, die man üblicherweise mit sich herumtransportierte. Sanft strich sie mit ihrer behandschuhten Hand über den Koffer. Plötzlich erfasst von einer gewissen Betrübnis. Die Frau war mit einigen Plänen hierhergekommen und lag nun tot in der Gerichtsmedizin. Clara würde jetzt umgehend den Kommissar anrufen, denn dieser Mord war kein Spaß, er musste dringend aufgeklärt werden.

Umständlich richtete sie ihren Oberkörper auf. Allmählich taten ihr die Knochen weh, der Tag war anstrengend gewesen. Sie hätte viel eher auf ihr Auto zurückgreifen sollen, statt stundenlang mit dem Rad durch die kalte Luft zu fahren. Ein Geräusch hinter ihr kam so plötzlich, dass sie zusammenzuckte und sich beinahe den Kopf an der Kofferraumklappe gestoßen hätte. Nur Sekunden später spürte sie jedoch, wie sie ein Gegenstand mit großer Gewalt am Kopf traf. Der unmittelbar einsetzende Schmerz war grässlich. Keine Migräneattacke ihres ganzen Lebens hatte sie auf das hier vorbereitet. Sie spürte, wie ihre Beine angehoben wurden, dann fiel sie in die Dunkelheit.

13. KAPITEL

Mensch, Ella, so kommen wir doch nicht weiter.« Dirk pustete warme Luft in seine verfrorenen Hände und blieb unschlüssig vor dem Wagen stehen. Das dritte Kinderheim rund um Apolda hatten sie bereits aufgesucht, doch nirgends fand sich ein Hinweis darauf, dass Heidi nach dem Tod ihrer Eltern dort aufgetaucht war. »Vielleicht hieß sie auch ganz anders«, überlegte er weiter. »Das ist schlimmer als die Suche nach der Nadel im Heuhaufen. Es gab so viele Kinder, die den Eltern einfach weggenommen wurden, das kriegen wir nicht mehr rekonstruiert. Solange wir nicht den Geburtsnamen von Heidi Klostermann kennen, haben wir keine Chance.«

»Ich habe noch eine andere Idee, Dirk.« Ella hatte die Autotür bereits in der Hand, und ihre klugen, blauen Augen waren in die Ferne gerichtet. »Wir suchen das Haus, in dem die Klostermanns gelebt haben, und befragen die Nachbarschaft. Es gibt Leute, die wohnen seit fünfzig Jahren im selben Haus. Komm, Großer. Steig ein.« An die zuletzt gemeldete Adresse zu kommen, die die Familie Klostermann zu DDR-Zeiten innehatte, war nicht so schwer, da es ja eine Stasiakte über Alfred Klostermann gab. Das regelte Dirk über ein Telefonat, während Ella den Wagen fuhr.

Eine Viertelstunde später hielten sie vor einer kleinen, schmucken Villa.

»Oh, wie schön das Haus ist«, sagte Ella. »Es erinnert herrlich an alte Zeiten, Bedienstete, Prunk und Bälle.« Sie beugte sich über das Lenkrad und schien ganz begeistert.

»Mich erinnert es an Bestechung, Überwachung und kriminelle Machenschaften. Der Kommunismus sah sicher nicht vor, dass ein Durchschnittsbürger hier wohnen durfte.« Er grinste schief, und sie stiegen aus.

Die ganze Wohngegend war feudal, auch wenn das eine oder andere herrschaftliche Haus im grauen Novemberlicht mittlerweile heruntergekommen aussah. Skeptisch blickte Dirk sich um. »Ich glaube kaum, dass alte Nachbarn hier noch wohnen. Sicher waren das doch alles Parteibonzen. Da hackt doch die eine Krähe der anderen kein Auge aus.«

Ella ging zielstrebig auf das Haus rechts der Klostermann-Villa zu und schaute sich ungeduldig um. »Nun komm schon. Wir haben doch nichts zu verlieren.«

»Wie willst du denn vorgehen?« Mit langen Schritten hatte er sie eingeholt und hielt sie am Arm fest. Merkwürdigerweise konnte er in Uniform sehr forsch und dienstlich sein. Doch nun trug er eine Jeanshose und eine warme Lederjacke und fühlte sich unvorbereitet.

»Du zeigst deine Dienstmarke und erzählst kurz, dass Heidi Klostermann verschwunden ist und du nun in ihrer Vergangenheit nach Hinweisen suchst. Ist doch kinderleicht. Wir bleiben einfach bei der Wahrheit.« Ella machte sich los und ging zu dem Nachbarhaus rechts der alten Villa.

Vor der Tür standen Kindergummistiefel, und der Vorgarten fiel durch einen gewissen Wildwuchs auf, der sympathischer war als die sterilen Steingärten vor vielen Häusern. Ella klingelte, und Dirk stellte sich neben sie, die Dienstmarke in der Hand. Die Tür wurde von einer jungen Frau mit einem Baby auf dem Arm geöffnet. Nachdem sie kurz ihren Text gesprochen hatten, wurden sie jedoch zunächst enttäuscht.

»Das tut mir leid, aber wir wohnen erst seit drei Jahren hier. Der Vorbesitzer ist verstorben. Aber gegenüber wohnt eine alte Lady, die viel über die Vergangenheit in dieser Straße weiß. Sie ist schwerhörig, Sie müssen laut mit ihr sprechen.« Mit einem freundlichen Nicken wurden sie verabschiedet.

»Na bitte, das klingt doch vielversprechend.« Ella hakte sich bei ihm ein, und sie gingen über die Straße auf das Haus zu, das man ihnen gezeigt hatte. Es war nicht ganz so herrschaftlich wie die Häuser auf der gegenüberliegenden Straßenseite, eher alt und gebrechlich. Man erahnte jedoch den einstigen Glanz des Hauses an dem geschmiedeten Zaun, der sich um das Grundstück schlängelte und der heute sicher ein Vermögen kosten würde. Der Sandstein, ehemals strahlend hell, war grau verfärbt, die Fensterläden brüchig, einige Latten fehlten ganz. Und Efeu wucherte die Hauswand hoch. An der

Haustür gab es nur einen großen Klopfer, den er nun kräftig gegen die Holztür schlug.

»Man braucht schon etwas Glück, wenn eine schwerhörige Bewohnerin das nun hören soll«, meinte Ella skeptisch.

Doch nur wenig später hörten sie Bewegung hinter der Tür, und dann öffnete eine steinalte Frau. Sie war mittelgroß und hager, und zwischen ihren Beinen schlängelte sich eine bunte Katze. »Ja bitte?«

Dirk erklärte ihr Anliegen, ließ aber die Mordfälle noch aus und erwähnte den Tipp der Frau von gegenüber, dass sie schon sehr lange hier wohne. Er musste den Text zweimal wiederholen, dann hatte er die benötigte Lautstärke raus, bei der sie ihn verstehen konnte.

»Ich wohnte hier schon, als die Russen einmarschiert sind.«

Ella stupste ihn begeistert in den Rücken. Die alte Dame bat sie mit dem Winken einer überraschend großen Hand herein, und sie folgten ihr durch einen dunklen Flur in ein helles Wohnzimmer. Der Blick auf den Garten war toll. Alter Baumbestand, stellte Dirk mit Kennermiene fest, Vogeltränken, riesige Buchsbäume und ein gepflegter Rasen.

»Setzen Sie sich, ich mache Kaffee.«

»Brauchen Sie Hilfe?«, fragte Ella.

Der Ton der Frau duldete keine Widerrede. »Das letzte Mal, das ich Hilfe brauchte, war 1970, als so ein Möchtegernkommunist meinte, er dürfte mir mein Haus unter dem Hintern wegnehmen. Weil ich nicht in der Partei war und alleinstehend bin. Keine Kinder.« Er hörte sie noch kichern, als sie bereits in der Küche hantierte. Sie kam mit einem Tablett zurück, auf dem sich drei Becher mit Kaffee befanden sowie ein paar Kekse und ein Kännchen Milch. »So, was wollt ihr wissen?« Sie war wie selbstverständlich zum Du übergegangen, doch das traute Dirk sich nicht.

»Während der DDR-Zeit hat gegenüber ein Stasimitarbeiter mit seiner Familie gewohnt. Er hieß Alfred Klostermann. Anfang der Achtzigerjahre hat er ein kleines Mädchen adoptiert. Sie hieß Heidi.«

Die Dame, die ihren Namen noch gar nicht gesagt hatte, rührte mit einem Keks mit Zuckerstreuseln in ihrem Kaffee herum und hörte aufmerksam zu. Ihren Kopf hielt sie leicht schräg, als sie ihm antwortete: »Die Klostermanns wohnen hier schon lange nicht mehr. Aber an das Mädchen kann ich mich erinnern. Sie tauchte ganz plötzlich auf und wirkte furchtbar traurig und verschüchtert. Ich hatte mit dem Ehepaar keinen Kontakt, aber man erzählte in der Nachbarschaft, dass sie die Kleine adoptiert hätten, weil ihre Eltern bei einem Autounfall gestorben wären. Und die verstorbenen Eltern seien Freunde von den Klostermanns gewesen. Das stimmte aber nicht.«

Dirk setzte sich wie elektrisiert auf. »Woher wissen Sie das?«

Sie verzog das Gesicht. »Erstens zeichnet sich ein Stasimitarbeiter nicht gerade durch milde Hilfsbereitschaft aus. Zweitens hatten die schon Wochen vorher in ihrem Garten Spielzeuggeräte aufgestellt. Woher wollten die denn da schon gewusst haben, dass sie sich um das Mädchen eines verstorbenen Freundes kümmern mussten? Autounfälle passieren ja nicht mit Vorankündigung. Und drittens gab es in der DDR nur ganz selten Adoptionen, die rechtens und im Wohle des Kindes durchgeführt worden sind. Da seid ihr überrascht, oder?« Sie schlürfte an ihrem Kaffee und blickte sie beide aus rot geränderten Augen an. »Und warum fragt ihr noch gleich nach so langer Zeit nach diesem Mädchen?« Jetzt wurde ihr Blick doch noch misstrauisch.

»Weil Heidi Klostermann im Zusammenhang mit zwei Morden bei uns im Münsterland gesucht wird. Wir wissen ehrlich gesagt noch nicht, ob sie auch ein Opfer ist oder wir sie gar als Täterin suchen.« Dirk ahnte, dass es besser war, dieser alten Frau nichts vorzumachen.

»Uiii.« Sie spitzte die Lippen und wiegte den Kopf mit den wenigen grauen Haaren hin und her. »Ich hab die Heidi gekannt, müsst ihr wissen.« Ihr Blick ging in den Garten, ihre Gedanken schweiften wahrscheinlich weit in die Vergangenheit zurück.

»Das ist alles sehr lange her, und Heidi und ihre neuen Eltern siedelten kurz nach der Wende in den Westen über. Die Ratten verlassen immer als Erste das sinkende Schiff und springen auf ein erfolgversprechendes neues auf, auch wenn das ein ehemals feindlicher Frachter war. Alfred Klostermann soll im Westen einen hohen Posten in einer großen Immobilienfirma erhalten haben. Er wusste, wo im Osten die schönen Objekte lagen. Das ging so lange gut, bis seine Stasiakte auftauchte. Dann ist er ausgewandert.«

»Erzählen Sie uns doch noch mehr von Heidi«, erinnerte Ella die Frau.

Die nickte nur und starrte auf einen alten Sekretär in der Ecke des Wohnzimmers. Dann stand sie auf und ging zu dem Möbelstück, um in einigen Schubläden zu kramen. Schließlich stieß sie einen rauen Triumphschrei aus und hielt ein Blatt in die Höhe. »Das hat sie mir mal gemalt, die Heidi. Da muss sie so acht Jahre gewesen sein. Sie kam gerne zu mir herüber und spielte mit meinen Katzen. Sie wollte selbst unbedingt eine Katze haben, aber die Klostermanns konnten Tiere nicht leiden.« Ihr Gesichtsausdruck zeigte, was sie davon hielt.

»Sie lebt in Telgte tatsächlich mit einer Katze zusammen«, warf Dirk ein und sah, wie die Alte sich darüber freute.

»Heidi war ein wissbegieriges Kind.« Die Frau legte die Zeichnung auf den Tisch und strich das vergilbte Papier glatt. Auf dem Bild war ein kleines Mädchen mit einer Katze zu sehen. Aber es gab auch noch zwei Bären, und darüber stand *Mamabär* und *Papabär*. Die Tiere sahen freundlich aus, und sie standen vor einem gelben Haus mit einer auffällig grünen Tür, deren Fenster mit Schnörkeln verziert waren.

»Das ist aber nicht das Haus von gegenüber, oder?«, fragte Ella und tippte auf die Haustür.

»Nein, nein. Das ist das Haus, wo sie herkommt, hat sie gesagt. Und die Bären waren ihre richtigen Eltern. Sie hatte kaum eine Erinnerung daran, wusste nicht mehr, wie sie aussahen. Wie denn auch, sie war etwas über drei Jahre alt, als sie zu den Klostermanns kam. Aber dieses Bild hat sie öfter gemalt.« Zur Bekräftigung nickte sie.

Ella betrachtete das Bild sehr genau und meinte dann: »Irgendeine blasse Erinnerung lässt sie die Eltern als Bären malen. Das ist wirklich spannend. Wann verbindet man denn seine Eltern mit diesem Tier?« Seine Freundin klopfte mit ihrem Zeigefinger nachdenklich gegen ihre Nase.

»Vielleicht haben sie eine Zeichentrickserie mit Mamabär und Papabär zusammen angeschaut.« Dirk wusste nicht recht, wie ihnen das Bild helfen sollte. Oben drüber stand in wackeliger Kinderschrift: *Für Erika.* Er konnte sich vorstellen, dass die Tür auf das frühere Zuhause von Heidi hinwies, aber so klein war Apolda nicht, dass sie nun alle Häuser abklappern konnten. Und sicher gab es auch mehrere alte Häuser, die eine grüne Holztür aufwiesen. »Wissen Sie ungefähr, wo das alte Elternhaus steht? Und sind Sie diese Erika?« Fragend blickte er die Frau an.

»Ja, das bin ich. Ihr könnt mich Erika nennen.« Und beinahe hastig fügte sie hinzu: »Ich kannte ja Heidi nur als Kind, aber ich glaube nicht, dass ihr in ihr eine Mörderin sucht.«

Der Rest des Gesprächs war oberflächliches Geplänkel, die Zeichnung durften sie mitnehmen.

»Ich leb ja nicht ewig, und wenn Heidi wieder auftaucht, grüßt sie lieb von mir und zeigt ihr bitte, dass ich sie immer in Erinnerung behalten habe.« Sie begleitete die Besucher nach draußen. An der Tür fragte Dirk noch mal nach: »Von wem genau sollen wir denn grüßen. Erika …?«

»Mein Name ist Erika Honecker.« Beinahe trotzig verschränkte sie die dürren Arme vor der Brust.

Ella blieb abrupt stehen, drehte sich zu ihr um und sah sie mit großen Augen an.

»Ich weiß schon, was ihr denkt. Nein. Gottlob bin ich mit dem ollen Erich nicht verwandt. Aber der Name ist ein Fluch. Zu DDR-Zeiten nicht, da habe ich ihn benutzt, um einige Personen in Schach zu halten. Ich hab mich so manches Mal als nahe Verwandte ausgegeben.« Ihr Lächeln war diabolisch. »Aber seit dreißig Jahren nenn ich meinen Nachnamen nicht mehr gerne. Egal. Es gibt diesen Namen überall, vor allem in der Schweiz, denn er sagt einfach nur aus, dass die Familie früher an einem hohen Eck gewohnt hat. Ist halt ein Wohnstättenname, wie er früher häufiger vorkam.« Sie grinste schräg und schloss die Tür, die kein Namensschild aufwies. Am Briefkasten stand nur groß und deutlich die Hausnummer.

»Was für eine schräge, alte Frau«, sagte Ella kopfschüttelnd, als sie wieder im Auto saßen. Sie hatten in der übrigen Nachbarschaft noch einige Versuche gestartet, aber nichts Neues in Erfahrung bringen können. Dirk startete den Wagen. »Wohin jetzt?«

Ella war wieder in die Zeichnung von Heidi Klostermann vertieft. »Warum hat das Mädchen ihre Eltern als Bärenfamilie dargestellt? Zumindest ihre Eltern, denn sie selbst taucht hier als Mädchen auf.« Sie klopfte leicht auf das Bild. »Dies ist vielleicht die einzige Erinnerung, die Heidi an ihre echten Eltern hatte. Bären. Eine grüne Tür und ein gelbes Haus. Und eine Katze.«

»Ein kleines Mädchen erinnert sich daran, dass ihre Eltern Bären waren?«, fragte er sie eher amüsiert. »Was sollte uns das für einen Hinweis geben? Wahrscheinlich spielt sie auf ein Märchen an, das sie geschaut hat.«

Doch Ella starrte minutenlang weiter auf die Zeichnung, während er langsam die Straßen in dem ruhigen Wohngebiet entlangfuhr. Plötzlich richtete sich Ella starr auf und wurde ganz aufgeregt. »Dirk, fahr zur Polizeistation zurück. Wir suchen dort nach einer Heidi Bär!«

* * *

»Guten Tag, Herr Schwarz. Mein Name ist Schmitt, ich bin Kommissar und untersuche die Morde im Klatenberg sowie das Verschwinden einer Mitarbeiterin von Ihnen. Es geht um Heidi Klostermann.«

»Äh, wieso ist die jetzt verschwunden?« Schwarz atmete tief durch.

»Wollen Sie mir etwa weismachen, dass Sie nichts davon mitbekommen haben?«

»Nee. Also ja. Ich habe nichts davon mitbekommen. Ich arbeite hier nur stundenweise und stecke gerade in einer heißen Klausurenphase.« Das klang leider nicht so, als würde das Gehirn dieses Studenten nützliche Informationen abseits seines Studienfachs abrufen können.

Schmitt erklärte dem jungen Mann am Telefon, worum es ging, und fragte dann ganz direkt: »Können Sie sich an den Namen dieser Frau erinnern? Immerhin haben Sie die Ähnlichkeit mit Heidi Klostermann bemerkt.«

Schweigen am anderen Ende der Leitung. Zumindest schien der Junge sich Gedanken zu machen. Seine Antwort war jedoch niederschmetternd. »Nein, tut mir leid. Beim besten Willen nicht. Ich glaube aber, es war ein Tiername. Weil ich noch gedacht habe, dass der gar nicht zu ihr passte. Sie war ja sehr zart.«

»Also war es ein großes, schweres Tier?«

»Ich weiß es nicht mehr. Und wenn Sie mich foltern ließen, keine Chance.«

»Führen Sie mich nicht in Versuchung, Herr Schwarz. Ich möchte, dass Sie nun Folgendes versuchen. Gehen Sie eine Liste gängiger Tierbezeichnungen durch und rufen Sie mich dann wieder an. So eine Liste finden Sie im Internet.«

Ein wenig höfliches Stöhnen war am anderen Ende der Leitung zu vernehmen. »Das dauert doch ewig, dafür habe ich gar keine Zeit, Herr Kommissar. Können Sie den Namen der Frau nicht über ihr Auto ausfindig machen? Das muss doch noch irgendwo herumstehen, wenn sie hier in Telgte tot aufgefunden wurde.«

Das Auto. Na klar. Beinahe hätte er vergessen, danach zu fragen. »Was für ein Auto fuhr denn die Frau? Und haben Sie ein Nummernschild für mich?« Schmitt runzelte konzentriert die Stirn und zeichnete mit einem Bleistift lauter Dreiecke auf einen leeren Zettel.

»Das habe ich doch dieser schrulligen alten Lady schon erzählt. Es war ein roter Fiat, ein Kleinwagen, und das Nummernschild kam nicht von hier. Mehr weiß ich nicht.«

Jetzt musste Schmitt stöhnen. Mist, diese Autorin hatte ihn reingelegt und suchte mit Bestimmtheit seit Stunden schon nach einem roten Fiat. Der Mann seufzte genervt. Es gab mal Zeiten, da waren junge Leute ganz wild darauf, die Arbeit von Polizisten bei einem Mordfall zu unterstützen, dachte Schmitt und meldete dem Studenten zurück: »Danke, das ist eine wichtige Beobachtung. Aber die Tiernamen frage ich dennoch in einer Stunde ab.« Er legte auf und trommelte sämtliche verfügbaren Streifenpolizisten zusammen. Für die Aufgabenverteilung brauchte er nur wenige Minuten. »Suchen Sie bitte in einem Umkreis von etwa drei Kilometern nach einem abgestellten roten Kleinwagen. Alle Warendorfer Kennzeichen können Sie ignorieren. Alle anderen werden notiert.« Er schickte die drei Männer mit einer Handbewegung los.

Doch einer blieb stehen und kratzte sich am roten Bart. »Chef, ich weiß jetzt nicht, ob das wichtig ist, aber wir haben eine Meldung reinbekommen, dass ein Wagen im Weg steht und Bewohner blockiert. Wenn mich meine Ortskenntnis nicht trügt, steht der in der Nähe von den Klatenbergen. Ist aber wohl ein Golf, wenn ich die Frau richtig verstanden habe.«

Wie elektrisiert drehte sich Schmitt zu dem Mann um. »Was stehen Sie dann noch rum? Sie kommen jetzt mit mir. Haben Sie die genaue Adresse?«

Eine Antwort wartete er gar nicht erst ab, sondern holte seine Jacke und rannte beinahe zum Parkplatz zu seinem Auto. Der Beamte folgte nur zögerlich, und so hatte er schon den Motor gestartet, als der Kerl endlich einstieg.

»Name?«, fragte er kurz.

Umständlich holte der kräftige Mann einen Zettel aus der Uniform. »Eine Frau Bergen hat das gemeldet.«

»Ich wollte Ihren Namen wissen, aber auch gut. Sie sagen mir den Weg.« Er gab Gas und hörte kaum hin, als der Polizist antwortete: »Fred Hauptmann. Nicht so schnell, da vorne müssen Sie abbiegen.«

Zehn Minuten später waren sie am Eichenweg angekommen. Der Parkplatz lag links in einer Kurve und war in erster Linie sicher für Anwohner und deren Besucher gedacht. Und tatsächlich stand dort ein kleiner Golf so ungeschickt, dass ein Audifahrer aus seiner Parklücke nicht herauskam. Doch schon beim Einparken seines eigenen Audis stellte er enttäuscht fest, dass der Golf ein Warendorf-Kennzeichen trug. Kaum waren sie beide ausgestiegen und schauten durch die Windschutzscheibe, da erschien auch schon eine Frau mittleren Alters mit erbostem Gesicht und wehenden Haaren.

»Gut, dass Sie endlich da sind. Mein Mann und ich wollen zum Einkaufen fahren, und jetzt kommen wir nicht weg. So eine Unverschämtheit von der Frau. Der rote Fiat stand wenigstens nicht im Weg.«

War er anfangs noch leicht genervt gewesen, weil er sich jetzt um ein völlig unwichtiges Auto kümmern müsste, horchte Schmitt nun auf. »Was für ein roter Fiat und was für eine Frau?«, fragte er schnell. Und zu Fred Hauptmann gewandt bat er: »Lassen Sie mal das Nummernschild hier überprüfen.«

Die Anwohnerin schlang die Arme um sich, sie fror sichtlich in dem kalten Wind. »Also, vor wenigen Stunden war eine ältere Frau bei mir und fragte nach dem roten Fiat, der nun schon seit über einer Woche bei uns auf dem Parkplatz stand. Sie sagte, sie habe den Spiegel beschädigt.«

»Warum haben Sie das Auto nicht bei der Polizei gemeldet?«, unterbrach er sie ungeduldig.

»Nun ja, es parkte ordentlich und hat niemanden behindert. Diese Frau hat jedenfalls nach dem Besitzer des Fiats gefragt, und wenig später, als wir selber losfahren wollten, war der Wagen dann weg, dafür stand der alte Golf quer. Hat sie die Autos nun getauscht, oder was soll der Scheiß? Und wie wollen Sie nun den Golf abschleppen?« Sie drehte sich demonstrativ um die eigene Achse. »Wo ist denn der Abschleppwagen?«

Schmitt sah den Polizisten noch telefonieren, und er zückte nun selbst sein Handy. »Ich kümmere mich darum. Wissen Sie zufällig das Kennzeichen des roten Fiats?«

»Nein, der war nicht von hier.«

»Gut, danke. Besser, Sie warten im Warmen, Sie haben schon ganz blaue Lippen«, übertrieb er absichtlich, damit er die Frau loswurde. Ohne ein weiteres Wort marschierte sie in Richtung eines der Häuser. Und Schmitt ahnte, dass der alte Golf einer gewissen Autorin gehörte.

»Clara Teichner heißt die Halterin des Golfes«, berichtete Fred Hauptmann und steckte sein Handy wieder ein.« Er nickte nur und schaute sich um. »Die Dame wird mit ihren Einkäufen noch warten müssen. Ich möchte erst die Spurensicherung hier haben. Da stimmt doch etwas nicht.«

»Soll ich anrufen?« Fred Hauptmann machte Anstalten, sein Handy wieder aus der Tasche zu holen. Er nickte nur und stieg dann in seinen Wagen. »Sie bleiben hier und lassen den Wagen bitte zur Polizeistation bringen. Das Innere kann die Spusi dann vor Ort untersuchen. Ich bin im Büro erreichbar. Danke, Herr Hauptmann«, sagte er und winkte kurz, bevor seine Reifen über den Asphalt rollten.

14. KAPITEL

Mit einem Marzipanhörnchen und einem frischen Cappuccino vom Bäcker betrat Schmitt wenig später sein vorübergehendes Büro in Telgte und fand eine Nachricht auf dem Schreibtisch vor. *Bitte dringend Dirk Kemper anrufen!!!* Bei drei Ausrufezeichen wiesen mindestens zwei darauf hin, dass es wertvolle Nachrichten gab.

»Wir haben den Namen!« Stolz und aufgeregt erklang die tiefe Stimme von Kemper an sein Ohr.

»Wessen Namen haben Sie? Den des Mörders, den der Mutter von Heidi, den des Opfers?« Schmitt brummte dabei aber zufrieden.

»Susie Bär. So heißt die Schwester von Heidi Klostermann. Wir haben erst den früheren Namen von Heidi Klostermann ausfindig gemacht – und das war Rätselraten auf hohem Niveau. Und dann haben wir nach Geburten gesucht, die altersmäßig in den Zeitraum unserer toten Frau passen. Und siehe da, in einem Krankenhaus in Hildesheim wurde eine Susie Bär geboren. Sie wäre heute vierunddreißig Jahre alt, was zum geschätzten Alter von Heidis Schwester passt. Und sie war zuletzt in Hildesheim gemeldet. Sie fährt einen roten Fiat mit dem Kennzeichen HI SB 51. Danach müssen Sie Ausschau halten.« Hörbar stolz machte sein eifriger Kollege nun eine Pause.

»Den Fiat *fuhr* sie allenfalls, denn, ich erinnere Sie ungern, die Dame ist mausetot. Aber das ist richtig gute Arbeit, Kemper, und es deckt sich mit einer Zeugenaussage, nach der die tote Frau einen kurzen Tiernamen besessen haben soll. Dieser Zeuge versucht gerade mit Sielmanns Tierleben seine Erinnerung zu präzisieren. Also, das ist ein wichtiger Schritt in der Ermittlung. Kommen Sie nach Hause, Kemper, ich brauche Sie jetzt dringend hier. Sonst muss ich mir einen neuen Assistenten suchen. Fred Hauptmann scharrt schon mit den Hufen, und er …«

Kemper unterbrach ihn brüskiert. »Unterstehen Sie sich, Chef. Fred Hauptmann besitzt einen Riesenschnauzer, den er regelmäßig mit zur Arbeit mitbringt. Lassen Sie diesen Mann bloß nicht in Ihre Nähe.«

Ein Riesenschnauzer konnte bis zu siebzig Zentimeter groß werden, und es gab Rüden, die wogen über vierzig Kilo. Leider hatte Schmitt die Daten sämtlicher großer Hunderassen wie ein Register in seinem Kopf. Er kannte jede Hundeattacke gegen Menschen im Umkreis von tausend Kilometern, die es wert gewesen war, in den Schlagzeilen aufzutauchen. Alles Futter für seine Tierphobie. Und dennoch dachte er immer mal wieder daran, sich einen Dackel zuzulegen. Klein und akzeptabel könnte er mit diesem Tier eventuell mehr Vertrauen für die größere Verwandtschaft aufbauen. Mit einem tiefen Seufzer rief er nun den Studenten Kai Schwarz an, um eine Bestätigung für Kempers Ermittlungsarbeit zu bekommen.

»Ähm, also da kämen meiner Erinnerung nach nur zwei Namen in Betracht«, stotterte der Student. »Wissen Sie, ich habe ja noch gedacht, das klang nach einem verdammt großen Tier für so eine zarte Lady. Yak wäre möglich.«

Schmitt seufzte.

»Oder Bär. Und der Vorname fing mit S an.«

Bingo, Schmitt haute begeistert auf die Tischplatte. Sie hatten die Tote identifiziert.

»Danke, Herr Schwarz, für Ihre Mühe. Sie haben uns sehr geholfen!« Doch schon, als er den Hörer zur Seite legte, holte ihn das nächste Problem ein. Clara Teichner. Wo war diese Krimiautorin, die sich einfach nicht heraushalten konnte? Er traute ihr durchaus zu, mit dem Fiat des Mordopfers munter durch die Stadt zu fahren. Aber er hatte nun ein Kennzeichen, und der nächste Schritt war klar. Er gab eine Fahndung nach einem roten Fiat mit dem Kennzeichen HI SB 51 heraus. Und er schickte jemanden zum Wohnhaus von Clara Teichner. Sie hatte sich mit ihren eigenwilligen Ermittlungen in Gefahr gebracht. Über diese Ereignisse hatte er den Jäger Lutz Fröhlich ganz vergessen. Wo steckte der nur?

Als Fred Hauptmann dann in seinem Büro erschien, traute er seinen Augen nicht. Denn der Beamte trug einen kleinen Rauhaardackel auf dem Arm, der Schmitt mit rehbraunen Augen traurig anschaute. Von wegen Riesenschnauzer, dachte er erleichtert.

»Chef, den haben wir in dem alten Golf gefunden. Er lag dort in seinem Körbchen und schlief.«

* * *

Lutz hatte morgens schon früh bei seinem Chef angerufen und Bescheid gegeben, dass er erst zur Polizei müsse, weil er in den Klatenbergen eventuell ein wichtiges Indiz gefunden habe. Sein Chef, der eine kleine Versicherungsagentur führte, war wenig begeistert, aber Lutz konnte seine Fälle auch später noch zu Hause bearbeiten. Hausbesuche hatte er heute eh nicht. Und wenn er schon bis Mittag freibekommen hatte, konnte er auch in Ruhe frühstücken, fand er.

Mit einem dicken Wurstbrötchen und einem Milchkaffee saß er an seinem Küchentisch, neben sich die Apple Watch. Er hatte sie noch mal sorgfältig mit wenig Wasser gereinigt, doch sie lag leblos vor ihm. Der Magen eines Wildschweins war nun mal kein besonders komfortabler Ort für das Betriebssystem einer digitalen Uhr. Aber er wusste, dass die Polizei ihre Leute hatte, um die Daten aus dem Gerät zu sichern.

Ein Geräusch am Küchenfenster ließ ihn auffahren. Ein Knirschen, so als hätte jemand die Kieselsteine vor dem Fenster betreten. Doch sehen konnte er von seinem Platz aus niemanden. Eventuell war dort ein Vögelchen hin und her gesprungen. Er biss laut krachend in sein Brötchen und widmete sich der Zeitung. Bei der Polizeistation hatte er schon angerufen und mitgeteilt, dass er im Laufe des Vormittags vorbeikommen wolle, um den Fund abzugeben. Man hatte ihm sogar angeboten, einen

Wagen zu schicken, aber wie sah denn das aus, wenn vor seinem Haus ein Polizeiauto hielt? Er wohnte in einer Gegend, in der den Nachbarn so etwas auffiel. Er selbst lebte seit dem Tod seiner Mutter allein, und er wusste auch, was Leute redeten, wenn man mit Anfang vierzig noch bei seiner Mutter gewohnt hatte. Er hatte gar nicht erst versucht, seine Mutter durch eine andere Frau zu ersetzen. Nun, da sie tot war, wäre er allerdings nicht abgeneigt, aber es hatte sich noch nichts ergeben. Die Jagd, sein Job, bei dem er mit vielen Menschen zusammenkam, und der Garten reichten ihm in seinem Leben.

Als er zufrieden den Artikel über die stockenden Ermittlungsergebnisse der Polizei in den beiden Mordfällen las, hörte er, wie die Verbindungstür der Garage zum Wohnhaus geöffnet wurde. Die war meist nicht abgeschlossen, da er nachts seine Garage eh verschlossen hatte. Aber heute Morgen hatte er sich mit dem Auto frische Brötchen gekauft, und das Tor stand noch weit offen. Er war ja da.

Plötzlich wurde ihm siedend heiß klar, dass er tief in dem Fall drinsteckte. Er hatte die erste Leiche gefunden, und der Täter konnte nicht wissen, was er alles bemerkt und gesehen hatte. Nun lag hier die Smart Watch gut sichtbar auf seinem Tisch. Gerade noch rechtzeitig griff er nach der Uhr und schaute sich jetzt panisch nach einem Versteck um. Der Besenschrank. Der Staubsauger war kaputt und stand in seinem Arbeitszimmer, weil er das Saugrohr freimachen musste. Eventuell passte er hinein. Er hörte Schritte im Flur. Er riss die Tür des Besenschrankes auf und drängte sich hinein, zog den Bauch ein und die Tür langsam und hoffentlich lautlos zu. Das leise

Geräusch wurde ohnehin übertönt von dem Aufstoßen der Wohnzimmertür. Jemand war nun in seinem Wohnraum, der mit der offenen, modernen Küche verbunden war. Und auf dem Küchentisch stand ein Teller mit einem angebissenen Brötchen und einer nur halb geleerten Tasse Kaffee. Der Eindringling würde eins und eins zusammenzählen und Verstecken mit ihm spielen.

Lutz stellte auch die Atmung ein, aber das war auf Dauer keine Lösung. In Strömen floss ihm der Schweiß das Gesicht herunter, und er nahm den Geruch von Essig wahr. Dann hörte er, wie Schubladen aufgezogen wurden. Jemand durchsuchte seine Schränke. Vielleicht dachte der Kerl, er sei im Bad. Dann hätte er eine reelle Chance, noch abzuhauen. Das Bad befand sich oben in der ersten Etage. Er hörte, wie die Person durch das Zimmer schritt und dann direkt neben ihm die Schubladen in der Küche durchsuchte. Ein missmutiges Stöhnen war zu hören. Er biss sich auf die Lippen und suchte im Dunklen nach einer Waffe. Etwas anderes als der Handfeger fiel ihm nicht ein, und es konnte nur noch eine Frage der Zeit sein, bis der Besenschrank geöffnet wurde. Die Schritte entfernten sich aus der Küche, jetzt waren die Wohnzimmerschränke dran. Er konnte hören, dass der Mann sich hinsetzte. Offenbar wollte er seelenruhig abwarten, bis der Besitzer des Brötchens zurückkehrte. Lutz spürte, wie er erstarrte. Er schloss die Augen und betete.

Wie lange er da so steif im Besenschrank gestanden hatte, hätte er nicht sagen können, als plötzlich doch noch die Tür aufgerissen wurde. Erschrocken schrie er auf und schlug um sich. Er bemerkte, wie er seinen Urin nicht halten konnte, und nahm nur diffus wahr, dass ein weiterer Mensch schrie. Vor ihm stand Berta, seine Putzfrau. Verdattert kam er aus dem Schrank, stolperte beinahe, weil die Glieder so steif waren. Sofort wurde er sich seiner nassen Hose bewusst. Berta wich ein paar Schritte zurück, als müsste sie überprüfen, dass es tatsächlich ihr Auftraggeber war, der da aus dem Putzschrank kroch.

»Berta, wann sind Sie gekommen?«

»Gerade eben. Was ist denn hier los? Sie sehen ja furchtbar aus, Herr Fröhlich.«

»Ich musste mich verstecken. Jemand ist hinter mir her.« Er schaute peinlich berührt auf seine nasse Hose. Wenn er Glück hatte und schnell verschwand, würde Berta nicht merken, dass er sich eingenässt hatte. »Ich mache mich schnell frisch und erzähle Ihnen dann alles.

Sie nickte nur stumm und blickte in den Besenschrank. »Haben Sie den Staubsauger repariert?«

Er gab ihr keine Antwort mehr, sondern eilte nach oben. An der Treppe wurde er jedoch langsamer. Es war nicht auszuschließen, dass der Eindringling noch im Haus war. Lutz nahm seine Jagdpistole aus dem Waffenschrank und schlich nach oben.

Zehn Minuten später fühlte er sich besser. Keine Spur eines Besuchers. Kurz geduscht und frische Sachen angezogen, erzählte er Berta nun, was vorgefallen war.

Sie hob die Augenbrauen in die Höhe und zeigte auf den leeren Fleck in der Schrankwand. Seine sündhaft teure Anlage fehlte.

»Oh nein«, entfuhr es ihm.

»Tut mir leid, Herr Fröhlich, aber ich glaube nicht, dass es um die Uhr ging. Die meisten Einbrüche passieren um diese Zeit, wenn die Leute bei der Arbeit sind. Ihr Garagentor stand weit offen und man kann ja gut genug sehen, dass die Tür zum Wohnhaus führt. Wenn Sie sich nicht versteckt hätten, wäre der Typ sicher sofort abgehauen.« Ihre Stimme war nicht ohne Vorwurf.

»Ich gehe jetzt zur Polizei und werde den Einbruch auch melden. Seien Sie bitte vorsichtig und schließen Sie hinter mir alles ab.«

Berta stand vor ihm und musterte ihn mit einem mitleidigen Blick. Sie hatte Arme wie eine ausgewachsene Python und hatte lange Jahre in Hamburg auf dem Fischmarkt gearbeitet. Wenn ihr jemand blöd gekommen war, hatte sie zugehauen, das hatte sie ihm mal erzählt.

»Bitte«, ergänzte er.

Sie nickte nur und griff mit einem Achselzucken nach dem Staubsauger, den er mit heruntergebracht hatte. Dann trottete er mit gemischten Gefühlen zu seinem Auto, um auf direktem Weg zur Polizeistation zu fahren. Ein Held war er nie gewesen, doch nun fragte er sich, ob es nicht besser gewesen wäre, dem Dieb Paroli zu bieten. Er stieg in den Wagen, und sofort umfing ihn der Geruch nach Fell und totem Tier. Da half auch das Zitronenbäumchen am Spiegel nichts. Aber heute nahm er noch einen fremden Geruch wahr. Knoblauch. Merkwürdig. Er selbst aß nie Knoblauch, er hasste den Geruch und den Geschmack.

»Nicht umdrehen und die Hände so, dass ich sie am Lenkrad sehen kann. Das Ding, das Sie da am Hals spüren, ist ein Schalldämpfer. Das bekommt hier niemand mit, wenn ich abdrücke. Es gibt lediglich eine hässliche Sauerei. Sie geben mir jetzt also besser ganz langsam die

Uhr, die Sie so artig zur Polizei bringen wollten. Ich versichere Ihnen, dass sie bei mir in gute Hände gerät.« Die Stimme sprach dumpf, wahrscheinlich hatte der Typ, der hinter ihm saß, einen Schal vor dem Mund.

»Bitte, bitte«, brachte er nur zitternd hervor und tastete nach der Uhr, die sich in seiner Manteltasche befand.

»Bitte, bitte«, äffte ihn der unliebsame Fahrgast nach. »Sie haben Glück. Da Sie sicher keinen Zugang zu den Daten dieser Uhr hatten, kann ich Sie am Leben lassen. Unter einer Bedingung. Sie bleiben hier drin sitzen und zählen laut bis hundert. Drehen Sie sich vorher nach mir um, kann Ihre Putzfrau hier weitermachen.«

Und mit Nachdruck wurde ihm noch mal schmerzhaft das kalte Metall in den Nacken gedrückt, während er die Apple Watch nach hinten hielt. Um nichts in der Welt hätte er sich umgedreht. Er hatte genug Krimis gesehen, um zu wissen, was er eben nicht wissen durfte.

»Gut. Ist nicht Ihr Glückstag heute, oder? Eben rannte so ein schlaksiger Typ mit einer schönen Anlage aus Ihrer Garage. Dachte ich mir gleich, dass Sie hinterherrennen und zur Polizei fahren würden. So, ab jetzt bitte so laut zählen, dass ich es höre. Ich lasse die Tür auf.«

Kalte Luft zog ins Auto, und Lutz wusste, dass die Waffe weiter auf ihn gerichtet sein würde. Er dachte kurz daran, einfach den Motor zu starten und sich dann doch noch umzusehen, aber der Typ würde sicher schon beim ersten Motorengeräusch schießen. Also zählte er, wusste nicht mehr, welche Zahl nach der sechzehn kam und hätte sich beinahe zum zweiten Mal in die Hosen gemacht.

* * *

Clara wachte aus zwei Gründen ganz plötzlich auf. An ihren Beinen wurde es entsetzlich kalt, und ihr Kopf schmerzte furchtbar. So sehr, dass sie ihre Augen nicht richtig öffnen konnte und nur verschwommen eine weite Fläche sah. Sie bemerkte recht schnell, dass sie am Steuer eines Autos saß, aber es schwankte so merkwürdig. Hatte sie etwa einen Autounfall gehabt? Blass kam eine Erinnerung hoch. Ein roter Fiat. Das war das letzte Bild, das ihr schmerzendes Gehirn gespeichert hatte. Aber saß sie nun in ihrem Auto oder in dem Fiat? Sie blickte auf den Lenker mit dem Fiatsymbol darauf. Warum saß sie in diesem Auto, und warum war ihr so fürchterlich kalt?

Sie tastete mit zitternden Händen nach der Heizung und stellte fest, dass der Motor gar nicht lief. Für einen Moment schloss sie wieder die Augen. Der Kopfschmerz war schlimm. Und dann merkte sie, dass sie ihre Beine nicht bewegen konnte. Ein Schrei des Entsetzens entfuhr ihr. Ihre Beine befanden sich im Wasser. In eiskaltem Wasser. Das ganze Auto lief voll Wasser! Clara strengte ihre Augen an, riss sie auf und blickte um sich. Die freie Fläche vor und hinter ihr war Wasser. Sie befand sich in einem Auto und trieb auf einem See. Nein, sie trieb nicht, sie sank.

Panisch wollte sie die Tür aufstoßen, aber natürlich kam sie nicht gegen die Wassermassen an, die mittlerweile ihr Gesäß erreicht hatten. Sie schnappte nach Luft. Ruhe bewahren. Warten, bis das Auto vollgelaufen war, dann die Tür öffnen und nach oben schwimmen. Das hatte sie doch schon öfter in Filmen gesehen. Allerdings wusste Clara nicht, ob die Kälte sie nicht vorher umbringen würde.

Sie bekam kaum Luft, doch die brauchte sie dringend. Als das Wasser ihr bis zum Hals stand und sie noch immer bei Bewusstsein war, versuchte sie, die Tür zu öffnen. Es funktionierte. Vor Erleichterung schrie sie laut auf. Jetzt nur noch nach oben schwimmen und das rettende Ufer erreichen. Zum Glück war es die letzten beiden Tage etwas wärmer geworden. Clara wollte aus der Öffnung schwimmen, doch sie kam nicht voran. Das Wasser stieg, und sie bekam ihren rechten Fuß nicht los. Er war an eins der Pedale gekettet. Mittlerweile komplett unter Wasser, tasteten die kalten Hände im Fußraum des Autos herum, doch die Luft reichte nicht mehr. Der Schock, die Kälte, ihr wurde schwarz vor Augen.

* * *

Nun würde sie also doch sterben. Hier in dem kalten Loch, in dem die Feuchtigkeit an den Wänden herunterlief. Verdursten brauchte sie nicht. Zu essen hatte sie auch noch genug. Aber sie fühlte sich elend. Erst hatte sie gedacht, die Salami sei vergiftet gewesen. Sie hatte als Teenager mal einen giftigen Pilz probiert. Beim Pilzsuchen mit ihrer Mutter hatte sie sich aus Protest einen giftigen Pilz in den Mund gesteckt. Sie und ihre Mutter hatten sich heftig gestritten. Wegen eines Jungen, den sie nicht mehr wiedersehen sollte. Natürlich hatte Heidi den Pilz sofort wieder ausgespuckt, sterben wollte sie auch damals nicht. Aber die Dosis hatte ausgereicht, um ihr stundenlanges Unwohlsein zu bescheren. Und eine Nacht im Krankenhaus. Am nächsten Morgen hatte ein Psychiater an ihrem Bett gesessen, um sie auf ihr selbstverletzendes Verhalten anzusprechen. Selbstmorde durfte es im kommunistischen Osten nicht geben.

Doch dieses Mal war ihr nicht direkt übel, sondern ihr Kopf glühte, sie zitterte wie Espenlaub, und sie hätte immer nur schlafen können. Sie befürchtete, dass sie eine Lungenentzündung hatte. Die Decke war anfangs noch warm gewesen, doch die kalte Feuchtigkeit hatte auch dem billigen Stoff zugesetzt. Überraschenderweise war es seit heute Morgen allerdings wärmer geworden. Draußen mussten die Temperaturen deutlich gestiegen sein. Ein wenig Hoffnung keimte auf, vielleicht würde sie sich dann wieder erholen. Wenn es nur wärmer hier drin wurde. Der Gedanke an einen heißen Tee trieb ihr die Tränen in die Augen. Kurt hatte ihr morgens in der Firma immer einen ausgezeichneten Tee gemacht. Wo steckte ihr Freund und Kollege nur? Er musste doch wissen, dass etwas schiefgelaufen war. Kurt hatte sie an dem Montag, an dem sie ihre Schwester treffen wollte, begleiten sollen. Dafür hatte er sogar eine weite Zugfahrt auf sich genommen, denn offiziell war er auf Dienstreise. Sicher hatte er zig Mal auf ihrem Handy angerufen. Die letzte Nachricht von ihm lautete, dass er ein Taxi zum Klatenberg genommen habe und dort auf sie warte. Nur war Heidi leider nie am Treffpunkt angekommen. Sie stellte sich vor, wie Kurt gewartet hatte. War er wütend geworden, weil er versetzt worden war, und zurück nach Köln gefahren? Der Gedanke, dass ihre Schwester sich diese Falle ausgedacht hatte, gefiel ihr nicht. Er sorgte trotz der inneren Kälte für Hitzewellen. War sie wirklich auf eine Betrügerin hereingefallen?

Kurt hatte ihr Gesicht und das ihrer Schwester durch ein Computerprogramm laufen lassen, um die Physiognomie zu vergleichen. Ein DNA-Test wäre sicherer gewesen, aber so viel Zeit hatten sie nicht gehabt. Das Ergebnis war auch so recht beeindruckend. Die Nasenwurzel wies die gleiche leichte Verformung auf, die Münder waren nahezu identisch geformt, die Augenpartien stimmten überein, wenngleich Susie blaue Augen hatte und ihre eigenen eher goldbraun waren. Aber nicht jede leibliche Schwester wollte auch das Beste für die andere. Sie beide waren völlig getrennt voneinander aufgewachsen. Was wusste sie denn schon über die tatsächlichen Motive ihrer Schwester?

Ein Geräusch ließ sie auffahren. Sie hörte das Rascheln von Laub. Sie streckte ihren Kopf unter der Decke hervor und lauschte. Heidi hatte sich lange gefragt, wo sie hier überhaupt steckte. Sie vermutete, dass es ein alter Luftschutzbunker aus Kriegszeiten sei. So ein schnell gebauter Einraumbunker mit wenig Komfort, der in den zig Jahren nicht mehr so ganz dicht war. Er befand sich wahrscheinlich irgendwo in einem einsamen Waldgebiet. Das Rascheln wurde lauter. Sie bekam Angst. Dann hörte sie ein Quieken. Wildschweine. Verdammt. Oder konnte sie sich diese Tiere zunutze machen? Vielleicht, wenn eine ganze Rotte wild gewordener Tiere gegen die relativ einfache Tür rannte. Die Tür bestand aus verwittertem Holz. Von außen war sie vermutlich einfach aufzustoßen, doch von hier konnte sie sie wegen der Erhebung nur ziehen. Ihr anfängliches Dagegenwerfen hatte nur zu einer schmerzhaften Schulter geführt. Mühsam stand sie auf und blickte sich um. Da, die Salami. Sie rieb damit den Türrahmen am unteren Ende ein. Mit etwas Glück fraßen die Tiere dann das morsche Holz so weit ab, dass sie die Tür doch noch aufstoßen konnte. Oder sie könnte einen Hebel ansetzen, wenn ein Loch da war, um die Tür so weit kaputt zu machen, dass sie durchkriechen konnte. Sie ahnte, wie unsinnig es war, Wildscheine anzulocken, aber irgendwie fand sie es auch tröstlich, dieses Grunzen und Stöbern vor ihrer Tür. Verkehrte Welt, die Schweine draußen in Freiheit und sie gefangen in einem kleinen Verschlag.

15. KAPITEL

Morgen, Chef! Da staunen Sie, was? Wir sind gestern Nachmittag sofort losgefahren, und heute ist Ihr bester Mitarbeiter schon wieder einsatzbereit.« Dirk stand vor dem Kommissar, der gerade erst das Büro betrat und ihn verdutzt anschaute. Lag da Freude, Erleichterung oder Gleichgültigkeit im Blick des Kommissars? Dirk hatte sich nur deshalb so beeilt, weil dieser übereifrige Fred Hauptmann um seinen Chef herumscharwenzelte und offenbar glaubte, er werde der neue Assistent bei der Mordermittlung werden. So hatte es zumindest in den Telefonaten geklungen. Diese hektische Abreise hatte sehr zum Missfallen seiner Freundin Ella stattgefunden, die allzu gerne noch einen schönen Abend im Hotel mit ihm verbracht hätte.

Erleichtert sah er, dass Schmitt ihn kurz anlächelte, um gleich darauf aber in gespielter Verzweiflung mit den Augen zu rollen. »Gut, dass Sie da sind. Hier überschlagen sich die Ereignisse.« Schmitt stellte seine

Tasche neben dem Schreibtisch ab und griff nach dem Telefonhörer. »Liebe Frau Krone, können Sie mir einen sehr starken Kaffee machen, oh, gerne bitte zwei starke Kaffee. Kemper scheint auch schlecht geschlafen zu haben. Danke schön!« Der Kommissar lehnte sich auf seinem Bürostuhl zurück. »Um es kurz zu machen, Kemper: Lutz Fröhlich ist gestern in seinem Auto überfallen worden und hat sich die Smart Watch abnehmen lassen, die aller Wahrscheinlichkeit nach der toten Frau gehört hat. Heidi Klostermann bleibt verschwunden. Und die eifrige Autorin und Hobbyermittlerin Clara Teichner ebenfalls. Die Dame ist in jedem Fall selbst verschuldet verschwunden, seitdem sie sich eigenständig auf die Suche nach dem Auto von Susie Bär gemacht hat. Sie hat es offenbar auch gefunden und ist nun samt Fiat wie vom Erdboden verschluckt. Ich befürchte Schlimmes. Gleich kommt Bernd Schubert, den wir endlich erreicht haben, und ich muss mittags kurz nach Hause, denn ich bin vorübergehend auf den Hund gekommen.« Beim letzten Satz hob Schmitt den Kopf nach oben, wie eine Diva, die auf Huldigung wartet.

»Chef, Sie wollen mir erzählen, dass sich in Ihrer Wohnung ein echter Hund befindet?« Ungläubig starrte er den Mann mit dem Bürstenschnitt an, der heute wieder ein exklusives Hemd in einem dunkelgrün schimmernden Stoff trug.

»Ja. Meine Frau, Gott hab sie selig, wollte ja immer, dass wir uns einen Dackel anschaffen, damit ich meine Ängste auch den großen Hunden gegenüber überwinde. Es ist der Hund von Clara Teichner, und es handelt sich um einen sehr kleinen, sehr gepflegten Rauhaardackel, der nur leider die ganze Nacht nach seinem Frauchen gesucht hat. Wir haben ihn im Auto von Frau Teichner gefunden.«

»Großartig, Chef, das ist großartig, dass Sie den kleinen Kerl aufgenommen haben. Aber was machen Sie, wenn Frau Teichner nicht wieder auftaucht beziehungsweise sie ihren Forscherdrang mit dem Leben bezahlt hat?«

Schelmisch lächelnd trotz der düsteren Überlegung nahm der Kommissar das Tablett mit duftenden Kaffeebechern und Keksen entgegen und stellte es auf dem Schreibtisch ab. »Was mache ich, wenn sie wieder auftaucht und den süßen Kerl zurückhaben will?«

Völlig verdattert über diese plötzliche Tierliebe stürzte Dirk sich auf die Waffelkekse und den starken Kaffee. Sie sprachen über Lutz Fröhlich, den wenig fröhlichen Jäger, der in ihrem aktuellen Fall immer wieder eine neue Rolle spielte. Bedauerlicherweise war seine Zeugenaussage zu dem Typen, der ihn überfallen hatte, wenig aussagekräftig. Wie er ins Visier des Täters gekommen war, ließ sich erahnen. Leider hatte die Ehefrau von Hubert Lensing, dem krummbeinigen Jagdpächer mit dem guten Gehör, einen Facebook-Account. Und den hatte die alte Lady noch am Abend zuvor eifrig genutzt, um stolz von dem Fund der Uhr zu berichten, die der Jäger Lutz Fröhlich und ihr Ehemann in den Klatenbergen gefunden hatten. Das hatte auch die Presse mitbekommen, und so fanden sich bald überall im Netz Hinweise über den Fund und über den aktuellen Verbleib dieses wichtigen Beweisstückes.

»Es ist ja schon schlimm genug, dass Ihre Generation ständig und unreflektiert alles Mögliche ins Netz stellt, aber dass nun auch die Senioren ihren warmen Platz vorm Ofen aufgeben, um sich im Internet kundzutun, ist erschreckend!« Schmitt knurrte Dirk an, als wäre der sowohl für seine als auch für die Generation der Alten verantwortlich.

»Respekt. Dieses Pärchen ist wirklich unglaublich fit für sein Alter. Solche Leute sind mir lieber als die Senioren, die sich morgens beim Arzt treffen und die Apothekenumschau wie den Ratgeber für zukünftige Leiden abonnieren.« Dirk grinste seinen Chef an. Immerhin war dem Jäger ja nichts passiert. Im Gegensatz zu den anderen Leuten, die in den Fall involviert waren. Er fragte sich, ob Clara Teichner nun gerade auf Heidi Klostermann traf. Hielt man sie zusammen gefangen oder lag die muntere Autorin tot auf einem Acker herum?

Schmitts Hände lagen auf einer dicken Akte. »Ich habe mir die Akte von Heidis Vater angeschaut, die Sie vor Ihrer Abreise geordert hatten. Er war ein höheres Tier in der Partei. Man konnte ihm nie bösartiges Vorgehen oder Korruption nachweisen. Für solche Dinge hatte er bestimmt seine Leute. So waren viele Mitarbeiter der sogenannten Volkspolizei gleichzeitig auch Mitarbeiter für die Staatssicherheit. Und Klostermann saß an einer Stelle, an der er viele opportunistische Entscheidungen treffen konnte, ohne sich die Hände schmutzig zu machen. Er arbeitete im sogenannten Volksbildungsministerium.«

»Klingt harmlos«, meinte Dirk und knabberte laut an seinem Keks.

»Von wegen«, knurrte sein Chef. »Diesem Ministerium war die Jugendhilfe unterstellt, und somit war das Ministerium für alle Heime und jegliche Jugendarbeit zuständig. Frau Honecker höchstpersönlich hatte dort volle Entscheidungsgewalt, und Klostermann arbeitete ihr zu. Und ausgerechnet Klostermann adoptiert ein kleines Mädchen und hatte angeblich keinerlei Kenntnis über deren Herkunft. Das hat er mir erzählt, und das ist nur eine der Lügen, die ich mir anhören durfte. Die Kollegen versuchen gerade etwas über die Familie Bär ausfindig zu machen, doch es ist schwierig. Den Namen gibt es zu häufig. Aber es ist sicher nur eine Frage der Zeit, bis wir die Namen der leiblichen Eltern von Heidi und Susie ausfindig machen. Und wenn einer davon noch lebt, dann lösen wir diesen Fall. Leider müssen wir annehmen, dass Heidi Klostermann nicht mehr lebt. Es sei denn, sie ist unsere Täterin und versteckt sich.«

Sein Chef machte plötzlich ein so betrübtes Gesicht, dass Dirk mit vollem Mund fragte. »Was ist los, Chef? Haben wir etwas übersehen?«

Ein schwerer Seufzer, und Schmitt nickte. »Ja, ich werfe es mir vor, dass ich Frau Teichner nicht deutlicher in die Mangel genommen habe. Sie saß hier vor mir mit dem Wissen, dass sie nach einem roten Fiat suchen musste. Es ist doch außerordentlich peinlich, dass sie das Auto von Susie Bär vor uns gefunden hat. Nur leider hat jemand, der in dem Fall tief drinsteckt, die Autorin auch vor uns gefunden. Sie hätte ihren Dackel niemals so lange alleine gelassen.« Bei der Erwähnung des Dackels ging tatsächlich ein zärtlicher Ausdruck über das Gesicht des Kommissars.

Dieses Tier musste Dirk unbedingt kennenlernen. Seit er Schmitt kannte, war schon eine Katze Zünder für einen steigenden Blutdruck. Und ein Dackel besaß immerhin ebenso ein Raubtiergebiss wie ein Dobermann.

»Wie nennen Sie ihn, den Dackel?«, fragte er interessiert.

»So wie er heißt, John. Das steht zumindest auf seiner Decke, und so nenne ich ihn auch. Er hört sehr gut auf den Namen. Im Auto befand sich auch eine Leine, und Hundefutter habe ich von Fred Hauptmann bekommen.« Dirk konnte den Mann nicht leiden. Mit seinem roten Bart und der Größe war der Mann ihm einfach zu präsent. Schmitt hatte ihn, Dirk Kemper, zu seinem persönlichen Assistenten gemacht. Und sie beide brauchten keine Hilfe, fand er.

Es klopfte laut an der Tür. Frau Krone hielt ihren blonden Haarschopf durch den Türspalt. »Herr Schubert ist da. Kann er reinkommen? Er ist sehr ungeduldig.« Sie verdrehte die Augen.

Dirk blickte an der Sekretärin vorbei. Auf den ehemaligen Stasimann war er gespannt. Und auf seine Aussage erst recht.

»Kann reinkommen, danke, Frau Krone.« Schmitt trat hinter seinem Schreibtisch hervor und stellte sich mittig in den Raum.

Der Mann war groß, schlank und mindestens so gut gekleidet wie sein Chef. Die markante Adlernase, die Dirk schon auf dem Foto aufgefallen war, stand Bernd Schubert ausgezeichnet. Er erinnerte Dirk an einen Römer aus seinem alten Lateinbuch. Geschmeidig wie eine Katze betrat er den Raum und setzte sich auf den Besucherstuhl, die Beine übereinandergeschlagen.

»Guten Morgen, Herr Schubert. Schön, dass Sie es einrichten konnten.« Schmitt blieb stehen und wippte ein wenig auf seinen Fersen.

»Guten Morgen. Können Sie mir sagen, warum ich hier bin?« Fragend blickte er von Schmitt zu Dirk.

Der Mann hatte Nerven, dachte Dirk und setzte sich an seinen Schreibtisch.

»Gewiss. Sicher haben Sie die Morde in den Klatenbergen verfolgt. Im Zusammenhang damit suchen wir Frau Heidi Klostermann.«

Im Gesicht von Schubert zuckte es, und er nickte. »Von den beiden Leichen weiß ich, aber ich hatte keine Ahnung, dass nach Frau Klostermann gesucht wird. Allerdings sprach mich gestern eine ältere Dame an, die mir weismachen wollte, dass sie die Tante von Heidi sei und sie suche.«

»Sie leugnen also nicht, dass Sie Heidi Klostermann kennen?« Schmitt setzte sich nun auch wieder hin.

»Nein, warum sollte ich? Wir trainieren im selben Studio. Sie ist eine sehr sympathische Frau.« Schubert starrte auf seine Schuhspitze. »Ich weiß aber nicht, wie ich Ihnen helfen kann.«

»Mit der Wahrheit.« Schmitt griff nach einem Zettel und ging in die Offensive. Dirk wusste: Er schonte niemanden, wenn er sich davon Erfolg versprach. »Sie sind ein ehemaliger Stasimitarbeiter, der unter anderem von einem Mann namens Willi Bremer krankenhausreif geschlagen wurde. Weil er Sie als einen ehemaligen Folterer wiedererkannt hat. Und Sie sind am Samstag in den Klatenbergen gesehen worden. Wissen Sie, was Albert Einstein zum Thema Zufall gesagt hat? ›Gott würfelt nicht.‹« Schmitt startete mit dem nervenden Pochen eines Kugelschreibers auf die Schreibtischplatte.

Bernd Schubert verschränkte die Arme vor der Brust. »Und warum bin ich hier, wenn Sie schon alles wissen?«

»Leider wissen wir ganz viele Dinge nicht. Wo ist Heidi Klostermann? Wer hat ihre Schwester ermordet oder ihren Kollegen Kurt Bremer?« Schmitt beobachtete sein Gegenüber ganz genau, während Dirk am Gesicht seines Chefs hing. Dem schien die Respekt einflößende Haltung seines Besuchers nichts auszumachen.

In Schuberts Gesicht arbeitete es. Dann nickte er. »Okay, das alles weiß ich leider auch nicht. Ich bin vor zwei Jahren nach Münster gezogen. Ich hatte die Schnauze voll vom Osten. Mich widert der ganze Rechtsruck an. Und ja, mich widerte auch die Erinnerung an meine eigene Rolle in der DDR an. Ich wollte das alles hinter mir lassen und als Rentner ein neues Leben mit Kultur, Sport und Reisen beginnen. Ausgerechnet in dem Sportstudio, das ich mir ausgesucht habe, treffe ich eine interessante Frau, die ebenfalls aus Thüringen kommt. Das war kein Problem, ihre Erinnerungen hatten nichts mit meinen zu tun, bis sie vor zwei Wochen aufgeregt erzählte, sie hätte eine jüngere Schwester. Unser Kennenlernen kletterte ganz langsam auf eine andere Ebene. Wir hatten überlegt, uns zum Essen zu treffen, außerhalb des Fitnessstudios. Doch dazu ist es nicht mehr gekommen. Ich dachte erst, sie wollte mich nicht mehr sehen oder ich hätte es aus irgendwelchen Gründen vermasselt. Weil sie von meiner Vergangenheit erfahren hat.« Hier stockte er und blickte zu Boden.

Eine verdammt gute Schau, dachte Dirk. Fast nahm man ihm die Geschichte ab.

Schmitts Gesicht blieb ausdruckslos, aber er fragte weiter: »Was wissen Sie über diese Schwester?«

Schubert guckte den Kommissar nun direkt an. »Sie ist eine der Toten aus den Klatenbergen, richtig? Telgte ist klein, und die Leute reden viel.«

Schmitt nickte.

»Hat Heidi sie umgebracht? Kann das sein? Ist sie deshalb verschwunden?«, fragte Schubert mit fester Stimme.

»Waren Sie deshalb am Samstag im Klatenberg? Haben Sie sie gesucht?« Dirk wandte sich nun ebenfalls an den Besucher.

Schubert hob Hilfe suchend die Hände. »Welche Frage soll ich denn zuerst beantworten? Ich weiß nichts weiter über die Schwester, nur, dass sie Susie hieß. Sie ist aus dem Nichts aufgetaucht und hat Heidi erzählt, dass ihre Mutter noch leben würde. Diese Susie wusste eine Menge über Heidi, und sie besaß ein Foto. Zudem muss sie Heidi ähnlich gesehen haben.«

Schmitt nickte und hörte aufmerksam zu. Die Fragen von Schubert wollte er offensichtlich nicht beantworten.

»Hätte ich ihr doch nur davon abgeraten, sich mit einer fremden Frau zu treffen.« Verbittert starrte er nun auf seine sehnigen Hände.

Dirk schwankte zwischen dem Misstrauen gegenüber dem Ex-Stasimann und seiner Offenheit, die er zeigte, hin und her. Was war gutes Theater, was war die Wahrheit? Er blickte seinen Chef fragend an, und der gab ihm mit einem Zeichen freie Bahn. Dirk hakte also noch mal nach. »Was haben Sie am Samstag in den Klatenbergen gesucht? Sie kennen doch den Spruch: Den Täter treibt es an den Tatort zurück.«

»Ganz genau. Ich kannte das Gebiet nicht und dachte, dass ich die Dinge besser verstehen könnte oder eine Inspiration erhalte. Ich kann es schlecht erklären, es würde albern klingen.«

»Einer der Toten ist Kurt Bremer, der Bruder von Willi Bremer«, mischte sich Schmitt wieder ein.

Dirk beobachtete, wie Schubert betroffen in die Runde blickte. »Das wusste ich nicht. Aber jetzt verstehe ich, warum ich hier sitze. Willi Bremer hat mir übel zugesetzt. Seine Anschuldigungen, dass ich ihn zu DDR-Zeiten gefoltert hätte, erwiesen sich als haltlos. Er muss mich verwechselt haben. Ich habe mit der Sache hier nichts zu tun.« Sein Gesicht nahm einen distanzierten Blick an. Die Adlernase hob sich. »Brauche ich einen Anwalt?«

Verblüfft hörte Dirk die Antwort seines Chefs. »Ich denke schon, Herr Schubert. Das sind für meinen Geschmack etwas viele Zufälle. Sagt Ihnen übrigens der Familienname Bär etwas?«

Ein diabolisches Grinsen ging über das Gesicht des Mannes, und er rezitierte: »Bären sind eine Säugetierfamilie aus der Ordnung der Raubtiere, auch Carnivora genannt. Doch ich ahne, dass die Frage anders gemeint war, obgleich Sie ja offenbar mindestens ein Raubtier hier herumlaufen haben. Ohne meinen Anwalt, den Sie mir gerade so wohlwollend empfohlen haben, ist das Gespräch für mich jetzt beendet, Herr Kommissar.« Schubert stand auf und steckte die Hände in die Taschen seines feinen Mantels. »Kann ich gehen?«

»Ja, Sie können gehen, aber bitte halten Sie sich weiterhin zu unserer Verfügung, Herr Schubert. Gerne auch mit Anwalt.«

Ohne ein weiteres Wort verschwand Bernd Schubert.

Dirk ging ans Fenster und sah wenig später, wie Schubert in einen Jaguar stieg. Und dank seiner guten Augen sah er auch, dass Schubert telefonierte, noch bevor er losfuhr. Schade, dass sie nicht wussten, mit wem. Eventuell hätte es dem Fall eine neue Wendung gegeben. Inwieweit konnte man einem ehemaligen Stasimann überhaupt vertrauen, fragte er sich.

Schmitt trat neben ihn. »Ich bin mir bei diesem Herrn nicht sicher, ob er zum Schutz von Heidi Klostermann hier lebt oder zu ihrem Schaden.«

»Zum Schutz?«, fragte Dirk erstaunt. »Wie kommen Sie denn darauf?«

»Da war etwas in seinem Blick, als er über Heidi Klostermanns Verschwinden sprach. Wissen wir, ob Bernd Schubert und Alfred Klostermann sich kannten?«

Dirk zuckte mit den Schultern. »Bernd Schubert hat jedenfalls nicht in Apolda gelebt. Das wären dann doch der Zufälle zu viele. Zuletzt war er in Gotha gemeldet. Vielleicht sollten wir mal mit Willi Bremer sprechen. Glauben Sie Schubert etwa, dass es eine Verwechselung war?«

Schmitt setzte sich zurück an seinen Schreibtisch. »Jedenfalls hat man damals nie ganz klären können, ob eine Verwechselung vorlag. Da stand Aussage gegen Aussage, und der Vorwurf der Körperverletzung musste fallen gelassen werden. Das war mindestens mal verjährt. Überhaupt wurden die meisten Delikte im

Zusammenhang mit dem Ministerium für Staatssicherheit nur milde bestraft oder kamen gar nicht erst zur Anklage. Leider war es zu schwer, Handlungen einzelner MfS-Mitarbeiter mit den Mitteln des Strafrechts des wiedervereinigten Deutschlands adäquat zu ahnden. Das Einzige, was man durch die Veröffentlichung der Namen verhindern konnte, war eine erneute Besetzung hoher Positionen durch ehemalige MfS-Mitarbeiter. Oh, hallo Herr Hauptmann.«

Die Tür war aufgegangen, und Dirk sah auf den großen, rotbärtigen Beamten aus Telgte. Ein kurzer Seitenblick streifte ihn, dann wandte Fred Hauptmann sich eifrig an seinen Chef. »Kommissar Schmitt, wir sollten uns die beiden Jäger vielleicht mal näher anschauen.«

»Welche Jäger?«

Fred Hauptmann blickte auf einen Zettel, den er in der Hand hielt. »Horst Grabitz und Hubert Lensing.« Er blickte wieder auf. »Mein Vater ist auch Jäger, er hat aber kein eigenes Revier mehr, sondern wird ab und zu mal von Bekannten eingeladen. So ein ganz engagierter Jäger ist er eigentlich nicht mehr. Jedenfalls war ich gestern Abend zum Essen bei meinen Eltern, und er hat mir erzählt, dass diese beiden alten Jagdpächter die reinsten Patriarchen im Hegering seien und an sich schon längst ihr Revier hätten abgeben müssen. Mein Vater ließ durchblicken, dass sie die Verlängerung nur aufgrund von Erpressung erreicht hätten und gar nicht mehr Herren der Lage seien.«

Fred Hauptmann trat noch ein Stück näher, während Dirk sich fragte, was das hier werden sollte. Es ging doch um ganz andere Dinge als um Streitereien im Hegering. Immerhin waren Kurt Bremer und Susie Bär sicher nicht wegen Wilderei ermordet worden oder weil sie sich über mangelnde Hege im Klatenberg beschwert hatten. Das war ja schon peinlich, wie dieser Hauptmann die Aufmerksamkeit von Schmitt auf sich zu ziehen versuchte. Dirk schnaufte hörbar. Der Kommissar hörte jedoch aufmerksam zu und nickte dem Polizisten zu fortzufahren.

»Also, worauf ich hinauswill. Man munkelt, dass die alten Jäger nicht ein Stück Wild mehr erwischen würden, sondern andere dafür bezahlen würden, dass sie genug Wild aus dem Revier entnehmen.«

»Das ist aber doch nicht strafbar, wenn sie andere Jäger zum gemeinsamen Jagen einladen.«

Fred Hauptmann zupfte sich an seinem Bart. »Grabitz und Lensing sind dafür bekannt, dass sie kaum große Jagden organisieren. Dann würden ja alle merken, dass die nix mehr vor die Flinte bekommen. Vattern meint, das seien wahrscheinlich gar keine echten Jäger, die für die alten Herren das Wild minimierten, sondern bezahlte Söldner und Abenteurer.« Triumphierend schaute Hauptmann erst Dirk, dann Schmitt an.

»Und was hat das mit unserem Fall zu tun?«, fragte Dirk und bemühte sich gar nicht erst, den Spott aus der Stimme zu lassen.

»Das liegt doch auf der Hand. Wenn im Klatenberg illegale Leute mit Jagdwaffen unterwegs sind und unsere Opfer denen in die Quere gekommen sind, dann ergibt das eine ganz neue Sichtweise.«

»Der wir auf jeden Fall nachgehen werden«, erwiderte der Kommissar mit einem warnenden Blick zu Dirk. Gerade rechtzeitig, denn Dirk hatte den Mund zum Lachen schon geöffnet. Nun schloss er ihn wieder und schüttelte genervt den Kopf. Auf ihn hatten die beiden Jäger einen netten, harmlosen Eindruck gemacht.

»Und wie passt das Verschwinden von Heidi Klostermann dazu?«, fragte er nur und erhielt natürlich keine Antwort.

16. KAPITEL

Sybille starrte in ihren Kaffeebecher und genoss diesen Duft zum ersten Mal seit Tagen. Beinahe die gesamte letzte Woche war sie krank gewesen. Kurz nach dem Besuch in der Gerichtsmedizin hatte ihr Körper rebelliert. Ob die Sorge um Heidi oder der Anblick der Leiche dazu geführt hatte, dass sie mit einer dicken Bronchitis zu Hause bleiben musste, wusste sie nicht. Sie hatte jede Menge Zeit zum Nachdenken gehabt, aber keine Kraft, um nach ihrer Freundin zu suchen. Nun war Heidi seit über einer Woche verschwunden, und die Chancen sanken kontinuierlich, dass diese Geschichte noch gut ausging.

Eben hatte sie mit dem verständnisvollen Kommissar gesprochen, doch er hatte ihr nicht viel sagen können. Keine heiße Spur, keine positiven Aussichten. Sybille glaubte sogar, herausgehört zu haben, dass Heidi auch als Verdächtige in den beiden Mordfällen gehandelt wurde. Was für ein Nonsens.

Jetzt schmeckte ihr der Kaffee wieder, und auch das Brötchen mit Honig hatte neue Lebensgeister geweckt. Morgen würde sie wieder bei der Arbeit erscheinen. Heute wollte sie Heidi suchen. Aber wo? Und vor allem wie? In der Zeit, die sie auf der Couch verbracht hatte, hatte sie alles aufgeschrieben, was sie an Informationen zu ihrer Freundin besaß. Sie kannte Heidi seit fünf Jahren, wusste, dass sie in der ehemaligen DDR aufgewachsen und leider bereits verwitwet war. Über ihren verstorbenen Mann hatte Heidi anfangs viel erzählt, dann war das Thema irgendwann abgearbeitet gewesen, die Trauer wie eine wertvolle Erinnerung archiviert worden. Sybille hatte immer gespürt, dass Heidi ihren eigenen Ehemann nicht so mochte, meist unternahmen sie daher zu zweit etwas. Tommy flirtete gerne, aber Sybille vertraute ihrem Mann so lange, bis etwas anderes bewiesen war. Von einer Schwester hatte Heidi ihr nichts erzählt, aber sie hatten sich seit zwei Wochen auch nicht mehr gesprochen, und an dem Abend ihrer Verabredung wollte Heidi mit Neuigkeiten herausrücken. Sybille hatte schon vorher geahnt, dass auch ein neuer Mann im Spiel war. Irgendjemanden hatte Heidi im Fitnessstudio kennengelernt. Ob sie diese Vermutung dem Kommissar hätte mitteilen sollen?

Das Klingeln ihres Handys erschreckte sie. Eine unbekannte Mobilnummer wurde angezeigt, und sie zögerte kurz, das Gespräch anzunehmen. Meist handelte es sich um Werbeanrufe. »Hallo?«, fragte sie daher zögerlich in das Mobilteil.

»Sybille? Bist du dran?« Die Stimme am anderen Ende war weiblich und klang rau. Und sehr aufgeregt.

»Ja, hier spricht Sybille Horstmann. Wer ist denn da?«

»Ich bin es, Heidi. Gott sei Dank, du bist da. Du musst mir helfen!«

* * *

Schmitt dankte dem jungen Polizisten Fred Hauptmann für seine Aufmerksamkeit und schickte ihn los, damit er jemanden vom Hegering befragte. Diese Spur war zu weit hergeholt, als dass er sich davon Fortschritte für seinen Fall versprach. Klatsch und Tratsch unter Jägern. Sie alle wurden älter, und Grabitz und Lensing bekamen es eben noch hin, ein Revier zu halten.

»Sagen Sie mal, Kemper, was haben unsere Altjäger eigentlich beruflich gemacht? Die Jagd ist doch sicher immer nur ein Hobby gewesen, oder?«

»Das weiß ich nicht, Chef. Aber wenn Sie wollen, finde ich es schnell heraus.«

»Beizeiten können Sie mir mal darüber Kundschaft abgeben. Noch scheint es mir nicht so wichtig. Setzen Sie sich an den Rechner und suchen Sie weiter nach der Verwandtschaft von Susie Bär. Ich werde noch mal mit Herrn Klostermann telefonieren. Immerhin kann ich ihm nun einen Namen um die Ohren hauen.« Er sagte seinem Kollegen nicht, wie besorgt er mittlerweile um die beiden verschwundenen Frauen war. Clara Teichner war auch heute nicht zu Hause aufgetaucht. Ihr war etwas passiert, da war Schmitt sich sicher. Irgendjemand war ihnen immer einen Schritt voraus. Die Smart Watch wurde geklaut, der rote Fiat von Susie Bär war spurlos verschwunden, das Handy von Heidi war nicht zu orten. Es war wie verhext.

Er suchte die ausländische Nummer heraus und tippte die lange Zahlenfolge ein. Während er das Tuten hörte, fiel ihm ein, dass es in Südamerika noch sehr früh am Morgen war. Es dauerte eine kleine Weile, dann meldete sich eine dünne Frauenstimme. »Hello?«

Schmitt meldete sich und stellte sich vor. »Spreche ich mit Frau Klostermann?«

»Ja, haben Sie unsere Tochter gefunden? Geht es ihr gut?«

»Nein, wir haben noch keine Spur von ihr. Es tut mir leid. Frau Klostermann, sagt Ihnen der Familienname Bär etwas?«

Am anderen Ende der Leitung blieb es still.

»Frau Klostermann?«

»Wer soll das sein?« Ihre Stimme wurde weinerlich.

Schmitt zögerte kurz, dann entschied er sich für die ungeschönte Wahrheit. »Das ist der Geburtsname von Heidi. Den müssen Sie doch kennen.«

Sie sagte nichts mehr. Entweder war die Dame völlig überfordert oder stur.

»Kann ich Ihren Mann sprechen?«

»Sicher. Er ist auf dem Weg zu Ihnen.« Dann legte sie einfach auf, und er blickte so überrascht auf den Hörer in seiner Hand, dass Kemper auflachte.

»Was wird das, Chef? Führen Sie das Gespräch telepathisch weiter?«

»Alfred Klostermann ist angeblich auf dem Weg nach Telgte. Der scheint sich wirklich Sorgen um seine Tochter zu machen. Mir hat er vor ein paar Tagen gesagt, er könne nicht kommen. Vielleicht bringt das mehr Bewegung in den Fall.«

Es klopfte an der Bürotür, und Frau Krone trat ein, zusammen mit dem Duft ihres blumigen Parfums.

»Herr Schmitt, ich hatte gerade einen merkwürdigen Anruf, den ich aber nicht durchstellen konnte, weil bei Ihnen besetzt war.« Sie starrte auf einen kleinen Zettel in der Hand. »Ich weiß nicht, ob es ein Spinner war oder ein wichtiger Zeuge.«

Schmitt lächelte sie an, verwundert, dass die sonst so taffe Beamtin gerade eher verwirrt wirkte. »Dann erzählen Sie mal, Frau Krone. Sie sehen ja aus, als hätten Sie Kontakt zu einem Gespenst gehabt.«

Frau Krone starrte noch immer auf den Zettel und schüttelte dann den Kopf, um sich zu sammeln. »Also, der Anrufer hat berichtet, dass er heute Morgen eine Frau aufgelesen habe, die ihm etwas verwahrlost und durcheinander vorgekommen sei. Sie hielt seinen Wagen auf einer abseits gelegenen Straße an, und das fand er schon mehr als merkwürdig. Sie bat nur um sein Handy, das sie ihm nach einem kurzen Telefonat dankend zurückgegeben hatte. Ihm war ein wenig unwohl, sie da mit ihrer Decke um die Schultern stehen zu lassen, aber die Frau habe keine weitere Hilfe gewollt, sagte er. Erst in der Firma fiel ihm die vermisste Frau aus Telgte ein. Deshalb wollte er uns nun doch davon berichten. Den ungefähren Standort, wo er die Frau getroffen hat, habe ich notiert, aber ich fürchte, dass sie von dort schon abgeholt wurde. Seiner Beschreibung nach könnte es sich bei der Frau um Heidi Klostermann handeln.«

Seinem jungen Kollegen stand der Mund offen, und er selbst spürte Hoffnung aufkeimen. Sie mussten dringend erfahren, wo diese Frau nun war. Falls es sich bei ihr wirklich um Heidi handelte, gab es nicht so viele Optionen. »Kemper, Sie rufen die Nachbarin an, diese Irena Winschinska, und ich versuche es bei Sybille Horstmann. Drücken Sie uns die Daumen!« Er hielt kurz inne, seine Hand schwebte über dem Telefon. Alfred Klostermann fiel ihm soeben noch ein. Der Mann war ja angeblich auch unterwegs nach Telgte. Das war schon ein merkwürdiges Zusammentreffen, wenn seine Tochter ausgerechnet bei seinem Erscheinen wieder auftauchte. Oder hatte Klostermann persönlich dafür gesorgt?

Weder Sybille Horstmann noch Irena Winschinska gingen an ihr Telefon. Es war zum Verzweifeln.

»Ich fahre hin«, sagte Schmitt und stand auf.

»Wo fahren Sie hin?«, fragte Kemper und machte Anstalten, ebenfalls nach seiner Jacke zu greifen.

»Ich fahre zu Heidis Haus. Wenn sie die Frau am Straßenrand war, dann will sie doch sicher als Erstes nach Hause gebracht werden. Um sich zu waschen, frische Kleidung anzuziehen. Der Anrufer hat berichtet, dass sie verwahrlost ausgesehen habe. Sie halten hier Stallwache.«

Kemper machte ein mürrisches Gesicht. »Das kann doch Frau Krone übernehmen.«

Schmitt hatte die Klinke schon in der Hand. »Ich brauche Sie hier als Spürhund, um die Verwandtschaft von Susie Bär zu finden, und als Wachhund, falls Herr Klostermann bei uns auftaucht. Oder es neue Erkenntnisse zu Clara Teichner gibt. Aber ich kann auch Fred

Hauptmann in mein Büro setzen.« Mit einem belustigten Grinsen machte er sich auf den Weg und überhörte das Stöhnen des jungen Kollegen.

* * *

Sybille saß weit vorgebeugt in ihrem Skoda und starrte auf das Navi. Gleich musste sie irgendwo in einen Feldweg abbiegen, aber noch sah sie nur Acker und ein paar vereinzelte Bäume. Sie hatte alles gegeben, um Heidi davon zu überzeugen, Polizei und Krankenwagen zu Hilfe zu holen. Aber Heidi hatte darauf bestanden, dass sie alleine kam. »Ich weiß doch gar nichts. Ich kann mich einfach nicht erinnern, was mir passiert ist«, hatte ihre Freundin geklagt. »Ich muss duschen und warm werden und mich sortieren.« Dann war Heidi in Tränen ausgebrochen, und Sybille hatte ihr schnell alles versprochen, was sie wollte. Doch nun nagte die Vernunft an ihr. Unterwegs hatte Sybille frische Brötchen und Aufschnitt gekauft, damit Heidi zu Kräften kam. Aber um alles Weitere musste sich die Polizei und eventuell auch die notärztliche Stelle kümmern. Sie würde Heidi nach Hause bringen und die Polizei verständigen.

Endlich bog sie in die beschriebene Straße ein und erblickte eine zusammengekauerte Gestalt am Straßenrand. Diese stand wackelig auf, schwankte leicht und winkte ihr zu. Die alte Decke, die Heidi sich um die Schultern gelegt hatte, ließ sie einfach achtlos fallen. Sybille hielt an und sprang aus dem Wagen. Erleichtert umarmte sie die Freundin, von der ein feuchter, muffiger Geruch ausging. Ihre langen, blonden Haare, auf deren Pflege Heidi stets achtete wie auf einen kostbaren Sittich, klebten an ihrem Kopf, unten lagen sie zottelig und in Knoten auf der Schulter auf.

»Bring mich nach Hause, bitte. Ich will mich einfach nur waschen können, danach darfst du bestimmen, was geschieht.«

Während Heidi mühsam und mit offensichtlich steifen Gliedern in den Wagen stieg, hob Sybille die muffige, feuchte Decke auf und legte sie in den Kofferraum. Die Polizei würde sich über jedes Beweisstück freuen.

Heidi war hinten eingestiegen und hatte die Füße hochgelegt »Ich rieche bestimmt ganz furchtbar.« Mehr sagte sie die Fahrt über nicht, sondern sie lag mit geschlossenen Augen einfach so da, und Sybille ließ sie lieber in Ruhe, drehte aber die Heizung hoch.

An der Wohnung angekommen, klingelte Sybille bei Irena, denn Heidi machte keine Anstalten, ihre Haustür zu öffnen. Irena stellte nur die notwendigsten Fragen, schloss auf und schickte Heidi in die Badewanne. Sie holte aus ihrer Wohnung ein medizinisches Badeöl und verschwand mit Heidi nach oben. Sybille kümmerte sich um einen starken Kaffee, machte eine Dosensuppe warm und deckte den Tisch. Sie kochte auch noch eine Kanne heißen Ingwertee und setzte sich dann an den Tisch. Mit einem Becher Tee in der Hand starrte sie auf ihr Handy und wartete ungeduldig, dass sie endlich diesen Kommissar anrufen konnte. Ein paar Minuten wollte sie Heidi noch lassen, auch wenn ihr diese Eigeninitiative nicht geheuer war. Die Freundin hatte zwar noch nicht viel erzählt, aber jemand hatte sie in einen alten Behelfsbunker gesperrt – und derjenige lief noch frei herum.

Irena kam die Treppe herunter und strich sich eine Haarsträhne aus dem Gesicht. In der Hand hielt sie eine blaue Plastiktüte. »Ich habe die Sachen hier reingesteckt, auch wenn Heidi denkt, ich wasche sie sofort. Ich finde, die sollten wir der Polizei übergeben zur Sicherung von Spuren.«

Ihr offenes Gesicht blickte heute ernster als sonst drein, aber die ruhige Art der Frau tat Heidi bestimmt gut, dachte Sybille und blickte die Frau dankbar an. »Hast du die Polizei schon verständigt?«

Sybille schüttelte den Kopf.

»Ich denke, jetzt wäre ein guter Zeitpunkt.« Die Nachbarin stellte den Sack an die Tür und zeigte auf das Handy, das vor Sybille lag. »Na los, bevor der Kommissar es von jemand anderem erfährt.« Und erst als Sybille die Nummer der Polizei wählte und nach Kommissar Schmitt fragte, ging Irena leise wieder nach oben. Am Telefon wurde sie mit dem Assistenten von Schmitt verbunden, der ihr nach ihrem Bericht versicherte: »Frau Horstmann, keine Sorge, der Kommissar ist bereits zu Ihnen unterwegs. Wir sind schon informiert worden, dass eine Frau, auf die die Beschreibung Ihrer Freundin passt, gesehen worden ist. Sie hätten sich sofort melden müssen, aber ich denke, dass keiner von uns weiß, wie es einem nach einer tagelangen Entführung und Verwahrlosung geht. Ich glaube, ich verstehe es ganz gut, dass Ihre Freundin erst nach Hause wollte.«

»Ja, ich konnte sie einfach nicht umstimmen. Jetzt liegt sie in der Badewanne, und ich und auch die Nachbarin bleiben bei ihr.« Sybille war erleichtert, dass der Beamte so verständnisvoll reagierte. Hoffentlich sah der Kommissar das ähnlich. »Können Sie Ihrem Chef die Situation erklären?«, fragte sie besorgt.

»Keine Sorge. Ich erreiche den Kommissar sicher im Auto und lege ein gutes Wort für Sie ein.«

»Oha, Sie müssen sich beeilen. Er fährt gerade vor.« Erschrocken und gleichzeitig erleichtert, die Verantwortung für Heidi abgeben zu können, blickte sie nach draußen.

»Warten Sie mal, das kann er eigentlich noch nicht sein, auch wenn mein Chef gerne den Tiger aus dem Tank lässt. Was für ein Auto hält denn gerade bei Ihnen?«

»Ein dunkelgrüner Jeep, also so ein großer Geländewagen.«

»Frau Horstmann, Sie machen die Tür erst auf, wenn der Audi von Kommissar Schmitt zu sehen ist. Hören Sie? Nicht die Tür aufmachen.«

* * *

Sie spürte ein angenehmes Rauschen im Kopf. Kam das von dem laufenden Wasser oder davon, dass ihr gerade alles so herrlich egal war? Sie tauchte unter, spürte das warme Wasser und das Badeöl zwischen ihren Fingern. Der Sandelholzgeruch lag noch in ihrer Nase, auch wenn sich ihr Kopf unter Wasser befand. Prustend tauchte Heidi wieder auf. Kein Mensch konnte sich vorstellen, wie schön das saubere Gefühl auf dem Kopf war, nachdem man über eine Woche lang in denselben Klamotten festgesteckt und kein Wasser zum Waschen gehabt hatte. Am liebsten wäre sie stundenlang ganz alleine in ihrem Bad geblieben, nicht jedoch alleine in ihrer Wohnung. Sie war sehr froh darüber, dass Irena und Sybille da waren.

Erneut ließ sie sich unter Wasser gleiten. Ein lautes Klopfen an der Tür ertönte, und sie steckte den Kopf wieder aus dem Wasser heraus.

Irena lugte vorsichtig durch die Tür. »Der Kommissar wird gleich hier sein. Entschuldige, Heidi, aber sie müssen jetzt den Entführer fassen. Sonst kommst du doch nie mehr zur Ruhe.« Sie trat ein paar Schritte näher.

Raus, hätte Heidi am liebsten geschrien. Sie war noch nicht so weit. Sie wollte alles von sich fernhalten und wieder untertauchen. Doch sie wusste, dass ihre Nachbarin recht hatte. Heidi hatte sich so über ein Lebenszeichen von ihrer echten Familie gefreut und wollte daran festhalten. Sie wollte, dass ihre Schwester zu den Guten zählte und nichts mit all dem hier zu tun hatte. Sybille war ihre beste Freundin, aber stets vernünftig und vorsichtig. Darum hatte Heidi ihr auch nichts von dem Treffen erzählt. Nur Kurt hatte davon gewusst. Und er hatte darauf bestanden, sie zu begleiten.

Sie konnte sich noch immer nicht daran erinnern, wie sie in den Bunker gekommen war und was genau davor geschehen war. Sie musste betäubt worden sein. Aber sie war sich sicher, Kurt nicht mehr getroffen zu haben. Sein Gesicht war so vertraut, daran hätte sie sich erinnert. Sie war zu Fuß zu den Klatenbergen gelaufen. Ihr Auto hatte schon auf dem Rückweg von der Arbeit so merkwürdig geklungen. Den Wagen hatte sie am nächsten Morgen in die Werkstatt bringen wollen. Doch wie weit war sie zu Fuß gekommen? Sie hatte eine vage Erinnerung daran, dass an dem Ort Autos gestanden hatten, vermutlich war es ein Parkplatz gewesen. Denn auf einem Parkplatz wollte sie sich schließlich mit Kurt treffen. Dann wollten sie beide nacheinander zum Treffpunkt mit Susie gehen. Aber sie war deutlich zu früh gewesen, daran erinnerte sie sich, denn der Spazierweg war viel kürzer als gedacht. Wenn sie sich doch nur daran erinnern könnte, wer noch auf diesem Parkplatz gewesen war.

»Heidi? Hast du zugehört? Der Kommissar kommt gleich. Bitte, sprich mit ihm.« Irena griff nach einem Handtuch.

Sie war eine tolle Nachbarin, fand Heidi. Zupackend und hilfsbereit, aber nie aufdringlich. Wie ein Kind ließ sie sich von Irena in ein Handtuch wickeln und zu dem kleinen Hocker vor dem Badezimmerspiegel führen.

»Ich föhne dir schnell die Haare, den Rest schaffst du selbst, okay?«

Ihre Gesichter begegneten sich im Spiegel. Irenas Gesicht mit den schön geformten Augenbrauen und dem klugen Ausdruck in den Augen und ihr eigenes. Blass mit blutleeren Lippen, etwas hohlwangiger als üblich und mit roten Augen vom Badewasser. An einem normalen Morgen wäre sie erschrocken zurückgewichen und hätte versucht, mit Schminke den größten Schaden zu beheben. Doch jetzt befand sie sich in einer angenehmen Gleichgültigkeit. Als Irena ihre schulterlangen, blonden Haare geföhnt hatte, tat es Heidi beinahe leid, dass sie fertig war. Nun musste sie sich anziehen und sich den Fragen eines Kommissars stellen. Die meisten Fragen würde sie gar nicht beantworten können.

Plötzliches Gepolter aus der unteren Etage erschreckte sie. Jemand klopfte an die Haustür und klingelte zusätzlich. Fragend schaute sie Irena an, doch die hob nur die Schultern und sagte energisch: »Ich schaue nach. Dieses Benehmen passt nicht zu dem Kommissar, den ich kenne.«

Die Badezimmertür schloss sich hinter Irena, und Heidi war wieder allein. Vom Fenster aus konnte sie die Straße leider nicht einsehen. Sie zog sich die frischen Sachen an, die sie sich zuvor aus dem Schlafzimmer geholt hatte, und band sich gerade die Haare im Nacken zusammen, als die Tür aufgerissen wurde.

* * *

Sybille hielt noch immer ihr Handy in der Hand und starrte nach draußen. Der Fahrer des Jeeps blieb im Wagen sitzen. Sie konnte auf die Entfernung nicht erkennen, wer da hinter dem Steuer saß. Eine gefühlte Ewigkeit verging. Dann klopfte es plötzlich laut und vernehmlich an der Haustür, begleitet von mehrmaligem Schellen. Erschrocken blickte sie Irena an, die gerade von oben herunterkam.

»Nicht aufmachen, hat der Beamte gesagt«, flüsterte sie Irena zu.

Die nickte nur und legte den Finger auf den Mund, zum Zeichen, dass sie sich leise verhalten sollten. Irena zog sie von den Fenstern weg. Sie saßen schließlich beide tief in die Kissen des Sofas gedrückt im Wohnzimmer. Entsetzt griff Sybille in den Arm von Irena, als sie das Klacken an der Tür hörten. Jemand drehte einen Schlüssel im Schloss. Und dann kam ein Schwall kalter Luft herein, als die Haustür sich tatsächlich öffnete. Beinahe noch schlimmer war jedoch das Geräusch, als sie von innen ins Schloss geworfen wurde. Jemand befand sich nun in der Wohnung. Ein schweres Atmen war zu hören. Wegrennen und sich verstecken war Sybilles erster Impuls. Doch sie mussten ihre Freundin Heidi beschützen. Also drehte Sybille sich um, während Irena mutig nach einer Glasvase auf dem Tisch griff. Sybille starrte in das bärtige Gesicht eines fremden, älteren Mannes, der in der Hand einen Revolver hielt. Sie musste an die beiden Toten denken. Hatten Heidis Schwester und ihr Arbeitskollege auch nur Heidi beschützen wollen, und waren sie deshalb getötet worden?

17. KAPITEL

Schmitt pfiff den Song *Yellow lemon tree* aus dem Radio mit und fühlte sich am Ziel des Falles. Denn wenn Heidi Klostermann die Befreiung gelungen war, hatte sie bestimmt viel zu erzählen. Er fuhr gerade fünf Minuten lang, da bimmelte sein Handy über die Freisprechanlage mit einer ihm unbekannten Nummer. »Kommissar Schmitt, hallo.«

»Hallo, hier ist Moni, Ihre Nachbarin. Ich habe ein Problem. Könnten Sie vielleicht kommen?«

Er freute sich über ihren Anruf, war aber erstaunt, dass heute der leicht neckende Tonfall fehlte. Besorgt erkundigte er sich, ob es ihr gut gehe.

»Ja, schon, aber in meinem Auto sitzt ein fremder Mann. Ich wollte eben einsteigen und musste plötzlich auf Beine in braunen Cordhosen blicken. Ich war so erschrocken, dass ich sofort ins Haus gerannt bin. Er sitzt noch immer da, ohne sich zu rühren. Meinen Sie, er ist tot?«

»Haben Sie Ihr Auto denn nicht abgeschlossen?«

»Ich weiß es nicht. Ich lasse es oft offen.«

»Ich komme, bleiben Sie sicherheitshalber im Haus.« Von Telgte nach Warendorf brauchte er schon ein paar Minuten länger. Mist. Das passte ihm gar nicht, auch wenn er nicht daran glaubte, dass Heidi in unmittelbarer Gefahr schwebte. Falls es sich bei ihr überhaupt um die seltsame Frau am Feldweg handelte. Moni dagegen hatte ganz aktuell ein Problem. Er drehte bei der nächsten Gelegenheit um und musste sich eingestehen, dass er den Auftritt als rettender Kommissar schon jetzt genoss. Erneut klingelte das Telefon. Dieses Mal war es sein Kollege Kemper.

»Chef, geben Sie Gas. Die Mädels haben Angst.«

»Was für Mädels, Kemper? Drücken Sie sich mal sachlich aus.«

»Irgendein fremdes Auto ist bei Heidi Klostermann vorgefahren, ein Jeep. Heidi Klostermann befindet sich mit ihrer Freundin Sybille Horstmann in ihrem Haus. Die Nachbarin soll auch dabei sein, die mit dem polnischen Nachnamen. Ich habe denen gesagt, sie sollen die Tür nicht aufmachen, bis Sie dort sind. Sie sind doch unterwegs dorthin, oder?«

»Mist, verdammter.« Schmitt schlug zornig auf sein Lenkrad. Was für ein blödes Zusammentreffen.

Kemper verstand ihn falsch. »Was ist denn? Haben Sie sich verfahren?«

»So ungefähr«, knurrte Schmitt. »Mich erreichte ein Hilferuf meiner Nachbarin, und ich bin nun erst zu ihr unterwegs.«

»Mist, verdammter«, wiederholte nun auch Kemper. »Ich fahre zum Haus von Heidi Klostermann, wenn das okay für Sie ist, Chef.«

Er überlegte einen Augenblick. »Gut, so machen wir es. Aber rufen Sie zusätzlich noch die Kollegen zu Hilfe. Wer in der Nähe ist, soll schon mal hinfahren. So schnell wie möglich! Aber, Kemper, keine Heldentaten. Schauen Sie, was da los ist, und warten Sie, bis ich bei Ihnen bin.«

Mit viel weniger Freude als noch vor fünf Minuten fuhr Schmitt zu seinem Wohnhaus und parkte in seiner Einfahrt. Schon beim Aussteigen sah er den Sportwagen seiner Nachbarin. Und tatsächlich saß auf dem Beifahrersitz ein Mann mit zurückgelegtem Kopf. Er überquerte die Straße und sah, dass der Mund des Mannes offen stand, die Augen waren geschlossen. Schmitt musste grinsen, als er die zerlumpten Klamotten des Mannes sah. Er öffnete die Tür, und sofort kam ihm ein abgestandener Alkoholgeruch entgegen. Sanft fasste er den Mann an der Schulter. Zunächst vernahm er nur ein Brummen. Ein Betrunkener, der sich ein edles Schlafplätzchen ausgesucht hatte.

»Hallo, wachen Sie mal auf. Sie sind im falschen Auto.« Der bärtige Mann mit den strubbeligen Haaren öffnete die Augen. »'tschuldigung. Sind Sie der Herr Kommissar, der hier wohnt?«

Einigermaßen verwirrt nickte Schmitt und zeigte auf das Haus gegenüber. »Ich wohne dort. Weshalb sitzen Sie hier in dem Auto, wenn Sie zu mir wollten?«

»Sie waren nicht da, und den Schlaf hatte ich bitter nötig. Bin von Telgte bis nach hier getrampt, zwischendurch gelaufen. Ich dachte, es stört Sie nicht, wenn ich in einem Auto auf Sie warte.« Der Mann richtete sich auf, fuhr sich über das Gesicht und rieb sich mit Inbrunst die Augen.

»Steigen Sie doch jetzt bitte aus, denn dies ist das Auto einer Dame, die ein wenig Angst bekommen hat, als sie Sie hier hat sitzen sehen. Verständlich, oder?«

Der Mann stieg umständlich und mit leisem Stöhnen aus dem Auto aus und richtete sich zu einer Größe von eins neunzig auf. »Lasse, angenehm«, sagte er. »Ich könnte mich bei der Dame entschuldigen. Ist sie nett?«

Schmitt starrte auf Monis Tür, die sich soeben öffnete. Vorsichtig lugte seine Nachbarin hervor und trat schließlich ganz heraus. Er machte einen Schritt nach vorne und erklärte ihr das Missverständnis.

»Der Mann wollte zu mir und hat entschieden, schlafend auf meine Rückkehr zu warten.«

Sie lachte. »Das hat ja nun sogar gerade deshalb auch gut funktioniert. Vielen lieben Dank, Horst. Sie haben ein Essen bei mir gut.«

Lasse strahlte über beide Ohren, wobei nur etwa drei Zähne mitstrahlten, und verneigte sich. »Ich danke Ihnen für den wunderbaren Schlafplatz und entschuldige mich gleichzeitig für mein Eindringen, gnädige Frau.« Er blickte auf die Motorhaube und ergänzte. »Für einen Zehner wasche ich Ihnen das Auto zur Wiedergutmachung. Was halten Sie davon?«

Zu Schmitts Erstaunen lachte Moni nun amüsiert auf und nickte. »So machen wir es. Reden Sie erst mit Herrn Schmitt, und danach können Sie loslegen.« Sie winkte und schloss die Tür.

»Die ist toll«, meinte Lasse und lächelte Schmitt an. »Was halten Sie davon, wenn wir einen Kaffee mit Rum trinken, und ich erzähle Ihnen dann, warum ich hier bin?« Schmitt stöhnte innerlich auf und schaute auf seine Armbanduhr. »Ich habe wenig bis gar keine Zeit, sondern muss dringend nach Telgte zurück. Worum geht es denn?«

»Um die Morde in den Klatenbergen.« Der Mann namens Lasse leckte sich über die Lippen.

Schmitt zögerte kurz und führte ihn zu seinem Haus. »Warum zum Teufel sind Sie denn nicht einfach zur Polizeiwache in Telgte gegangen?«

»Nee, Mann. Die Wache betrete ich nicht mehr. Die sind da nicht gut auf mich zu sprechen. Und glauben tun die einem Mann wie mir schon gleich drei Mal nicht.«

Schmitt schloss die Tür auf, und als Erstes sprang ihm zu seinem eigenen Erschrecken der kleine Rauhaardackel freudig entgegen. Schmitt fing sich schnell, denn der kleine Kerl setzte sich sofort hin und blickte beide Besucher mit so großen, braunen Augen an, dass seine Angst sich in Zuneigung umwandelte.

Wenige Minuten später trank sein merkwürdiger Besucher tatsächlich einen starken Kaffee mit seinem besten Rum. Ungeduldig wartete Schmitt nun auf die Informationen und hoffte sehr, dass sich dieser Aufwand lohnte.

»Also, Herr Kommissar, ich bin gerne in der freien Natur, und mein Lieblingsort ist die Wacholderheide in Telgte bei den Klatenbergen. Dort gibt es sehr hübsche Bänke, Aussichtstürme und Picknickplätze. Mittlerweile kenne ich das Gebiet wie meine Westentasche. Ich weiß genau, wo sich eine Waschbärenfamilie herumtreibt und wo das Schwarzwild gerne schläft. Und ich habe meine Freude daran. Die Tiere lebend zu beobachten, bedeutet mir deutlich mehr als ein Stück Wildbret auf dem Teller. Daher kann ich das ganze Jägerpack auch nicht ausstehen. Einigen begegne ich dort leider mehr oder weniger regelmäßig.«

Schmitt blickte immer wieder zur Uhr und auf sein Handy und registrierte eine Nachricht von Kemper, demnach der Kollege nun vor Ort war. Zum Glück, denn das würde hier länger dauern. Genussvoll trank Lasse erst einmal seinen Kaffeebecher leer und drehte ihn dann spielerisch und mit einem bühnenreifen Augenaufschlag in den Händen.

»Wenn sich Ihre Geschichte lohnt, bekommen Sie noch einen Becher.«

Lasse grinste. »Seit einigen Wochen sind mir in dem Gebiet junge Männer mit Jagdgewehren in den Händen aufgefallen.«

»Na und? Es gibt immer wieder junge Männer, die einen Jagdschein machen, auch Frauen machen das. Worauf wollen Sie hinaus?«

Lasse blickte in den leeren Becher. »Zum Denken brauche ich Kaffee, Herr Kommissar. Und dann erzähle ich Ihnen von einem der ältesten Gewerbe.«

Schmitt ließ seine Maschine erneut rattern und stellte den Becher vor Lasse hin, einen Schluck Rum tat er ebenfalls hinein.

»Herr Kommissar, die Männer, die ich gesehen habe, waren so wenig Jäger, wie ich Physiker bin. Die waren auf der Jagd des Jagens wegen. Ich rede von Wilderei!«

Schmitt schwieg und dachte an den Bericht von Fred Hauptmann, den Kemper als eine völlig unsinnige Geschichte abgetan hatte.

»Wenn dieses blonde Fräulein diese Jungs dabei erwischt hat, wie sie wildern, wäre sie eine Bedrohung für die beiden geworden, nicht wahr?« Genussvoll trank Lasse an seinem Rumkaffee.

»Beide Mordopfer sind mit einem Jagdmesser getötet worden«, gab Schmitt zu bedenken.

»Richtig«, nickte Lasse. »Hatte ich das nicht erwähnt? Solche Messer hatten sie am Gürtel hängen. Und ich bin vor drei Wochen mal an einem aufgebrochenen Rehwild vorbeigekommen, das jemand unter einen Busch geschoben hatte. Da fehlten nur das Geweih und der Rücken. So etwas tut kein ausgebildeter Jäger.«

»Haben Sie das den Jagdpächtern erzählt?«

»Haben Sie nicht zugehört? Mit dieser Zunft rede ich nicht. Ich rede doch jetzt mit Ihnen. Unter uns, wenn diese sogenannten Jagdpächter nicht mitbekommen, was in ihrem Revier passiert, dann sollten sie es vielleicht besser mit dem Angeln probieren und den Jagdschein abgeben.«

Schmitt trommelte einen nervösen Wirbel auf seine Tischplatte. Er wusste nicht, was er von der Geschichte halten sollte. Machte der Mann sich nur wichtig? Eigentlich glaubte er nicht, dass Lasse ihm einen Bären aufbinden wollte. Mit welchem Motiv? Wenn sich alles so abgespielt hatte, dann hatte Lasse sogar einige Mühen auf sich genommen, um den Kommissar zu sprechen. Er musste dieser Sache auf jeden Fall nachgehen. »Wo wohnen Sie?«, fragte er ihn.

Lasse winkte ab. »Ich habe so einen kleinen Rückzugsort auf dem Campingplatz, offiziell gelte ich aber als wohnungslos. Da ist nichts, um das Sie sich kümmern müssen, Herr Kommissar.« Sein plötzlich besorgtes Gesicht stimmte Schmitt milde.

»Ich habe nur gefragt, weil ich Sie mitnehmen könnte, wenn ich jetzt nach Telgte fahre.« Schmitt kraulte den Kopf des Dackels, den er mittlerweile auf seinem Schoss sitzen hatte.

Lasse schüttelte energisch den Kopf. Seine stahlblauen Augen mit den zahlreichen Lachfalten strahlten eine gewisse Würde aus, die Schmitt anfangs entgangen war. »Ich werde der Dame von gegenüber jetzt das Auto polieren. Versprochen ist versprochen. Ich komme schon irgendwie zurück.« Er trank den Becher leer und stellte ihn dann sorgfältig auf die Spüle in der Küche.

Schmitt hätte ihn gerne nach seinem früheren Leben gefragt. Der Mann war ja nicht auf der Straße geboren, und seine Umgangsformen ließen ein anderes, bürgerliches Leben ahnen. Er hatte eine Idee. »Würden Sie die beiden wiedererkennen, wenn ich Ihnen Fotos vorlege? Oder könnte jemand nach Ihrer Beschreibung ein Phantombild anfertigen?«

Langsam schüttelte Lasse den Kopf. »Nein, so genau habe ich mir die Gesichter nicht angeschaut. Ich könnte mich mal durch Ihre Verbrecherkartei wühlen, doch ich würde an Ihrer Stelle nicht viel erwarten. Aber ich kann die Augen aufhalten und melde mich dann, wenn ich etwas Verdächtiges sehe, okay?«

»Gut. Passen Sie auf sich auf, und vielleicht kommen Sie die Tage doch mal auf die Wache. Solange ich da bin, verbürge ich mich für eine höfliche Behandlung.«

Lachend verließ Lasse sein Haus. »Auch Ihr Einfluss ist begrenzt, Herr Kommissar. Ich habe denen mal die neue Kaffeemaschine unter dem Hintern weggeklaut. Steht heute noch in meinem Unterschlupf.«

* * *

Kemper wappnete sich für seinen Auftritt, ging seinen Text gedanklich noch einmal durch und verkündete im Eingangsbereich, wo Fred Hauptmann gerade Akten ordnete: »Fred, ich muss dringend den Kommissar vertreten und fahre nun zum Haus von Heidi Klostermann. Bitte halt dich doch bereit, falls es Ärger gibt und ich Verstärkung brauche. Der Kommissar musste schnell zu einem anderen Einsatz fahren.«

»Soll ich nicht gleich mitkommen?«

Fred hatte sicher recht, dachte Kemper, aber die Heldenrolle wollte er sich so schnell nicht wegnehmen lassen. »Nein, wir brauchen auch einen fähigen Mann hier auf der Wache. Es kann sein, dass Alfred Klostermann noch auftaucht, und der Mann muss mit Fingerspitzengefühl hier festgehalten werden. Du bist in dem Fall doch involviert, oder?«

Der rote Bart geriet in Bewegung, so eifrig nickte Fred ihm bestätigend zu. »Ich weiß, wer Alfred Klostermann ist, und werde ihn festhalten, bis Kommissar Schmitt zurückkommt.«

Dirk setzte sich in ein Dienstfahrzeug und eilte zum Haus von Heidi Klostermann. Er war sehr gespannt auf die Geschichte, die die Frau zu erzählen hatte. Ob sie die Mörder ihrer Schwester gesehen hatte? Man musste vorsichtig sein, denn es war auch möglich, dass Heidi Klostermann noch gar nichts von den beiden Morden, die in ihrem Umfeld stattgefunden hatten, wusste.

Auf dem Grundstück angekommen, sah er den grünen Jeep, der noch immer vor dem Haus parkte. Er stellte sich dahinter und gab das Nummernschild per Funk an die zuständige Stelle zur Überprüfung durch und wartete solange im Auto. Er musste wissen, mit wem er es zu tun hatte, bevor er klingelte. Wenige Minuten später kam die Nachricht, dass es sich um einen Mietwagen handele. Beinahe zeitgleich vernahm er die gellenden Schreie einer Frau.

* * *

Sybille schätzte den Mann auf mindestens siebzig Jahre, aber er machte einen rüstigen und sehr zornigen Eindruck. »Was habt ihr mit meiner Tochter gemacht?«

Sybille hielt Irenas Arm fest, in deren Hand sich noch immer die Glasvase befand.

»Wer sind Sie überhaupt? Und wie kommen Sie hier herein?« Sybille hoffte, dass sie mit ihrer Vermutung richtiglag, denn dann hatten sie nichts zu befürchten.

»Ich bin der Vater von Heidi, und das hier ist ihr Haus. Deshalb weiß ich auch, wo sie den Schlüssel versteckt hat. Und ihr sagt mir jetzt sofort, wo sie ist.«

Sybille atmete auf, und sie spürte, wie auch von Irena ein wenig Anspannung abfiel. Kein Einbrecher, kein Überfall oder gar der Entführer selbst. Es war Heidis Vater, der verständlicherweise besorgt war.

»Ihre Tochter ist oben im Bad. Sie hat sich befreien können. Wir sind ihre Freunde. Bitte legen Sie die Waffe weg, ich kann Heidi herunterholen.« Sie streckte beschwichtigend die Hände nach vorne, doch die dichten Augenbrauen des Mannes blieben misstrauisch zusammengezogen.

»Geh und hol sie, aber wenn das ein Trick ist, schieße ich.« Den Revolver senkte er zwar, behielt ihn aber in der Hand und starrte drohend auf Irena, die nun unfreiwillig zur Geisel wurde.

Sybille lief die Treppe nach oben und riss die Tür zum Badezimmer auf. »Heidi, da unten ist ein Mann, der behauptet, dein Vater zu sein. Er hat einen Revolver in der Hand, so ein schweres Ding, das man aus den Westernfilmen kennt.«

Heidi blickte sie erst erschrocken an, dann lächelte sie plötzlich nachsichtig. »Du meine Güte, ist er tatsächlich gekommen, um mich zu suchen? Wie lieb. Er hat einen Revolver? Das ist bestimmt das Ding, das er schon besessen hatte, als ich noch Kind war. Der Revolver ist uralt und gar nicht funktionstüchtig.« Heidi ging an ihr vorbei, und zusammen gingen sie die Treppe hinunter. »Daddy«, sagte Heidi und trat vorsichtig an ihren Vater heran.

Der legte den Revolver auf den nahe stehenden Tisch und stürzte vor, um Heidi zu umarmen. »Gott sei Dank, du lebst. Ich habe dich auch schon tot im Gestrüpp liegen sehen.«

Sybille biss sich auf die Lippen, bislang hatten sie Heidi noch nichts von den Morden erzählt. Das hatten sie lieber dem Kommissar überlassen wollen.

Entsprechend verwirrt reagierte ihre Freundin nun. »Tot im Gestrüpp? Ich war in einem alten Bunker eingesperrt und dachte tatsächlich manchmal, ich komme da nicht mehr lebend raus. Aber du klingst so, als hätte es tatsächlich Tote gegeben.« Heidi löste sich von ihrem Vater und blickte Irena und sie fragend an. »Woher weißt du überhaupt, dass ich entführt wurde?«, wandte sich Heidi wieder an ihren Vater.

Der setzte sich sichtlich erschöpft auf einen Stuhl. »Ein Kommissar hat mich zu Hause angerufen und mir alles erzählt. Ich hatte dich ja gewarnt, Kontakt zu dieser merkwürdigen Person aufzunehmen. Das war doch eine völlig fremde Frau für dich, Blutsverwandtschaft hin oder her. Vielleicht wollte sie nur an dein Erbe.«

Sybille beobachtete, wie Heidi das Gesicht verzog. »An mein Erbe? Eine Apartmentwohnung weit weg in Südamerika, in einem der Hochhäuser der Stadt? Umgeben von oberflächlichen Touristen? Die kann sie gerne haben. Bahia Bianca gehört nicht zu meinen Lieblingsorten, wie du weißt.« Ein Schatten ging plötzlich über Heidis Gesicht. »Wieso sprichst du in der Vergangenheit über sie? Wo ist sie?«

Sybille trat zu Heidi und fasste sie am Arm, während ihr Vater befahl: »Setz dich, Kind.«

»Ich will mich nicht setzen.« Sybille wusste nicht, was sie tun sollte. Sie machte dem alten Herrn ein Zeichen, noch zu schweigen, aber es war bereits zu spät.

Irena tat das einzig Richtige, wie sie fand. Sie ging zu Heidi, zog sie am Arm mit zu sich aufs Sofa und sagte dann mit sanfter Stimme, wobei sie den Arm um ihre Nachbarin legte: »Deine Schwester und auch dein Kollege Kurt Bremer sind tot in den Klatenbergen aufgefunden worden – und zwar zeitnah zu deinem Verschwinden.«

Heidi schüttelte erst langsam den Kopf, dann schlug sie unverhofft auf Irena ein und schrie ihren Schmerz hinaus.

* * *

Verstärkung ja oder nein? Dirk brach der Schweiß aus, und er schlich sich zunächst an das Haus heran und lugte durch das Wohnzimmerfenster. Ein wirres Bild bot sich ihm. Eine blonde Frau saß auf dem Sofa und schlug unkontrolliert auf die Nachbarin mit dem polnischen Namen ein. Eine andere Frau mit braunem Pagenkopf stand hilflos daneben, und an dem Esstisch konnte er nur ein paar Herrenbeine erkennen. Kurz entschlossen orderte er mit seinem Handy einen Krankenwagen und marschierte dann zur Haustür und klingelte. Gleich darauf wurde die Haustür mit Schwung aufgerissen, und die Frau mit den braunen Haaren öffnete ihm. Jetzt erkannte er sie von dem Besuch in der Gerichtsmedizin. Es war die Freundin von Heidi. Erleichtert blickte sie ihm entgegen, aber ihre Frage ließ Enttäuschung erkennen: »Ist der Kommissar nicht bei Ihnen?«

»Nein. Kommissar Schmitt schickt mich voraus. Er kommt gleich.« Dirk trat ein. »Können Sie mir sagen, wer der Besitzer des Jeeps ist? Ist jemand in Gefahr?«

»Nein, ich glaube nicht. Heidis Vater ist hier.« Er folgte ihr durch den schmalen Flur in den Wohnbereich. Also war Alfred Klostermann einfach direkt zur Wohnung seiner Tochter gefahren. Merkwürdig. Er konnte doch gar nicht wissen, dass Heidi wieder aufgetaucht war. Oder doch? Und wenn ja, von wem? Er wusste, wie wichtig die Aussage jedes Einzelnen hier im Haus nun war, aber dennoch brauchte Heidi Klostermann vorrangig ärztliche Betreuung. Er hörte sie bereits beim Betreten des Hauses und sah sie dann schließlich zusammengekauert auf dem Sofa. Sie hatte ihre Füße auf das Sofa gestellt, umklammerte mit den Armen die Beine, während der Kopf auf den Knien lag. Weinend und sanft hin und her schaukelnd gab sie das Bild eines überforderten Mädchens ab. Ein älterer Herr saß neben ihr und hatte unbeholfen eine Hand auf ihre Schulter gelegt. Das also war Heidi Klostermann, nach der sie beinahe zwei Wochen gesucht hatten. Standen sie nun endlich vor der Lösung des Falles? Was sollte er bloß als Nächstes tun? Wenn doch nur Schmitt endlich kommen würde.

»Frau Klostermann«, sagte er sanft und trat näher. »Frau Klostermann, ich habe einen Krankenwagen gerufen. Mein Name ist Dirk Kemper, ich bin Polizist. Ich arbeite mit Kommissar Schmitt zusammen an den Mordfällen.«

Heidi Klostermann hob den Kopf und starrte ihn aus roten Augen an. Die Ähnlichkeit zu der toten Schwester war wirklich verblüffend.

»Meine Tochter braucht jetzt ihren Vater, dann wird sie sich schon erholen.« Der ältere Herr stand auf, doch Dirk ließ sich nicht beirren.

»Sollte Ihre Tochter tatsächlich die ganze Zeit irgendwo gefangen gehalten worden sein, ist eine ärztliche Untersuchung wichtig und ratsam. Wenn sie will, kann sie danach wieder zurück nach Hause.« Dirk wandte sich von dem Mann ab. Überraschend erhielt er Unterstützung durch die Nachbarin Irena. »Natürlich muss sie sich untersuchen lassen. Das sind doch später auch alles Beweise für eine Anklage.«

Dirk blickte zu Heidi hinüber, die sich nun ein wenig gefasst hatte und in ein Taschentuch schnäuzte. Er musste auch dringend wissen, wo sie gefangen gehalten worden war, denn dorthin musste er die Spurensicherung schicken. Er stöhnte innerlich auf und wünschte, er hätte doch noch Fred Hauptmann mitgenommen. Mit fester Stimme informierte er per Handy die Spurensicherung. Sie sollten zum Haus von Heidi Klostermann kommen, ihre Sachen mitnehmen, die die Nachbarin so weitsichtig in einen Plastikbeutel gesteckt hatte, und sich von Sybille Horstmann die genaue Stelle zeigen lassen, wo sie ihre Freundin aufgegabelt hatte. Von dort aus galt es dann einen alten Bunker in einem Waldstück zu suchen. Mehr war von Heidi leider nicht zu erfahren, und es war klar, dass sie in ihrem Zustand der Spurensicherung nicht helfen konnte oder sollte.

Mit stockender Stimme berichtete Heidi abschließend: »Bei meiner Flucht hat mir eine Rotte Wildschweine geholfen«, sagte sie leise, und Dirk war froh, dass gleich ein Arzt kommen würde. Im Moment sah es so aus, als wäre das ihre einzige Erinnerung, und die klang eher nach geistiger Verwirrung.

18. KAPITEL

Der Trommelwirbel, den er auf seinem Lenkrad veranstaltete, nahm immer wildere Züge an und führte leider auch zu einem wenig angepassten Fahrstil. Als sein Tacho fünfundsiebzig innerhalb der geschlossenen Ortschaft anzeigte, mahnte er sich zur Ruhe. Eine geheimnisvolle Adoption, Stasimachenschaften, Entführung und nun auch noch Wilderei in den Klatenbergen, in wie viele Richtungen sollten sie denn noch ermitteln? Schmitt konnte es kaum erwarten, Heidi Klostermann zu sprechen. Ungeduldig wählte er die Nummer seines Assistenten.

»Hi Chef, hier ist der Teufel los, aber ich habe den Dreizack in der Hand.«

Der junge Polizist lachte ein wenig zu nervös, fand Schmitt. »Ich bin in zehn Minuten an der Wohnung von Heidi Klostermann. Geben Sie mir mal rasch einen Lagebericht«, antwortete er schnell.

»Oje«, klagte Kemper am anderen Ende der Leitung. »Der ändert sich hier grad minütlich. Aktuell sitzt unser

Entführungsopfer im Krankenwagen und wird vor Ort untersucht. Einer Fahrt ins Krankenhaus hatte Frau Klostermann erst zugestimmt, doch nun ist sie auf Krawall gebürstet und bewertet ihre aktuelle Physis als großartig. Ich schiebe es auf die Beruhigungstablette, die sie von ihrer Nachbarin Irena erhalten hat, und ich bin ganz kurz davor, sie auch nach einer solchen Pille zu fragen.«

»Unterstehen Sie sich, Kemper.«

»Alfred Klostermann befindet sich ebenfalls hier in der Wohnung und markiert das Familienoberhaupt. Er hat offenbar seine Vaterliebe wiederentdeckt, denn soweit ich weiß, hat er seine Tochter doch vor Jahren schon für ein Leben auf der anderen Seite der Erdkugel verlassen. Es würde mich nicht wundern, wenn er in die vier Ecken der Wohnung pisst und sein neues Revier markiert. Aktuell läuft er wie ein Tiger um den Krankenwagen herum. Frau Horstmann habe ich mit der Spurensicherung losgeschickt und hoffe, dass sie den Feldweg wiederfindet, auf dem sie ihre Freundin aufgesammelt hat. Von dort aus wollen unsere Leute dann nach dem Versteck suchen, in dem Heidi Klostermann gefangen gehalten worden war. Leider hat sie niemanden gesehen, und sie kann sich auch nicht erinnern, was kurz vor ihrer Entführung passiert ist. Das weiß ich aber auch nur von Sybille Horstmann. Ich selbst konnte noch nicht viel mit ihr reden. Ich denke, das überlasse ich besser Ihnen.«

»Danke, Kemper, das klingt zunächst mal nach guter Arbeit. Halten Sie die Stellung.«

»Drücken Sie mal aufs Gas, denn Heidis alter Herr möchte mich dringend loswerden. Ich stehe hier mit dem Rücken zur Wand. Warten Sie mal, Chef, die Nachbarin möchte Sie sprechen.«

Schmitt hörte eine Frauenstimme und dann meldete sich Irena Winschinska. »Herr Schmitt, dieser Klostermann tauchte hier mit einem beeindruckenden Revolver auf und hat Sybille und mich damit bedroht, als wäre er Indiana Jones. Vielleicht gibt Ihnen das einen Grund, ihn mal mit auf die Polizeistation zu nehmen. Dann könnte Heidi ein wenig zur Ruhe kommen.«

»Um Himmels willen. Wo ist die Waffe denn jetzt?«

»Auf dem Küchentisch.« Sie lachte auch noch darüber, während Schmitt einen Schweißausbruch bekam. »Sie ist ein altes Relikt und laut Heidi nicht funktionsfähig.«

In diesem Moment hörte er einen lauten Knall im Hintergrund. Das klang eindeutig nach einem Schuss. Doch bevor er etwas sagen konnte, gab es ein schepperndes Geräusch, und das Gespräch war beendet. Er brauchte noch drei Minuten bis zum Ziel, zeigte sein Navi an. Hektisch drückte er auf Wahlwiederholung, doch am anderen Ende der Leitung war nur ein Besetztzeichen zu hören.

* * *

Lutz Fröhlich saß bei seinem Hausarzt und hielt sich mit einer Hand den Lendenwirbel, was allerdings ohne den gewünschten Effekt blieb. Der Rücken schmerzte höllisch, und sein Chef hatte ihn murrend nach Hause geschickt. Ein Besenschrank war eben kein Versteck für erwachsene Männer, und der Schock, den er bei dem Überfall im Auto erlitten hatte, hatte sein Übriges dazugetan. Er konnte sich kaum noch bewegen. Der Triumph darüber, dass er ein wichtiges Indiz gefunden hatte, war längst vergessen.

Lutz fühlte sich elend, denn zu den Schmerzen kamen noch der Zorn und die Schmach. Im Nachhinein hatte er sich feige verhalten, fand er. Er wusste aber auch nicht, an welcher Stelle er etwas anders hätte machen können. Mittlerweile waren zu den zwei Mordopfern und einer verschwundenen Frau noch eine weitere verschwundene Autorin hinzugekommen. Er lebte immerhin noch. Ein wenig zumindest, stellte er stöhnend fest, als er sich nun erheben musste, weil er aufgerufen wurde. Dr. Kölle rief seine Patienten persönlich auf, und Lutz wusste, dass der wortgewandte Mittvierziger, der durch und durch Hausarzt geworden war, beinahe jeden Patienten mit Vornamen und Familienstand kannte. Leider sparte sein Hausarzt auch nicht mit Kommentaren, wenn er einen ungesunden Lebensstil ahnte.

»Herr Fröhlich, Sie hatten auch schon einmal ein besseres Gangbild. So alt sind Sie doch gar nicht. Was ist passiert?«

Da Lutz ihm kaum erzählen wollte, dass er eine halbe Stunde in einem Besenschrank gekauert hatte, murmelte er etwas von Keller aufräumen und Kästen schleppen. »Heute Morgen bin ich dann mit diesen Rückenschmerzen aufgewacht.«

Dr. Kölle blickte ihm erst beunruhigend lange in die Augen, bevor er seinen Rücken abtastete. »Alles verspannt, mein Lieber. Das kommt oft nicht nur vom falschen Heben, sondern von innerer Anspannung. Sie haben doch die tote Frau gefunden, Herr Fröhlich. So was kann einem mehr zu schaffen machen, als manch einer glaubt. Wie ist es denn um den Schlaf bestellt?« Dr. Kölle setzte sich auf einen fahrbaren Hocker und guckte ihn erwartungsvoll an.

»Ich habe auch noch die Uhr der toten Frau gefunden und bin gestern in meinem eigenen Auto überfallen worden. Mir hat jemand eine Waffe tief in den Nacken gepresst.« Unglücklich hörte er sich selbst erzählen, was er gar nicht hatte erzählen wollen.

Dr. Kölle nickte mitfühlend. »Da haben wir ja die Ursache Ihrer starken Verspannung. Die Angst sitzt Ihnen wortwörtlich noch in den Knochen. Ich gebe Ihnen eine Spritze, damit die Muskeln sich entspannen, und verschreibe Ihnen zusätzlich ein leichtes Schmerzmittel.« Mit Schwung fuhr er an seinen Schreibtisch und schrieb ein Rezept. Ein erneuter Schwung brachte ihn zu seinem Medikamentenschrank, aus dem er eine Flasche holte und dann eine Spritze aufzog. »Ich kann ja von Glück sagen, dass ich noch lebend hier sitze«, meinte Lutz, während er sein Hemd auszog. »Eine Autorin, die Nachforschungen zu den Mordfällen angestellt hat, ist angeblich spurlos verschwunden.« Er zuckte zusammen, als die Nadel auf seinen Muskel traf. Dr. Kölle hatte auch schon mal sanfter zugestochen.

»Sie reden jetzt aber nicht von Clara, oder? Clara Teichner?«

Zack, der nächste Stich saß, und jedes Mal wurde etwas von dem Medikament in seinen Rücken injiziert. Ein merkwürdiges Gefühl der Schwere machte sich in den Muskelpartien breit, gar nicht mal so unangenehm. »Ja, ich glaube, so heißt sie.« Er schloss die Augen.

»Ach du meine Güte. Ich habe alle ihre Bücher gelesen. Die sind ganz spannend, und ich finde, wir müssen unsere Künstler vor Ort wertschätzen. Hoffentlich ist ihr nichts passiert.« Sein Hausarzt klang direkt besorgt und unterbrach für einen Moment sogar die Behandlung. »Eben haben sie in den Lokalnachrichten berichtet, dass eine entführte Frau wieder aufgetaucht ist. Aber sie soll schon über eine Woche verschwunden sein und wurde als Zeugin gesucht. Das wird dann wohl nicht Clara sein.« Dr. Kölle schien eher laut nachzudenken.

Dafür wurde Lutz nun ganz aufgeregt. »Das ist bestimmt Heidi Klostermann, die Schwester von der Toten, die ich gefunden habe. Dann klärt sich ja sicher bald alles auf.« Erleichtert dachte er daran, dass er dann nicht mehr so viel Angst zu haben brauche, in sein Auto zu steigen. Denn bislang hatte er sich noch nicht wieder ans Steuer gesetzt, aus Angst, der Täter habe es sich doch noch anders überlegt und mache ihm den Garaus.

»Sie meinen diese Susie Bär?« Und wieder versenkte sein Hausarzt die Nadel in seinem Rücken.

»Woher kennen Sie denn den Namen der toten Frau?«, fragte Lutz perplex. Er wusste ja, wie fieberhaft die Polizei nach der Identität der Toten gesucht hatte.

Hinter seinem Rücken herrschte Schweigen, das Gesicht des Arztes konnte er nicht sehen. »Ärztliche Schweigepflicht, lieber Herr Fröhlich. So, das ist die letzte Dosis. Wenn es in zwei Tagen nicht besser ist, kommen Sie wieder.«

»Wie lange bin ich krankgeschrieben?«, fragte Lutz.

»Gar nicht. Das ist nicht ansteckend, und Sie arbeiten nicht im Straßenbau. Wenn Sie für heute eine Bescheinigung brauchen, sagen Sie am Empfang Bescheid.« Lächelnd gab der Arzt ihm die Hand und reichte ihm ein Rezept. Sein Chef würde sich freuen. Der hatte schon einen schweren Bandscheibenvorfall befürchtet und ihm zwar mitleidig, aber auch etwas vorwurfsvoll vorgerechnet, wie lange man damit ausfallen konnte.

Auf dem Weg zur nächsten Apotheke nagte Lutz wenig später nachdenklich an seiner Unterlippe. Und noch bevor er den Verkaufsraum betrat, zückte er sein Handy und rief den Kommissar an. Doch er hielt das Handy schnell vom Ohr weg, denn der Kommissar brüllte unverhofft in den Hörer. »Kemper, was ist bei Ihnen los?«

»Hier spricht Lutz Fröhlich.«

»Ah, sorry, das ist gerade ganz schlecht.« Lutz hörte die Sirene im Hintergrund. Offenbar war der Kommissar wirklich eilig unterwegs. »Um was geht es denn? Ich muss in wenigen Sekunden auflegen.

»Ich war gerade bei meinem Hausarzt, und er kannte den Namen der toten Frau im Klatenberg. Sie heißt Susie Bär.«

»Ich rufe Sie später zurück.« Die letzten Geräusche, die Lutz vernahm, waren die Sirene und die quietschenden Reifen, als der Kommissar bremste.

* * *

Schmitt sah den Krankenwagen, der hinter dem Polizeiauto stand, sowie seinen jungen Kollegen Kemper, der soeben versuchte, zwei aufgebrachte Frauen zurück ins Haus zu beordern.

Kaum hatte Kemper seinen Chef erblickt, drehte er sich zu ihm um und verkündete: »Auf Alfred Klosterman ist geschossen worden, Chef. Der Schuss muss aus einem der Nachbargärten gekommen sein. Verstärkung ist unterwegs, aber sicher ist der Typ schon über alle Berge. Soll ich mich umschauen?« Wie ein sprungbereiter Panther stand der Polizist vor ihm.

Doch Schmitt schüttelte den Kopf. Das fehlte ihm noch, dass sein junger Kollege in einen Hinterhalt lief und erschossen wurde. »Wir warten auf die Verstärkung und die Schutzwesten. Früher oder später wird er uns ins Netz gehen. Was ist mit Klostermann? Wie konnte das passieren?«

Die Enttäuschung über das Veto war Kemper anzusehen. »Heidi Klostermann befand sich in dem Krankenwagen und wurde dort kurz untersucht. Blutdruck, äußere Verletzungen, Fieber messen, was halt so geht im Krankenwagen. Sie versicherte uns, dass es ihr gut gehe, und sie ist eh nur unter Protest in den Wagen gestiegen. Vater Klostermann lief dabei die ganze Zeit um den Wagen herum, als müsste er aufpassen, dass das medizinische Personal seiner Tochter nichts antut. Als er dann zum zweiten Mal an die Tür des Krankenwagens geklopft hat, knallte auch schon ein Schuss, und der Mann brach allein schon durch den Aufprall zusammen. Da muss jemand im Hinterhalt gelegen und genau auf diese Gelegenheit gewartet haben. Ich wäre ja sofort hinter ihm hergerannt, aber ich musste mich erst um Klostermann kümmern. Natürlich ist seine Tochter auch sofort rausgerannt und hätte ein passables Ziel abgegeben, wenn die Sanitäterin sie nicht schnell zu Boden gezogen hätte. Jetzt sind alle im Haus, auch Klostermann. Er wird gerade notdürftig verbunden und muss ins Krankenhaus. Sein Blutdruck ist ziemlich im Keller, er steht, vermute ich, unter Schock. An eine Vernehmung ist nicht zu denken.«

Schmitt nickte, und gemeinsam begaben sie sich ins Haus. Laute Sirenen kündigten mittlerweile die Verstärkung an. Das zog auch die halbe Nachbarschaft auf die Straße, wie er aus den Augenwinkeln sehen konnte. Während sie ins Haus gingen, seufzte er tief. »Kemper, ist Ihnen auch schon aufgefallen, dass uns immer gerade dann etwas in die Quere kommt, wenn wir ein Stück weiter sind? Clara Teichner und das gerade gefundene Auto von Susie Bär verschwinden, die Smart Watch der Toten wird geklaut, bevor wir sie auswerten können, unser Entführungsopfer taucht auf, kann sich aber offenbar an nichts erinnern, und der zwielichtige Vater von Heidi entzieht sich der Vernehmung nun ebenfalls und wandert lieber in den Operationssaal.«

»Also ich hatte nicht den Eindruck, dass er sich absichtlich hat über den Haufen schießen lassen«, wandte sein Kollege ein.

»Ach, nehmen Sie die Leute nicht auch noch in Schutz«, maulte Schmitt, als sie das Wohnzimmer betraten.

»Können wir den Patienten nun sicher ins Krankenhaus bringen?«, fragte ihn eine Sanitäterin mit besorgtem Blick. Ihr Patient Alfred Klostermann lag mit geschlossenen Augen auf dem Sofa. Seine Schulter zierte ein frischer Verband. Die Sirenen waren nun direkt auf der Straße vorm Haus zu hören.

Schmitt nickte. »Die Kollegen sind vor Ort, ich denke, wir können es wagen, Herrn Klostermann in den Krankenwagen zu bringen.«

Sie nickte und machte Anstalten, zum Krankenwagen zu eilen. »Ich hole die Trage.«

Er folgte ihr und fragte an der Haustür: »Können Sie mir sagen, wie es der Tochter geht? Sie haben Sie doch untersucht, oder?« Die Frau strich sich eine Strähne aus dem Gesicht und nickte. »Sie ist eine tapfere Frau. Es gibt Anzeichen, dass sie gerade eine leichte Lungenentzündung überstanden hat. Am liebsten würde ich sie für ein paar weitere Untersuchungen für eine Nacht mitnehmen, aber sie will nicht. Und das kann ich ebenso verstehen. Sie hat stark abgenommen und zeigt Anzeichen von Unterkühlung und Dehydrierung, aber das ist alles nicht so schlimm. Hoffen wir, dass sie es psychisch verkraftet.« Sie nickte ihm zu und eilte zum Krankenwagen, wo ihr Kollege gerade mit den Beamten sprach.

Schmitt folgte ihr und koordinierte die Suchtrupps. Als Alfred Klostermann an ihm vorbeigeschoben wurde, konnte er nicht widerstehen. Der Mann hatte kurz die Augen geöffnet und sah ihn an. »Herr Klostermann, wir haben telefoniert. Ich bin Kommissar Schmitt. Haben Sie irgendeine Ahnung, wer auf Sie geschossen haben könnte?«

Der alte Herr winkte mit schwachem Arm ab. »Viele kommen da infrage, sehr viele.«

Und ehe er noch etwas erwidern konnte, verfrachteten die Sanitäter die Trage in den Krankenwagen und fuhren wenig später mit Blaulicht davon.

Musste er die Familie Klostermann nun unter Polizeischutz stellen? Heidi hatte sich selbst befreit, wenn er die seltsame Geschichte richtig verstanden hatte. Der Entführer konnte nun verdammt nervös werden.

Heidi Klostermann saß mit einer Tasse Tee am Küchentisch und roch angenehm nach einem fruchtigen Badeöl. Sie war nach dem Schuss auf ihren Vater gefasster, als Schmitt erwartet hätte, und er stellte ihr nun vorsichtig alle möglichen Fragen nach dem Aufenthaltsort und den Umständen, die zu ihrer Flucht beigetragen hatten.

»Wildschweine? Im Ernst jetzt? Sie wollen mir sagen, dass eine Rotte dieser borstigen, stinkenden Tiere sie befreit hat?« Ungläubig starrte er die Frau an, die mit ihren langen, blonden Haaren und der Charakternase ihrer Schwester so verdammt ähnlich sah.

Sie nickte. »Ich glaube, es war ein alter Bunker und die Tür war nachträglich eingebaut und eher behelfsmäßig. Doch da es von außen einen Vorsprung gab, konnte ich sie nicht aufstoßen, sie ließ sich nur nach innen öffnen. Aber unten war sie bereits gesplittert. Als ich draußen vor der Tür ein Schnüffeln gehört habe, wusste ich sofort, dass es Wildschweine sein mussten. Ich habe also unten die Tür mit Salami eingerieben und Stücke zwischen die Ritzen gesteckt, und den Rest haben die Schweine gemacht. Irgendwann konnte ich die Tür nach außen aufdrücken.«

Verblüfft blickte Schmitt die schmale Frau an. »Hatten Sie denn keine Angst vor den Wildschweinen?«

Sie lachte, aber es war ein Lachen, das die Augen nicht erreichte. »Vor den Wildschweinen? Ich war tagelang in diesem Bunker eingesperrt und wusste nicht, ob ich lebend wieder rauskomme. Ich hätte es mit einem Dinosaurier aufgenommen.«

»Woher hatten Sie die Salami? Wurden Sie gut versorgt? Haben Sie jemanden gesehen, der Ihnen Essen gebracht hat?«

»Nach den ersten paar Tagen wurde es knapp, doch dann hat jemand eine Kiste mit Essen abgestellt, während ich schlief. Eine ganze Salami, ein Brot und Äpfel. Es war reichlich und ernährte mich für ein paar Tage, den letzten Rest Wurst haben dann die Schweine bekommen.«

Er nickte nur und bewunderte ihren Kampfgeist. »Erzählen Sie mir jetzt bitte, was sich vor Ihrer Entführung ereignet hat. Jedes kleinste Detail könnte wichtig sein.«

Heidi erzählte, wie knapp drei Wochen zuvor ein Foto und eine Karte in ihrem Briefkasten gelegen hätten. Auf dem Foto sei sie selbst als kleines Mädchen mit einem Ehepaar zu sehen gewesen. Auf der Karte habe gestanden, dass die abgebildeten Personen ihre leiblichen Eltern seien. Alles, was man ihr über ihre leiblichen Eltern erzählt habe, sei falsch. Sie habe sogar eine jüngere Schwester, eben die Absenderin von Foto und Karte. »Mir hat man immer erzählt, dass meine Eltern beide bei einem Autounfall gestorben sind. Punkt. Ich hatte nie Grund, daran zu zweifeln. Nun behauptete eine völlig fremde Person, sie sei meine jüngere Schwester. Natürlich habe ich als Erstes meine Eltern angerufen, die aber weiterhin nur behaupteten, dass sie mich als Waise adoptiert hatten. Ich bin nicht naiv, Herr Kommissar, und ich weiß, was alles zu DDR-Zeiten schiefgelaufen ist. Ich konnte diese Nachricht doch nicht einfach ignorieren. Und ich wollte es auch gar nicht. Die Frau schrieb mir, dass sie mich gerne treffen würde. Verständlicherweise wollte sie nicht am Telefon über unsere Verwandtschaftsverhältnisse reden. Doch sie hat mir ein Foto von sich geschickt, und darauf sieht sie mir sehr ähnlich. Sie hat dieselbe Nase wie ich, die Augenpartie und die blonden Haare. An dem Montag, als wir uns treffen wollten, habe ich Kurt Bremer, meinen Kollegen, gebeten, im Hintergrund dabei zu sein. Ich wollte mich auch lieber draußen an einem öffentlichen Ort treffen. Seltsam genug klang ihre Geschichte durchaus. Meine Eltern sind nicht unvermögend, es hätte also auch etwas anderes dahinterstecken können. Mein Auto hat einen Defekt, und nur deshalb bin ich überhaupt zum Treffpunkt gelaufen. Ich erinnere mich leider nur noch daran, dass ich erst mit Kurt verabredet war. An dem Parkplatz. Ich kann mich vage an zwei Autos erinnern, die dort standen, aber das ist nicht ungewöhnlich. Alles andere verschwindet im Nebel. Es tut mir leid.« Mit Tränen in den Augen schaute sie ihn an.

Er glaubte ihr. In seinen Augen war Heidi Klostermann vorerst nicht länger verdächtig. Jetzt musste er herausfinden, warum man die eine Schwester brutal getötet, der anderen aber bis auf die Gefangennahme kein Haar gekrümmt hatte.

»Haben Sie denn eine Ahnung, warum Susie Bär nach so vielen Jahren ausgerechnet jetzt Kontakt mit Ihnen aufnehmen wollte?«

»Ja, ich glaube schon.« Sie schwieg, und seine Finger wollten am liebsten einen Trommelwirbel auf der fremden Tischplatte klopfen. In dem Moment kam Kemper zurück, der sich nach Augenzeugen hatte umhören wollen. Er stürzte ins Wohnzimmer. Die Haustür stand anscheinend offen. »Leider ist der Schütze über alle Berge. Keine Zeugen, niemand hat etwas gehört, und Schüsse seien hier in der Gegend nichts Seltenes, sagen die Nachbarn. Die Jagdsaison hat begonnen.« Er kratzte sich am Kopf. »Also wenn in Münster irgendwo ein Schuss fällt, dann wird entweder sofort die Polizei gerufen oder man freut sich auf neue Wilsberg-Folgen.« Kemper bemerkte erst jetzt, dass Heidi Klostermann mit Schmitt im Gespräch war. »Entschuldigung, ich wollte nicht stören.«

»Ich habe alles gesagt, was ich weiß«, verkündete sie und stand auf. »Ich lege mich etwas hin und möchte später ins Krankenhaus zu meinem Vater.«

Mist, dachte Schmitt, wenn er nicht ganz plump auf seine Frage zurückkommen wollte, würde er warten müssen, bis sie fit genug war, um auf der Polizeistation ihre Aussage zu unterschreiben. Doch er hatte Glück.

An der Treppe drehte sie sich noch mal um. »Können Sie für mich meine leibliche Mutter finden? Sie lebt bestimmt noch, und ich glaube, dass sie mich sehen will.«

19. KAPITEL

»Das ist doch wie verhext, dass uns immer wieder die Zeugen abhandenkommen.« Mittlerweile saßen Kemper und Schmitt wieder im Büro, und Schmitt raufte sich die Haare, während Kollege Kemper vergnügt in ein Wurstbrötchen biss. Zu raufen gab es bei seinem Bürstenschnitt eigentlich nichts, daher stellte er die Geste besonnen ein und erzählte dem Kollegen, was er von Lasse, dem Gelegenheitscamper, erfahren hatte.

»Dieser Lasse meinte, es gebe Wilderer im Klatenberg, und die hätten eventuell unsere beiden Opfer umgebracht. Zur falschen Zeit am falschen Ort. Jagdmesser will er bei denen am Gürtel auch gesehen haben. Ich persönlich finde ja, dass man wegen Wilderei niemanden mehr umbringen muss, oder?« Schmitt blickte skeptisch zu Kemper und beneidete ihn um sein Brötchen.

Kemper wiegte den Kopf hin und her und kaute kräftig. »Also man kann dafür schon eine Freiheitsstrafe von bis zu drei Jahren kassieren. Wenn da jemand so gar keine Lust drauf hat, kann das im Affekt durchaus passieren. Aber das fände ich als Erklärung für all das hier sehr langweilig, und es würde nicht die Entführung von Heidi Klostermann erklären.«

Schmitt nickte. »Zu dieser Dame habe ich auch noch eine interessante Neuigkeit. Unser fröhlicher Jäger Lutz rief mich heute an und berichtete mir, dass sein Hausarzt die tote Frau im Klatenberg mit Namen kenne. Susie Bär.«

»Ja, aber den Namen haben wir ja schon auf ganz andere Art herausgefunden.« Dieses Mal hatte sein Jungspund offenbar eine lange Leitung. Doch dann haute Kemper sich mit der Handfläche vor die Stirn. »Sorry. Wie blöd von mir. Die Frage muss lauten: Woher verdammt noch mal wusste der Hausarzt den Namen?«

Schmitt nickte zufrieden. »Genau. Und das dürfen Sie jetzt herausfinden, denn ich fahre gleich ins Krankenhaus, um nach Klostermann senior zu schauen. Ich habe es langsam satt, dass die Zeugen sich durch Entführung, Tod oder andere Blessuren der Vernehmung entziehen. Und lassen Sie sich nicht einreden, hier gelte die ärztliche Schweigepflicht. Es gibt zwei Morde aufzuklären!« Mit diesen Worten erhob er sich schwerfällig und griff nach seiner Jacke.

In dem Moment tauchte Fred Hauptmann auf. Der Beamte strich sich über seinen roten Bart und streifte mit einem knappen Blick den noch am Schreibtisch sitzenden Kemper. Dann sah er Schmitt an und verkündete zufrieden: »In einem Tümpel nahe Telgte ist ein roter Wagen gefunden worden. Soll ich das mal checken? Ich habe auch schon die Bergung in Auftrag gegeben. Die Männer können in einer halben Stunde vor Ort sein.«

Schmitt bekam ein merkwürdiges Ziehen im Bauch, eine düstere Vorahnung. »Weiß man schon mehr als die Farbe des Wagens?«

»Nein. Irgendwelche Typen wollten ihre neue Tauchausrüstung ausprobieren und sind auf dem Dach eines Autos gelandet. Sie haben den Tauchgang sofort abgebrochen und uns verständigt.«

»Was sind das denn für Abenteurer? Da schau ich doch wenigstens mal nach, ob jemand im Auto sitzt.« Kemper schüttelte empört den Kopf.

»Nun ja, zum Retten war es sowieso zu spät, und nicht jeder ist scharf darauf, eine Wasserleiche zu sehen«, warf Hauptmann ein. Und nach einer kurzen Pause ergänzte er dienstbeflissen. »Ich habe mich auch mal im Hegering umgehört. Es stimmt zumindest mal, dass viele Jäger ungeduldig darauf warten, dass die alten Pächter das begehrte Revier Klatenberge abgeben, aber der Vertrag läuft noch ein paar Jahre. Treibjagden würden die beiden kaum ausrichten, und bis auf diesen Lutz Fröhlich würden sie kaum jemanden dort jagen lassen. An sich nicht zu schaffen, den Wildbestand mit so wenigen Männern in Schach zu halten.« Fred Hauptmann zog zweifelnd die Augenbrauen hoch.

Das passte zu der Aussage des Obdachlosen. Ließen die beiden Altjäger tatsächlich Wilderer in ihr Gebiet und zahlten gar dafür, dass der Wildbestand dezimiert wurde? Nur damit nicht auffiel, dass sie keine guten Schützen mehr waren? Darum musste Schmitt sich ebenfalls noch kümmern.

»Gute Arbeit«, sagte er nun zu Kemper gewandt und übersah dessen flegelhaftes Augenrollen. »Herr Hauptmann, Sie fahren zum See, und Sie, Kemper, zum Hausarzt, und ich schleiche mich in den Operationssaal.«

* * *

Dieser eifrige, rotbärtige Telgter Beamte ging ihm auf die Nerven. Und das umso mehr, als er ihm rein gar nichts vorwerfen konnte. Der Mann war nett und tüchtig. Kemper parkte den Wagen im Halteverbot und betrat wenig später die Arztpraxis, die wie üblich eine Anmeldung und einen Wartebereich besaß. Er brachte sein Anliegen vor. »Mein Name ist Dirk Kemper, und ich muss Dr. Kölle dringend sprechen.«

»Ja, das müssen sie alle hier«, meinte die Dame an der Anmeldung ganz gelassen und zeigte auf die fünf Menschen, die wartend auf den Stühlen saßen.

»Es geht um die Mordfälle.« Dirk machte ein wichtiges Gesicht.«

Die Arzthelferin schob ihre bunte Brille auf die Nase zurück und lächelte ihn an. »Diese Menschen hier sind alle noch am Leben, sollten die nicht noch wichtiger sein? Aber bevor Sie sich aufregen, wenn der nächste Patient rauskommt, dürfen Sie schnell hinein.« Sie zeigte auf eine Tür.

Er nickte erleichtert und blieb stehen. Dann hatte er eine Idee und fragte die etwas schnippische Arzthelferin: »Kannten Sie Susie Bär? Die Frau, die in den Klatenbergen tot aufgefunden wurde?«

»Ich habe sie nur einmal gesehen, da kann ich wohl kaum von Kennen sprechen. Fragen Sie halt den Doc.«

»Sie war also als Patientin hier?« Er versuchte es mit einem seiner charmantesten Grimassen und sah, wie ein mitleidsvoller Schatten über ihr Gesicht huschte. Weil Susie Bär sehr krank war oder weil sie ermordet worden war? Dirk wollte gerade direkter werden, da öffnete sich die Tür zum Behandlungszimmer, und kurz darauf durfte er eintreten.

Ein munterer Mittvierziger in weißer Kleidung grinste ihn neugierig an. Er trug seine braunen Haare mit den grauen Strähnen bis über die Ohren und besaß sympathische, braune Augen. »Na, wollen Sie mich in Verruf bringen, dass Sie hier mit Uniform auftauchen? Egal um welchen meiner Patienten es geht, ich halte mich an die ärztliche Schweigepflicht. Tut mir leid.«

»Es geht um die tote Susie Bär«, fing Dirk das Gespräch sehr direkt an. »Und ich finde, dass Ihre ärztliche Schweigepflicht ihr nun nichts mehr nützt, aber eventuell verhindert, dass wir ihren Mörder finden.«

»Setzen Sie sich.« Das klang nach einem freundlichen Befehl. Dr. Kölle fuhr sich ein paar Mal mit beiden Händen über das Gesicht, und das Ergebnis war ein trauriger Blick. »Oh Mann, ich hätte mit Ihrem Auftauchen rechnen müssen. Aber ehrlich gesagt weiß ich nicht, wie mein Wissen Sie zu ihrem Mörder führen kann.«

»Ich schlage vor, dass Sie das unserer Einschätzung überlassen.« Dirk lächelte sanft, er wollte nicht überheblich wirken.

Der Arzt nickte, schien aber noch immer zu zaudern, während Dirk immer neugieriger wurde.

»Susie Bär war eine schwer kranke Frau trotz ihres jungen Alters. Sie brauchte dringend eine aufwendige Behandlung, die ich aber nicht leisten konnte. Deshalb war sie keineswegs bei mir, sondern weil sie ein Medikament brauchte.«

»Was meinen Sie mit schwer krank?«, fragte Dirk. »Krebs?«

Dr. Kölle nickte. »Sie hatte Leukämie und brauchte einen Knochenmarkspender.«

Dirk blickte überrascht auf den Arzt. Susie Bär hatte ihre Schwester also gar nicht aus einer neu entdeckten Geschwisterliebe aufgesucht oder weil die gemeinsame Mutter sehr krank war, sondern weil sie Heidi brauchte. Ihre ältere Schwester sollte ihr das Leben retten. Davon hatte sie Heidi bei ihrem Erstkontakt am Telefon anscheinend nichts erzählt.

Wieder im Auto, rief Dirk in der Gerichtsmedizin an und fragte einigermaßen verärgert, warum dort niemand von einer Leukämieerkrankung der toten Frau gewusst habe. Er wurde zu Dr. Bohne durchgestellt, der ein wenig kleinlaut mitteilte, dass die Todesursache so klar gewesen sei, dass er sich die Ergebnisse des Blutbildes nicht mehr so genau angesehen habe. »Entschuldigung, hier ist gerade der Teufel los, wir sind unterbesetzt, und da fanden wir es nicht so notwendig zu schauen, ob die Tote auch noch eine Erkältung oder eine Entzündung im Körper hatte. Mein Fehler. Bleiben Sie dran, ich hole den Laborbericht, denn durchgeführt und abgeheftet ist er natürlich.«

Dirk lenkte den Wagen zurück zur nahe gelegenen Polizeiwache und parkte dort, wartete aber im Auto auf die Fortführung des Gespräches.

Außer Atem meldete sich schließlich der Gerichtsmediziner. »Jipp, das kommt hin. Die Leukozyten sind bei unserer Leiche exorbitant hoch, das spricht für eine Leukämie. Ist es wichtig für den Fall? Also haben wir nun durch unsere Nachlässigkeit die Ermittlungen behindert?« Der Arzt klang ehrlich zerknirscht.

»Ich weiß es noch nicht. Es erklärt zumindest eine bestimmte Verhaltensweise der Toten. Danke für Ihre Ehrlichkeit.« Dirk legte auf und erreichte in großen Schritten die Polizeistation. Das würde ein Schock für Heidi Klostermann sein. Ein weiterer Schock, dachte er. Doch warum hatte Susie Bär dann sterben müssen?

Tief in Gedanken versunken erreichte er das Büro, das er sich für die Zeit der Ermittlungen mit Kommissar Schmitt teilte. Weder Fred Hauptmann noch der Kommissar waren zurück, womit er auch nicht gerechnet hatte. Telefonisch konnte er den Chef leider auch nicht erreichen, und so setzte er sich missmutig an den Computer, um den Bericht zu tippen.

Dann starrte er auf die Liste der Verdächtigen. Die war lang. Von Bernd Schubert über Heidi Klostermann bis zu ihrem Vater Alfred, und er selbst schloss auch Lutz Fröhlich nicht aus, auch wenn ihm hier ein Motiv fehlte. Doch immerhin besaß er ein Jagdmesser. Das besaßen die alten Jagdpächter zwar auch, aber einen Mord traute er den Senioren nun wirklich nicht zu. Dirk nahm sich die Akte vor und blätterte sich durch die verschiedenen Aussagen. Eine Aussage machte ihn stutzig, und er griff zum Hörer. Der Anschluss von Heidi Klostermann war zunächst besetzt, dann meldete sich Sybille Horstmann.

»Dirk Kemper hier, kann ich Frau Klostermann kurz sprechen? Ich muss dringend noch eine offene Frage klären.« Er hoffte, dass Heidi noch nicht zu ihrem Vater ins Krankenhaus gefahren war.

»Sie schläft tief und fest, und ich möchte sie eigentlich nicht stören. Auch wenn sie mir danach den Hals umdreht, denn ich sollte sie nach neunzig Minuten wecken.« Die Freundin zögerte.

»Tun Sie es bitte. Auch zu Ihrer eigenen Sicherheit«, versuchte er einen Scherz.

Er musste ein paar Minuten warten, dann meldete sich die müde Stimme von Heidi Klostermann. »Ja, ich bin dran.«

»Dirk Kemper hier. Entschuldigen Sie die Störung. Ich habe nur eine kurze Frage. Wem haben Sie von Ihrer Schwester Susie Bär erzählt und davon, dass Sie sich mit ihr in den Klatenbergen treffen wollten?«

Die Antwort kam prompt. »Nur meinem Kollegen Kurt.«

»Sie haben es also auch nicht einem gewissen Bernd Schubert erzählt?«

Am anderen Ende der Leitung blieb es eine Zeit lang still. »Wie kommen Sie denn darauf?«, fragte sie, und ihre Stimme zittert ein wenig. »Und woher kennen Sie Bernd?«

Dirk hätte beinahe triumphierend gepfiffen, aber stattdessen mahnte er sich zur Zurückhaltung. »Ach, Ermittlungsarbeit, reine Routine. Ich danke Ihnen.« Und dann legte er schnell auf.

Bernd Schubert hatte gelogen. Doch das kam ja am Tag bei einem erwachsenen Menschen bis zu zweihundert Mal vor. Angeblich. Viel interessanter war doch die Frage: Woher hatte Bernd Schubert dann von Susie Bär gewusst, wenn nicht von Heidi selbst?

* * *

Die Raphaelsklinik lag mitten in der Stadt, aber es gab eine Tiefgarage, in der Schmitt nach einigem Suchen einen Parkplatz fand. So allmählich machte sich Weihnachtsstimmung in den Innenstädten breit, und Münster war voller kauflustiger Menschen an diesem frühen Nachmittag. Schmitt hatte Hunger und schlenderte erst ein wenig in Richtung Innenstadt. Das Bistro BarCelona lockte mit selbst gebackenem Kuchen und kleinen Gerichten. Eilig hatte er es nicht, denn je später er bei dem Patienten auftauchte, desto eher wäre er ansprechbar. Seiner Einschätzung nach war Alfred Klostermann nicht wirklich schlimm verletzt. Er stellte sein Handy auf lautlos und setzte sich in eine gemütliche Ecke, von der aus er das bunte Treiben draußen beobachten konnte.

»Einen Kaffee und ein Stück Apfeltorte mit Sahne«, bestellte er bei einem jungen Mann und streckte die Beine aus. Einmal mittendrin im Geschehen und einfach Pause machen. Wunderbar. Überfällig. Wenn er ehrlich zu sich selbst war, fürchtete er aber nur die schlechten Nachrichten, die er von Fred Hauptmann erwartete. Immer wenn er an die muntere Autorin Clara Teichner dachte, regte sich ein Stachel. Hätte er seine Vernehmung besser und aufmerksamer durchgeführt, hätte sie ihm sicher mehr erzählt, und er hätte sie von ihrem

Alleingang abhalten können. Vielleicht. Vielleicht aber auch nicht. Er hatte die Dame gewarnt.

Sein Gedeck kam, und er hoffte, die Ablenkung würde gelingen. Zehn Minuten beobachtete er einfach nur das Kommen und Gehen der unterschiedlichen Besucher und genoss den Kuchen. Dann holten ihn die Gedanken zurück. Wenn er doch nur das Motiv für den Mord an Susie Bär kennen würde. Das Motiv führte zum Täter, das hatte er schon ganz früh im Studium gelernt. Der Kuchen schmeckte hervorragend, und Schmitt tupfte sich mit der Serviette den Mund ab, bevor er zahlte und sich zur Klinik begab.

Es war ein schöner, alter Bau, der ihn da empfing, und auf einem Schild erfuhr Schmitt, dass das Krankenhaus ein Lehrkrankenhaus der Westfälischen Wilhelms-Universität war. An der Aufnahme zeigte er seinen Ausweis und fragte nach Alfred Klostermann. Man schickte ihn zur Unfallchirurgie.

»Er hatte Glück.« Ein großer, schlaksiger Arzt empfing Schmitt und stellte sich als Oberarzt der Station vor. »Er hat einen tiefen Streifschuss abbekommen, wir haben die Wunde gereinigt und genäht. Der Schock, den er erlitten hat, war für den älteren Herrn wesentlich gefährlicher, und daher bleibt Herr Klostermann für die nächsten zwei Tage besser bei uns.«

»Ich kann also zu ihm? Ich muss dringend wegen einiger Morde mit ihm sprechen.«

Der Arzt wurde unter seinen blonden Haaren etwas blass.« Ist er gefährlich?«

»Nicht gefährlicher als jeder andere unbekannte Gast, den Sie aufnehmen. Aber ich möchte, dass jeder Besucher seine Personalien hinterlassen muss. Können Sie das Ihren Mitarbeitern sagen?« Schmitt folgte dem Arzt.

»Ich werde es dem Personal sagen, aber versprechen kann ich nichts. Wir haben ja noch andere Patienten hier. So, hier ist sein Zimmer. Aber bitte überanstrengen Sie den Mann nicht. Ich erlaube zehn Minuten.«

Alfred Klostermann lag allein in einem Zweibettzimmer. Ein Tropf führte in die Armvene und ein paar Elektroden zeigten die Vitalzeichen an einem Monitor an. Leichenblass, aber mit unruhigen Augen blickte ihm der Exstasimitarbeiter und Adoptivvater von Heidi entgegen. »Gut, dass Sie kommen. Wie geht es meiner Tochter?«

»Besser als Ihnen. Sie wird gleich zu Ihnen kommen. Herr Klostermann, wer hat auf Sie geschossen?«

Der alte Herr schwieg und setzte sich ächzend auf. An seiner Schulter war ein frischer Verband angelegt.

»Wie kommen Sie darauf, dass ich weiß, wer hier in Ihrem Revier in der Gegend herumballert? Ich habe keine Ahnung. Wahrscheinlich ein durchgeknallter Jäger. Das war eine Jagdflinte, so was hör ich.«

Interessant, dachte Schmitt. Der Mann wollte ihm den Schuss als unglücklichen Zufall verkaufen. Das sprach ja eher dafür, dass Klostermann genau wusste, in wessen Visier er da geraten war.

»Ich gehe stark davon aus, dass dieser Schuss etwas mit den Morden und der Entführung Ihrer Tochter zu tun hat.« Er blickte den älteren Mann streng an, doch der prustete nur empört los.

»So ein Blödsinn. Mich kennt doch in der Gegend niemand. Ich bin ja gerade erst in Deutschland angekommen.«

Ja, das wusste Schmitt, und genau das wurmte ihn. Klostermann hätte einen guten Täter abgegeben. Und er hätte ein Motiv gehabt, Susie Bär loszuwerden. Immerhin könnten durch die Bekanntschaft der beiden Schwestern Geheimnisse auf den Tisch kommen, die ihm schaden würden. Schließlich hatte er Heidi immer erzählt, dass ihre Eltern tot seien. Aber leider hatte er selbst mit Klostermann telefoniert, als der noch auf der anderen Seite der Erdkugel gesessen hatte. Und zwar per Festnetz. Möglich war natürlich ein Auftragsmord. Den konnte er von überall organisiert haben. Etwas war schiefgelaufen und die eigene Tochter plötzlich verschwunden. Und deshalb war Klostermann persönlich nach Deutschland gereist und musste sich nun vielleicht gegen seinen eigenen Auftragnehmer verteidigen. Ein Lächeln ging unverhofft über Schmitts Gesicht. Die Version der Geschichte gefiel ihm nicht schlecht. Laut sagte er. »Kurz nach dem Schuss haben Sie mir erzählt, es gebe eine Menge Leute, die dafür infrage kämen.«

Klostermann zupfte nervös an seiner Bettdecke herum. »Das sagt man doch so. Natürlich gibt es einige Personen, die mich lieber tot sehen, Sie kennen doch meine Vergangenheit. Ich bin ja nicht nur wegen des schönen Strands nach Bahia Bianca ausgewandert. Aber die wissen alle nicht, dass ich grad hier im Münsterland bin. Suchen Sie mal lieber den Typen, der meine Heidi entführt hat, bevor ich es tue.«

»Herr Klostermann, Sie müssen doch ein Interesse daran haben, die alte Geschichte von damals aufzuklären. Heidis Mutter lebt noch, und Sie werden nicht verhindern können, dass Ihre Tochter nun erst recht nach ihrer Mutter sucht.«

»Ich habe keine Ahnung, wo sich die Frau aufhält. Und Heidi sicher auch nicht. Sie sollte es dabei bewenden lassen. Das Abenteuer Familienzusammenführung ist gescheitert, und sie ist mit einem blauen Auge davongekommen. Basta.«

Schmitt stand auf. Er war sich nun sicher, dass der alte Herr immer gewusst hatte, wer die Eltern von Heidi waren, aber er würde nichts von ihm erfahren. Was für ein Unrecht hatte man den Eltern wohl damals angetan? Hatte man sie im Gefängnis verrotten lassen und ihnen ihr Kind weggenommen? So wie es häufig in der ehemaligen DDR geschehen war? Oder hatten sie fliehen können oder müssen, allerdings dabei ihr Kind verloren? Mit drohendem Unterton sagte er: »Sollte ich herausfinden, was damals mit Heidis Eltern geschehen ist und dass Sie Heidi als Kind gestohlen haben, dann wird sie davon erfahren. Das versichere ich Ihnen.«

Nun stieg eine leichte Röte in das blasse Gesicht des alten Mannes, und er griff sich an die Kehle, so als drückte ihm jemand die Luft weg. In diesem Moment kam eine Schwester herein und sagte: »Herr Kommissar? Es hat sich eine Besucherin für Herrn Klostermann angemeldet. Seine Tochter ist da.«

Schmitt ließ die beiden allein und machte sich auf den Weg zurück nach Telgte. Er sah beim Zünden des Motors, dass Kemper bereits versucht hatte, ihn zu erreichen, und wählte die Nummer, kaum dass er aus dem Parkhaus heraus war.

»Ich höre«, sagte er lediglich, und Kemper legte sofort los. Seine Augen weiteten sich, als er die Neuigkeiten hörte. »Leukämie? Unser Mordopfer hat ihre Schwester nur aufgesucht, weil sie eine Spenderin brauchte?«

»Ja«, sagte Kemper. »Wäre sicher eine Enttäuschung für Heidi Klostermann, wenn sie erfährt, dass sie nur als Spenderin herhalten sollte. Oder vielleicht hat sie das ja vorher schon erfahren?«

»Könnten die Morde im Affekt geschehen sein? Sie erfährt von der Krebserkrankung und dreht aus Enttäuschung durch.«

Schmitt schwieg und dachte an den Zustand von Heidi Klostermann. Die hatte diese Entführung sicher nicht vorgespielt. Nein, er glaubte nicht, dass Heidi eine Mörderin war. Es war wirklich verhext, aber ihre Entführung passte einfach nicht zu den Morden.

»Mist«, hörte er Kemper gerade fluchen. »Ich habe das Bild vergessen. Ich habe Ihnen doch von dem Bild erzählt, das Heidi als Kind gemalt hat. Das sollte ich ihr noch übergeben, aber ich habe es vergessen. Vielleicht erinnert sie sich dann wieder an etwas, das wichtig ist.« Schmitt hielt vor der Polizeistation und schaltete den Motor aus. »An was sollte sie sich schon erinnern, den Namen der Mutter haben wir doch, oder? Den Wohnort sollten wir ermitteln können. Da fällt mir ein, sie hat etwas von einem Pflegeheim erzählt. Darum kümmern wir uns als Nächstes. Die Mutter wird wissen, was damals passiert ist.« Er wollte gerade auflegen, da erinnerte Kemper ihn leider daran, dass es noch eine andere Informationsquelle gab.

»Wer weiß, was wir alles im Auto von Susie Bär finden. Obwohl der Täter wahrscheinlich vorher alles entfernt hat. Bis später, Chef.«

Jetzt wusste er auch wieder, warum er so ein nervöses Bauchgefühl hatte. Schmitt hoffte und betete, dass sie nicht die Leiche von Clara Teichner in dem Auto finden würden.

Fünfzig Minuten später, Kemper saß ebenfalls wieder im Büro, meldete sich Fred Hauptmann. »Hallo Kommissar Schmitt, das Auto ist nun geborgen, hat etwas länger gedauert. Und leider haben wir eine weitere Leiche.«

Er sackte in sich zusammen. Also doch. Er hatte es geahnt und irgendwie auch gefühlt.

»Es ist eine Frauenleiche, geschätztes Alter zwischen sechzig und fünfundsiebzig. Sie hat halt schon etwas länger im Wasser gelegen. Alles Weitere wird die Obduktion ergeben.« Fred Hauptmann sprach unerbittlich weiter, und ihm selbst fehlten die Worte. Hilfesuchend blickte er zu Kemper, doch der hatte gar nicht mitgehört und war gerade dabei, sämtliche Pflegeheime in der Umgebung von Hildesheim rauszusuchen.

»Schicken Sie den Wagen sofort zur Spurensicherung und die Leiche in die Gerichtsmedizin nach Münster. Ja, sorry, klar haben Sie das alles schon veranlasst. Gute Arbeit, Hauptmann.« Schmitt legte auf, und nun war auch Kollege Kemper hellhörig geworden.

»Clara Teichner?«, fragte er, und in seiner Stimme schwang ein gewisses Mitgefühl. Sein Kollege schien zu ahnen, wie sehr der Tod der Autorin ihn mitnahm.

»Ja, mit ziemlicher Sicherheit, das Alter passt, verdammter Mist, Kemper. Ich denke, wir können von einem weiteren Mord ausgehen, auch wenn ich noch nicht mehr Details weiß. Dieses Schuldgefühl werde ich nicht mehr los. Wenn ich sie nach dem Auto gefragt hätte, hätte sie mir vielleicht doch noch alles erzählt, was sie wusste. Und dann hätten wir den Fiat vor ihr gefunden.« Unbewusst malte er lauter kleine Kreuze auf den Papierblock neben sich und schmiss den Kugelschreiber frustriert zur Seite.

Kemper wiegte den Kopf. »Sie haben die Frau vor jeglicher Eigeninitiative gewarnt. Sie wissen nicht, wie lange sie schon im Visier des Mörders war. Unser Täter ist skrupellos. Fahren Sie heute noch nach Münster in die Gerichtsmedizin?«

Schmitt nickte. »Suchen Sie bitte weiter nach Frau Bär senior. Ich bin mir zu neunzig Prozent sicher, dass das Ehepaar Bär und Alfred Klostermann sich gekannt haben. Wenn er uns nicht erzählt, was damals passiert ist, dann tut es vielleicht die leibliche Mutter von Heidi.«

Kemper nickte und hängte sich wieder ans Telefon. Er selbst fragte sich, warum Heidis Mutter nicht schon viel eher nach ihrer verloren gegangenen Tochter gesucht hatte. Warum musste erst die zweite Tochter schwer krank werden, damit sich jemand aus der leiblichen Familie für Heidi interessierte? Die meisten Taten der Ex-Stasimitarbeiter waren doch lange verjährt. Selbst ein Alfred Klostermann musste doch heute nichts mehr befürchten. Außer den Bruch mit der Adoptivtochter, wenn diese von hinterhältigen Machenschaften bezüglich ihrer Adoption erfahren würde. Zurzeit hielt sie ja noch Händchen mit ihrem Ziehvater im Krankenhaus. Und das war auch so eine dubiose Sache. Kaum kam Klostermann aus Südamerika nach Deutschland, wurde auf ihn geschossen. Als hätte jemand nur darauf gewartet, dass er auftaucht.

Schmitt starrte aus dem Fenster und blickte auf die trüben Wolken, die gemächlich vorbeizogen. Er dachte noch mal über die Entführung nach. Vielleicht hatte jemand genau aus diesem Grund Heidi entführt. Um den Vater nach Deutschland zu locken, direkt vor die Flinte eines alten Feindes. Er folgte diesem Gedanken. Eventuell war es die ganze Zeit um Alfred Klostermann gegangen. Aber in dem Fall handelte es sich um einen lausigen Schützen. Da hatte der Unbekannte alles Mögliche unternommen, um den alten Herrn endlich vor den Lauf zu bekommen, und schaffte dann nur einen Streifschuss an der Schulter? Und das mit einem Jagdgewehr? Er sah zwei Passanten vorbeieilen und einen schlanken Mann in einem dunklen Mantel, der nun aber stehen blieb. Der Mann schaute zur Polizeistation hoch, und Schmitt erkannte zu seinem Erstaunen Bernd Schubert. Er stand auf, trat ans Fenster und sah gerade noch, wie Schubert das Gebäude betrat.

»Bernd Schubert ist auf dem Weg zu uns«, sagte er und drehte sich um.

Erstaunt sah ihn der Kollege an und hob dann die Hand. »Da fällt mir noch etwas ganz Wichtiges ein. Wir müssen ihn fragen, woher er wusste, dass Heidi ihre Schwester Susie am Montag treffen wollte. Von Heidi Klostermann hat er es jedenfalls nicht erfahren. Sagt sie.« Triumphierend blickte er ihn an und wandte sich dann wieder seinem Bildschirm zu.

»Das ist interessant, Kemper. Das nächste Mal dürfen Sie mir solche Infos gerne sofort sagen.« In dem Moment klopfte Frau Krone an die Tür und steckte ihren Kopf in den Raum. »Herr Schubert will Sie sprechen. Er sagt, es sei dringend.«

Schmitt nickte ihr freundlich zu. »Kann sofort hereinkommen. Hat er einen Anwalt dabei?« Schmitt hatte keinen gesehen, aber er stand auch nicht ständig am Fenster.

Frau Krone schob sich nun ganz durch die Tür und schloss sie sogar hinter sich. »Nein, er ist ganz alleine da. Und ehrlich gesagt sieht er nicht gut aus. Wenn einer wie ein Verkünder von schlechten Nachrichten ausschaut, dann dieser Mann. Ich schicke ihn rein.« Sie verschwand wieder, und Schmitt fürchtete, dass Bernd Schubert noch mehr Leichen ankündigen wollte.

Von seiner arroganten Art war heute nichts zu spüren. Bernd Schubert betrat mit einem Nicken zu beiden Männern das Büro und blieb mitten im Raum stehen.

»Guten Tag, Herr Schubert. Setzen Sie sich doch.« Schmitt zeigte auf den Stuhl vor seinem Schreibtisch.

Doch der Mann blieb kerzengerade stehen und vergrub seine Hände tief in die Manteltaschen. »Ich bin hier, um Ihnen zu sagen, dass ich auf Alfred Klostermann geschossen habe.«

20. KAPITEL

Ihr Vater sah blass aus. Er blickte ihr mit einem unsicheren Flackern in den Augen entgegen. Elektroden auf der Brust überwachten seine Herzfrequenz und den Herzrhythmus.

»Hi Paps, wie geht es dir?« Sie setzte sich auf den kleinen Besucherhocker und fasste nach seiner Hand.

Er richtete sich ein Stück auf. »Du bist gut. Ich denke, du hast einen Streifen mehr mitgemacht als ich. Hör zu, Kind. Ich kenne noch immer einige Leute, die wissen, wie man jemanden ausfindig macht. Du musst mir alles erzählen, an das du dich erinnerst. Der Kerl, der dir das angetan hat, darf nicht davonkommen.«

»Darum kümmert sich doch schon die Polizei. Lass die mal ihre Arbeit machen. Sag du mir lieber, was du über meine Schwester weißt. Oder über meine leiblichen Eltern.«

Seine Lider zuckten, er würde sie wieder anlügen, das wusste sie.

»Ich weiß doch gar nichts. Mensch, Heidi. Damals standen wir tief im Kommunismus und mussten funktionieren. Da stellte man keine Fragen. Ein Parteigenosse rief mich eines Tages an. Es war ein Mittwoch, ich weiß es noch wie heute. Er erzählte von einem tragischen Unfall und von der kleinen Tochter, die das Paar hinterließ. Du weißt, dass ich damals auch für die Jugendarbeit zuständig war. Beate konnte keine Kinder bekommen und ging fast zu Grunde an dieser Diagnose. Wir wollten uns für eine Adoption bewerben. Und dann kam dieser Anruf, und wenig später stand da dieses süße, verängstigte Mädchen vor mir, mit großen, blauen Kulleraugen und blonden Zöpfen. Du brauchtest dringend ein Zuhause und Trost für den Verlust der Eltern. Beate sah dich und liebte dich. Was hätten wir deiner Meinung nach anders machen sollen? Uns den Totenschein der Eltern anschauen? Den Unfallort besichtigen? Ich bitte dich, das tut man doch dann nicht. Wir wollten ein Kind, und plötzlich schenkte uns das Schicksal ein Mädchen, noch bevor wir überhaupt das Wort Adoption ausgeschrieben hatten. Schon drei Wochen später hatten wir die Papiere und waren offiziell deine Eltern.«

Heidi nagte an ihrer Unterlippe. Wenn ihr Vater etwas sagte, klang es immer so plausibel. Jetzt erhöhte er den Druck auf ihre Hand. »Ging es dir nicht immer gut bei uns? Hat es dir etwa an Dingen gefehlt?«

Ja, hätte sie am liebsten gerufen. An Ehrlichkeit. Aus allem hatten ihre Eltern immer ein Geheimnis gemacht. Oft genug hatte sie später erfahren, wie oft ihre Eltern sie angelogen hatten. Gleichzeitig hatte sie selbst aber immer alles erzählen müssen. Wie heißt deine neue Freundin? Was machen die Eltern der Freundin? Wie sieht ihre Wohnung aus? Haben sie Verwandtschaft in Westdeutschland? Was erzählen die Lehrer in der Schule? Eine endlose Fragerei, die regelmäßig am Freitagnachmittag stattfand und natürlich zwischendurch. Das war die eine Seite ihrer Kindheit. Auf der anderen Seite standen jede Menge Spielsachen, Ballettunterricht, ein großer Garten, Ferien in Jugoslawien, wie es damals noch hieß, und ein schönes Zuhause mit einer Hauswirtschafterin, die ihr heimlich allerlei Leckereien aus dem Vorratsschrank zusteckte.

Sie löste ihre Hand vorsichtig aus der Hand ihres Vaters und lächelte ihn kurz an. »Nein. Aber du könntest mir jetzt bei der Suche nach meiner Mutter helfen. Du kennst doch bestimmt noch Leute von damals, die etwas wissen könnten.«

Das Gesicht ihres Vaters verschloss sich wie eine Auster, und die tiefe Stirnfalte bewegte sich düster. »Heidi, bitte. Hast du denn noch nicht genug von diesem Wühlen in der Vergangenheit? Sieh, wohin uns der Besuch dieser angeblichen Schwester geführt hat.« Er deutete auf seine verletzte Schulter. »Und du warst tagelang eingesperrt und wärst beinahe an einer Lungenentzündung gestorben. Sieh dich nur an. Nur noch Haut und Knochen und die Blässe einer japanischen Geisha. Ich würde vorschlagen, du fliegst mit mir zurück nach Bahia Bianca und erholst dich mal so richtig unter der südamerikanischen Sonne. Mama kann dich verwöhnen und aufpeppeln. Was sagst du dazu?«

Zugegeben, das klang verlockend. In den Schoß der sicheren Familie und alles hinter sich lassen. Die Erinnerungen, die Trauer um den toten Freund und Kollegen und um die Schwester. Sich von ihrer Adoptivmutter bekochen lassen. In der Sonne liegen, tropische Früchte genießen und nichts tun. Aber sie wusste nicht, wie viel Zeit ihr noch blieb, ihre leibliche Mutter kennenzulernen. Wenn Susie die Wahrheit gesagt hatte, lebte sie bereits in einem Pflegeheim. In einem solchen Heim wurde täglich gestorben. Heidi straffte ihre Schultern. »Das ist ein verlockendes Angebot, auf das ich gerne noch zurückkomme, aber erst will ich meine leibliche Mutter treffen und wissen, wer für die Morde verantwortlich ist.«

Ihr Vater schloss die Augen, und sie hatte Sorge, ihn nun doch überanstrengt zu haben. »Wir reden ein anderes Mal weiter, ruh dich aus. Ich pass schon auf mich auf.« Sie stand auf.

»Rechne damit, dass dir nicht gefällt, was du herausfindest. Wenn deine Mutter noch lebt und dich bislang nie gesucht hat, würde mir das zu denken geben.« Er klingelte und bat die Schwester, die hereinkam, keine Besucher mehr vorzulassen und ihn nicht zu stören, auch nicht zum Abendbrot. Er wolle nun schlafen.

Mit einem beklemmenden Gefühl in der Brust verließ Heidi das Krankenhaus. Sie hatte noch keine Lust, zurück nach Telgte in ihre Wohnung zu fahren, und ging die wenigen Schritte von der Raphaelsklinik in die Fußgängerzone. Bei Starbucks holte sie sich einen Milchkaffee und eine Zimtschnecke und setzte sich trotz des kalten Novembertages auf eine Bank. Hier fühlte sie sich weniger einsam, als wenn sie sich ins Café alleine an einen Tisch gesetzt hätte. Der Kaffee wärmte von innen, der Kuchen weckte neue Lebensgeister. Zwischen zwei Bissen griff sie zu ihrem Handy und wählte eine Festnetznummer.

»Bremer«, meldete sich die Frau ihres verstorbenen Kollegen am anderen Ende der Leitung.

»Andrea? Ich bin es, Heidi. Du, es tut mir so leid.«

Nach einem kurzen Schweigen kam sofort die harte Frage: »Hast du etwas mit seinem Tod zu tun?«

»Nein, Andrea. Ich habe nichts damit zu tun, aber dennoch fühle ich mich schuldig. Ich habe ihn überredet, mich als Schutz zu begleiten, als ich eine fremde Frau treffen wollte, die behauptet hat, meine leibliche Schwester zu sein. Ich wollte mich vorher mit Kurt treffen, aber ich bin gar nicht bis zum Treffpunkt gekommen.« Sie erzählte ihr von den Dingen, die geschehen waren. Nach einer Pause fragte sie vorsichtig: »Das ist alles so rätselhaft. Kannst du dir vorstellen, dass Kurt mehr über meine Vergangenheit wusste als ich? Wurde er deshalb vielleicht umgebracht? Er ist älter als ich und kommt auch aus Apolda.« Das Schweigen am anderen Ende der Leitung war kaum auszuhalten.

Schließlich hörte sie die ruhige Stimme von Andrea. »Ich gehe davon aus, dass du einiges mitgemacht hast und deshalb nicht mehr weißt, wem du vertrauen kannst und wem nicht. Kurt konntest du immer vertrauen, es würde mich nicht wundern, wenn er starb, um dich zu retten. Immerhin bist du am Leben, oder?«

»Es tut mir leid. Alles.« Heide verabschiedete sich und legte auf.

Als es kurz darauf erneut klingelte, glaubte sie zunächst, Andrea sei doch noch etwas eingefallen. Doch die Nummer im Display kam nicht aus der Gegend.

»Ja bitte?«

»Lambertinum Seniorenwohnanlage. Moment, ich verbinde.« Eine ganze Zeit lang passierte nichts. Heidi fragte sich, woher ein Seniorenheim ihre Handynummer hatte, doch dann fiel ihr ein, dass ihr Anrufbeantworter zu Hause die Handynummer diktierte. Aufgeregt wartete sie auf das Anliegen. Sie kannte niemanden, der in einer Seniorenwohnanlage lebte.

»Hallo, sind Sie noch da? Frau Bär möchte Sie sprechen.« Beinahe wäre ihr die Zimtschnecke aus der Hand gefallen, als sie die rauchige Stimme einer alten Dame hörte. »Spreche ich mit Heidi? Heidi Klostermann?«

»Ja, am Apparat.« Ihre eigene Stimme kam ihr plötzlich fremd vor.

»Was hast du mit meiner Tochter gemacht?«

* * *

Der Mann hatte Nerven. Dirk musterte Bernd Schubert von oben bis unten. Aufrecht und mit erhobenem Kopf, beinahe so, als wäre er auch noch stolz auf die Tat, hatte der ehemalige Stasimitarbeiter den Schuss auf Klostermann gestanden. Blass sah er aus, die Wangenknochen traten deutlich hervor, und Dirk ahnte, dass er einige Kilos abgenommen hatte.

Sein Chef blieb gelassen und forderte den Besucher auf, sich erst mal zu setzen. »Möchten Sie etwas trinken?«, fragte er so fürsorglich, als wäre der Mann Opfer einer Straftat und nicht etwa ein geständiger Täter.

Schubert setzte sich und nickte. »Gerne einen starken Kaffee.«

Schmitt nickte und ließ ihn und Schubert zunächst allein im Büro zurück. Ein unangenehmes Schweigen machte sich breit, denn Schubert zeigte demonstrativ, dass er mit dem Polizisten nicht reden wollte. Er zog ein Handy aus der Manteltasche hervor und schrieb eine Nachricht. Vielleicht an Heidi Klostermann?

Dirk überlegte nicht lange. »Herr Schubert, Sie haben ausgesagt, dass Heidi Klostermann Ihnen von dem Treffen mit Ihrer neu entdeckten Schwester erzählt hat. Sie weiß aber gar nichts davon. Sie habe mit niemandem darüber gesprochen.«

Schubert zuckte mit keinem Muskel, sondern tippte weiter in sein Mobiltelefon. Als er fertig war, guckte er Dirk doch noch aus dunklen Augen an. »Hören Sie, es macht keinen Sinn, nun etwas zu erzählen, wenn Ihr Chef noch gar nicht mithört, nicht wahr?«

Recht geschah ihm mit seiner Ungeduld.

Wenig später erschien Schmitt mit einem Becher heißen Kaffee und reichte ihn Schubert zusammen mit einer Tüte Zucker und einem Milchdöschen. Beides legte Schubert auf den Schreibtisch und trank den heißen Kaffee in kurzen Zügen.

»Alfred Klostermann ist ein Monster.« Nur diesen einen Satz sagte Schubert, dann tat er so, als wäre der Kaffee gerade notwendiger als alles andere.

Schmitt stand mit dem Rücken zum Fenster und hob interessiert die Brauen. »Und deshalb wollten Sie ihn umbringen? Wie kommen Sie zu der Erkenntnis, dass er ein Monster ist?«

»Ich wollte ihn nicht umbringen. Ich bin ein sehr guter Schütze, und das kann ich Ihnen auch beweisen. Er wäre längst mausetot, wenn ich das vorgehabt hätte. Ich wollte ihm eigentlich ins Bein schießen, aber er stand ungünstig, und so habe ich die Schulter anvisiert, und zwar so, dass er nicht ernsthaft verletzt wurde, aber ins Krankenhaus musste.« Schubert stellte die Tasse in aller Seelenruhe auf dem Schreibtisch ab.

Dirk war ganz gefesselt von der selbstsicheren Art, in der dieser merkwürdige Besucher sein Geständnis ablegte. Und er konnte sich beim besten Willen nicht vorstellen, was seine Beweggründe waren. Schubert musste doch wissen, dass sie ihn am Ende seines Berichtes verhaften mussten. Sobald eine Waffe im Spiel war, ging es um den Tatbestand der gefährlichen Körperverletzung. Wenn Schubert Pech hatte, wurde ihm sogar versuchter Mord vorgeworfen.

Kommissar Schmitt ließ Schubert die Zeit, die er brauchte. Sein Chef saß jetzt an seinem Schreibtisch und goss sich gemütlich ein Glas Wasser ein.

»Glauben Sie mir, Herr Kommissar, ich wollte lediglich verhindern, dass Klostermann sich zügig zurück in den Schoß der südamerikanischen Regierung begibt und somit nicht für seine Morde belangt werden kann. Ich brauche Zeit, um Beweise zu finden.«

Dirk hatte keine Ahnung, von welchen Morden Schubert sprach. Ging es um alte Verbrechen aus der Zeit, als sie beide für die Staatssicherheit gearbeitet hatten?

Sein Chef hakte nach. »Welche Morde werfen Sie Klostermann vor? Wenn Sie uns mehr Material liefern, könnten wir Ihnen helfen, statt Sie nun zu verhaften.«

Schubert nickte. »Deshalb bin ich hier. Ich glaube, dass Klostermann für die Morde in den Klatenbergen verantwortlich ist.«

»Aber zu der Zeit saß er noch in Bahia Bianca. Ich selbst habe mit ihm telefoniert, und zwar auf seinem Festnetzanschluss«, gab Schmitt zu bedenken.

Doch Schubert schüttelte stoisch den Kopf. »Das kann nicht sein, ich bin mir sicher, dass er schon länger hier war. Alfred Klostermann will um jeden Preis verhindern, dass Heidi Kontakt zu ihrer leiblichen Mutter aufnimmt, denn dann würde seine Rolle in der Scharade von damals aufgedeckt werden. Und das kostet ihm dann eventuell wirklich den Kopf und ganz sicher die Zuneigung seiner Tochter.« Hier schwieg Schubert wieder und starrte auf seine glänzenden Schuhspitzen.

Dirk krempelte seine Ärmel hoch. Dann stand er auf und ging zum Fenster, um es zu öffnen. Ein angenehmer Duft nach Rasierwasser stieg ihm in die Nase, als er dicht an Schubert vorbeiging. Hatte den Mann eigentlich irgendjemand nach einer Waffe untersucht, fragte er sich, als ihm die Ausbuchtung in der Manteltasche auffiel. Dirk entschied, besser hinter dem Mann am Fenster stehen zu bleiben.

»Und Sie wissen, was damals passiert ist, als Klostermann das kleine Mädchen adoptiert hat?« Schmitt ließ Schubert ebenfalls nicht aus den Augen.

»Nein, das weiß ich nicht. Damals war ich knapp zwanzig Jahre alt und wohnte weit weg von Apolda.«

»Woher wollen Sie dann wissen, dass er, wie drückten Sie sich aus, ein Monster ist?«

»Ich bin mir ziemlich sicher, dass er mindestens zwei Menschen getötet hat. Ich habe mich für Susie Bär verantwortlich gefühlt. Ich kenne sie schon seit ihrer Kindheit. Und nun ist sie tot, und ich muss es ihrer Mutter erklären.«

Dirk hielt den Atem an. Nun packte Schubert also richtig aus, und sie erfuhren vielleicht doch mehr über die Hintergründe.

»Lieber Herr Schubert, auch die Polizei ist nicht so ahnungslos, wie alle immer denken. Wir wissen, dass Susie Bär Leukämie hatte und dringend eine Knochenmarkspende brauchte. Das ist der Grund gewesen, warum sie ihre Schwester aufgesucht hat. Mit neu entdeckter Geschwisterliebe, wie Heidi es glauben sollte und wollte, hatte das nichts zu tun, oder irre ich mich?«

Dirk konnte das Gesicht des Mannes vom Fenster aus nicht sehen, aber den tiefen Seufzer, den Schubert ausstieß, hörte er deutlich. »Ja, das stimmt. Schon vor zwei Jahren trat die Krankheit zum ersten Mal auf, und wir ahnten, dass es schnell ein Rezidiv geben würde. Susies Mutter erzählte mir vertraulich, dass es eine ältere Schwester gebe. Ich hatte mich gerade entschieden, vorzeitig in den Ruhestand zu gehen und das Leben zu genießen, und schaute mich nach einem neuen Wirkungskreis um. Da kam mir das Münsterland gerade recht.«

Dirk beobachtete, wie die Erkenntnis über das Gesicht seines Chefs huschte, der Schubert nun fragte: »Verstehe ich das richtig? Sie waren sozusagen die Vorhut, um mit Heidi Klostermann anzubändeln?«

»Nein, nicht, um mit ihr anzubändeln. Ich sollte sie kennenlernen, schauen, was sie für ein Mensch ist und ob sie überhaupt für eine Knochenmarkspende infrage kommt. Dann kam alles ganz anders.« Schubert ließ den Kopf hängen, und Dirk ahnte, was er meinte.

Er trat vor und setzte sich wieder so hin, dass er Schubert anschauen konnte. »Sie haben sich mit der Zeit in Heidi verliebt, oder?«, fragte er ihn.

Schuberts Adlernase zeigte überrascht auf Dirk, und beinahe sah es aus, als wollte Schubert wütend auffahren. Doch dann nickte er. »Ja. Ich wollte nicht länger Susies Strohmann spielen und mich von nun an aus allem raushalten. Mir gefiel mein neues Leben als Wahlmünsteraner, Heidi gefiel mir. Ich wollte nicht, dass sie sich von mir benutzt fühlte. Doch nun fühle ich mich schuldig an Susies Tod. Ich habe nicht auf sie aufgepasst. Aber ich will zumindest dafür sorgen, dass der Täter zur Rechenschaft gezogen wird. Also habe ich ihn so verletzt, dass er noch nicht sofort wieder ins Exil verschwinden kann. Wollen Sie mich nun dafür verhaften?«

»Das müssen wir«, sagte Dirk, doch sein Chef schüttelte den Kopf. »Es reicht, wenn Sie uns Ihren Ausweis hierlassen und versprechen, Münster und Umgebung in der nächsten Zeit nicht zu verlassen. Und natürlich möchte ich die Schusswaffe haben und alle weiteren, die sich in Ihrem Besitz befinden.«

Schubert starrte sichtlich überrascht auf den Kommissar und zeigte dann nach draußen »Ich habe sie dabei, zusammen mit der Waffenbesitzkarte. Sie liegt in meinem Auto.« Der Kommissar nickte. »Ich lasse sie gleich von einem Beamten holen. Und, Herr Schubert? Selbstverständlich kümmern wir uns nun um Herrn Klostermann.«

Ihr Besucher ließ die Arme hängen. »Ich möchte mich jetzt nur noch um Heidi kümmern.«

Dirk wunderte sich. Dieser unnahbare Mann mit der exklusiven Garderobe und einer Vergangenheit, die ihn ganz sicher nicht für ihn einnahm, wollte ihnen wirklich weismachen, dass er nun einer Frau den Hof machte, sein Gewehr abgab und artig auf seine Strafe wartete? Da steckte doch mehr hinter als eine neu entdeckte Liebe. Der Mann war ja schon sechzig Jahre alt. Er dachte an die strafenden Worte seiner Lieblingstante, die ihn immer dann zurechtwies, wenn er ältere Leute gedanklich auf die Parkbank am Ententeich verbannte. Immerhin strotzte der Mann vor Gesundheit, und seine Tatkraft hatte er genügend unter Beweis gestellt.

Sein Chef fasste nach einem kleinen Papierblock und schob diesen zusammen mit einem Kugelschreiber zu Schubert hin. »Bevor Sie gehen, schreiben Sie mir nun die Kontaktdaten von Heidis leiblicher Mutter auf. Heidi hat ein Recht darauf, einige Antworten über ihre Vergangenheit zu bekommen. Und wir möchten uns auch mit ihr unterhalten.«

Schubert nahm den Kugelschreiber an sich und zögerte. »Herr Kommissar, das halte ich persönlich für keine gute Idee. Marianne Bär wird für Heidi eine einzige Enttäuschung sein!«

21. KAPITEL

»Was hast du mit Susie gemacht?«, wiederholte die rauchige Stimme gnadenlos.

Wenn Heidi genau hinhörte, konnte sie ein leichtes Zittern erahnen. Die Frau, die wahrscheinlich ihre Mutter war, kannte ihren Namen, aber es machte beinahe den Anschein, als wüsste sie nicht mehr, dass Heidi auch ihre Tochter war. »Ich verstehe die Frage nicht«, sagte sie einigermaßen verwirrt. »Ich bin Heidi, und Susie war also meine leibliche Schwester. Das wusste ich bislang aber nicht. Ich weiß eigentlich gar nichts.« Sie hatte sich den ersten Kontakt mit ihrer Mutter anders vorgestellt. Voller Freude und Neugier. Vielleicht sogar innig. Der kalte Ton dieser Frau passte nicht zu dem Bild, das sie sich in den Tagen, die sie im kalten Bunker verbringen musste, von ihren Eltern ausgemalt hatte. Das Schweigen am anderen Ende der Leitung wurde unangenehm. Sie musste der Frau die Wahrheit sagen, denn vielleicht wusste Marianne Bär nicht einmal, dass

Susie tot war, und wunderte sich, dass sie ihre Tochter nicht erreichen konnte. »Hier sind schlimme Dinge passiert …« Heidi stockte.

»Sie ist tot, nicht wahr? Ich wusste es. Sie hätte diese Strapaze nicht auf sich nehmen sollen.« Ihre Mutter seufzte schwer und sprach in Rätseln. »Du hättest sie retten können, aber es war wohl alles zu spät.«

»Kann ich dich treffen?« Heidi war selbst erschrocken, als sie ihre eigenen Worte hörte. Sie saß mitten in der Stadt auf einer Bank und sprach mit einer ihr fremden Frau, auch wenn sie ihre leibliche Mutter war. Und diese trauerte gerade um eine ganz andere Tochter. Heidi konnte förmlich hören, wie der Frau die Tränen über das Gesicht liefen. Das war natürlich Unsinn, aber das Vibrieren in der Stimme hatte sie schon gehört. Die alte Dame stand kurz davor, ihre Contenance zu verlieren. Was meinte ihre Mutter damit, dass sie Susie hätte retten können? Offenbar wusste sie nicht, auf welch grausame Art ihre Tochter gestorben war, und das hier war nicht der richtige Moment, um es ihr mitzuteilen. Sie hörte zwei Stimmen im Hintergrund und dann das Schließen einer Tür.

»Sind Sie noch dran?«, fragte eine forsche, wesentlich jüngere Frau sie.

»Ja. Was ist mit Frau Bär?«

»Hören Sie, wir wissen, dass Susie wahrscheinlich die ermordete Frau in Telgte ist, aber ihre Mutter weiß davon noch nichts. Sie sind auch eine Angehörige, oder?«

»Ja, ich bin die älteste Tochter.«

»Oh, von einer zweiten Tochter wussten wir hier gar nichts. Wohnen Sie weit weg? Es wäre nämlich gut, wenn Sie sofort kommen könnten.«

Heidi dachte nach. Es war jetzt Nachmittag. Wenn sie schnell eine Tasche packte für eine Nacht, konnte sie in einer knappen Stunde bereits auf dem Weg sein und abends im Altenheim ankommen. Auf sie warteten nur eine leere Wohnung und ein dickköpfiger Vater im Krankenhaus. Der würde gar nicht mitbekommen, dass sie wegfuhr, denn sie könnte ihn morgen Abend schon wieder besuchen. »Ich mache mich sofort auf den Weg. Richten Sie das bitte meiner Mutter aus.«

Beschwingt sprang sie von der Bank auf und stieg wenig später in ihren Wagen. Erst auf dem Rückweg nach Telgte fiel ihr wieder das Lämpchen im Auto auf, welches anzeigte, dass etwas nicht stimmte. Verdammter Mist. Nur wegen dieser Fehlermeldung war sie am vorletzten Montag überhaupt zu Fuß zu den Klatenbergen gelaufen. Sie würde nicht umhinkommen, ihren Wagen in der Werkstatt abzugeben und einen Leihwagen zu nehmen.

* * *

Kemper saß noch immer an seinem Schreibtisch und versuchte, eine Verbindung zur Seniorenwohnanlage Lambertinum herzustellen. Schubert hatte ihnen die Nummer aufgeschrieben, unter der sie angeblich Marianne Bär, die Mutter von Susie und von Heidi erreichen konnten. Aber ständig ertönte das Besetzt-Zeichen, und Schmitt riss der Geduldsfaden. »Kemper, lassen Sie es. Ich rufe dort später selbst an.«

Er strahlte seinen Chef an. »Sie meinen, ich kann Feierabend machen?« Zusammen mit Fred Hauptmann hatte er Schubert zuvor zum Auto begleitet und ein

Jagdgewehr beschlagnahmt. Nachdem Bernd Schubert dann seine Selbstanzeige unterschrieben hatte, hatte er tatsächlich abfahren dürfen.

Schmitt wiegte den Kopf hin und her. »Nicht ganz. Ich möchte, dass Sie vorher noch zu unseren Altjägern fahren und sie mit der Aussage von diesem Lasse konfrontieren. Ich habe Ihnen doch erzählt, dass der Mann angeblich Wilderer im Klatenberg beobachtet hat. Mit Jagdmessern am Gürtel. Und zusammen mit dem Bericht von Fred Hauptmann, demnach schon länger darüber gemunkelt wird, dass diese Altjäger nur noch jagen lassen, ergibt das durchaus eine stimmige Spur.«

Dirk wollte erst widersprechen, dass die Männer ihm kaum erzählen würden, was sie abseits der Jagdordnung trieben, doch dann spürte er seinen knurrenden Magen und dachte an die Kochkünste von Frau Lensing. Er war ja eigentlich dankbar, dass der Kommissar nicht Fred Hauptmann losschickte. »Kein Problem, ich fühle denen mal auf den Zahn, soweit sie noch eigene Zähne besitzen.« Er grinste. »Soll ich danach noch mal kommen oder reicht es, wenn ich den Bericht morgen schreibe?« Er griff nach seiner Jacke und fuhr gleichzeitig den Computer runter.

»Herr Kemper, den Bericht erwarte ich natürlich heute noch, sonst könnte ich Sie ja auch morgen losschicken. Aber wir können uns darauf einigen, dass Sie den von zu Hause aus schreiben und per Mail schicken. Und alles Wichtige per Anruf. Und fragen Sie den alten Lensing mal, ob er von einem Bunker in der Umgebung weiß. Den haben unsere Leute nämlich noch immer nicht gefunden. Eigentlich müsste ich nun dringend unser Entführungsopfer Heidi um Hilfe bitten.« Er hielt kurz inne und nickte dann. »Das tue ich vielleicht auch noch.«

Kemper nickte und eilte zur Tür, bevor er noch weitere Aufträge erhielt. Unterwegs im Auto rief er bei Hubert Lensing an und bat ihn darum, auch seinen Freund Horst Grabitz zum Gespräch dazuzubitten. Er sei in einer Viertelstunde bei ihm zu Hause.

Besorgt hörte sich der Alte jedenfalls nicht an, denn Hubert Lensing verkündete vergnügt: »Kein Problem, der wird sich freuen. Meine Maria hat gebacken.«

Kaffeetrinken mit den alten Herren, warum nicht. Fröhlich pfiff Dirk ein Liedchen und parkte wenig später vor dem Einfamilienhaus der Lensings.

Frau Lensing öffnete ihm die Tür und wischte sich die Hände an einer geblümten Schürze ab. »Kommen Sie mal rein, Sie Jungspund. Ich habe extra noch Sahne geschlagen.«

Das klang ausgezeichnet und passte ganz wunderbar zu dem Apfelzimtduft, der Dirk entgegenschlug. Ehe er überhaupt viel sagen konnte, hatte ihn die kleine, kräftige Frau auf einen Stuhl gedrückt und ihm ein Gedeck aus einem Teller Apfelkuchen mit Schlagsahne und einem Münsterländer Pott Kaffee hingestellt.

»Hubert ist dem Horst entgegengelaufen. Ich hab ihm gesagt, sie müssten beide etwas mehr Bewegung haben. Der Hubert mit seinen dünnen Beinchen. Den sehe ich jedes Mal, wenn er auf die Jagd geht, mit gebrochenen Stelzen im Unterholz liegen. Und der Horst kann sich dann schnaufend mit einem Herzinfarkt danebenlegen.« Sie schüttelte den Kopf und sprang dann behände zur Tür, als sie die Männer hörte.

Es dauerte eine Zeit lang, bis Dirk endlich dienstlich werden konnte. »Ich habe noch einige Fragen zu Ihrem Revier. Haben Sie in der letzten Zeit Anzeichen von Wilderei bemerkt?«

Lensing und Grabitz blickten sich erstaunt an, während Frau Lensing aufstand und beiläufig meinte: »Ich hole Ihnen mal noch etwas Deftiges zu essen. Von dem süßen Kram wird doch ein so großer Kerl nicht satt. Die Küchentür schloss sich hinter ihr.

»Wie kommen Sie denn jetzt darauf? Wilderei klingt wie aus einem Roman von Karl May.«

Horst Grabitz stimmte seinem Freund nickend zu.

»Es gibt die Aussage eines Spaziergängers, dem schon häufiger zwielichtige Gestalten mit Flinte und Jagdmessern im Revier aufgefallen sind.«

Horst Grabitz kicherte. »Hey Hubert, der hat bestimmt dich gesehen und sich vor deiner krummen Nase gefürchtet. Ich wollte dir immer schon mal sagen, dass du mit Gewehr wie Räuber Hotzenplotz ausschaust.«

Lensing kicherte ebenso. »Und du erinnerst an Rübezahl mit deinen großen Füßen.«

Dirk fühlte sich nicht ernst genommen, da half auch die Uniform nichts. »Also, es soll sich bei den Männern eher nicht um Jäger gehandelt haben. Außerdem gab es auch Sichtungen von Aas, Tiere, die erschossen unterm Gebüsch lagen, die aber nicht weidmännisch aufgebrochen worden waren. Man hatte den Tieren lediglich ihre Trophäen entfernt. Kein Jäger tut so etwas, nicht wahr?«

Das Gesicht von Hubert Lensing wurde ernst. »Nein, das stimmt, so etwas tut kein Jäger. Niemals. Uns ist so ein Fall noch nicht untergekommen. Vielleicht sollte sich Ihr Augenzeuge demnächst lieber an uns halten, dann können wir auch dagegen vorgehen.«

Horst Grabitz nickte eifrig. »Unser Revier ist sauber, wir hegen und pflegen und halten den Bestand im Rahmen. Wenn es ein paar schwarze Schafe gibt, kann man das nicht uns anlasten. Genauso wenig wie die Morde. Aber es ist gut, dass nun jemand auch mal die Jagdpächter darüber informiert. Wir werden also noch besser aufpassen.« Beide Männer nickten sich erneut zu und gaben sich souverän.

Dirk schob seinen Teller von sich und entschied, den Herren mal die Daumenschrauben anzulegen. So harmlos und altbacken die auch wirkten, stur wie alte Westfalen waren sie eben auch.

»Ich höre jetzt schon von verschiedenen Stellen, dass Sie keine großen Jagden mehr veranstalten. Wie bekommen Sie denn dann alleine die ganze Arbeit hin? Es gilt ja nicht nur, die Wildschweinpopulation kleinzuhalten.«

»Aha, haben die Sturköppe vom Hegering sich wieder beschwert? Wir finden, dass sich der Bestand von Hasen und Rehwild durchaus mal etwas erholen darf. Und der Lutz Fröhlich hilft uns, wann immer wir ihn brauchen. Mehr sage ich dazu nicht. Alles üble Nachrede und Neid.« Hubert Lensing verschränkte seine dünnen Arme vor der Brust.

»Sie streiten also ab, dass Sie zum Beispiel Privatpersonen dafür bezahlen lassen, dass sie mal ein bisschen in einem schönen Gebiet wildern dürfen?«

Horst Grabitz verschluckte sich beinahe an seinem Kaffee. »Wollen Sie uns jetzt eine Straftat unterstellen, Sie Greenhorn? Wir haben mit den Morden nichts zu tun.«

»Im Gegenteil«, setzte sein Freund Hubert hinzu. »Meine Frau hat doch sogar noch mitgeholfen bei der Spurensuche. Was können wir denn dafür, dass hier und dort mal jemand illegal in unserem Revier unterwegs ist? Sie konnten doch die Morde auch nicht verhindern.«

In diesem Moment kam seine Frau Maria ebenfalls ein wenig aufgebracht herein. »Sag mal Hubert, wo ist denn die große Salami hin, die ich noch im Keller aufgehängt hatte? Ich wollte dem jungen Burschen mal etwas Ordentliches zu essen machen.« Sie stemmte die Arme in die Hüften und blickte ihren Mann vorwurfsvoll an.

Der sah nun wirklich nicht so aus, als würde er heimlich Wurstwaren in sich hineinstopfen, anders als sein Freund Horst. Ihr Mann stand auf. »Der Herr Kemper braucht nichts weiter zu essen, denn der wollte gerade gehen.« Und zu Dirk gewandt setzte er hinzu: »Kümmern Sie sich mal lieber um die Halunken, die mit ihren Waffen auf Menschen zielen. Es gab doch gerade heute Vormittag noch einen Vorfall. Hab's im Radio gehört. Und was ist mit dieser entführten Frau? Kann die Ihnen nicht weiterhelfen?« Der Blick des alten Jägers wurde lauernd.

Dirk schüttelte nur den Kopf. »Das sind laufende Ermittlungen, darüber kann ich Ihnen keine Auskunft geben. Dürfte ich Sie bitten, mir Ihre Jagdmesser auszuhändigen?« Er wusste, dass das eigentlich keinen Sinn hatte. Denn wenn einer der beiden Herren der Mörder war, dann würden sie ihm sicher nicht die Tatwaffe aushändigen. Er ging davon aus, dass jeder Jäger mehrere Messer besaß. Aber er wollte den beiden Jägern mal etwas Druck machen. Denn der Verdacht der unterstützten Wilderei war für ihn nicht vom Tisch. Für die Mörder von Susie Bär oder Klaus Bremer hielt er sie nicht, aber eventuell kannten sie den Täter und deckten ihn.

Ohne ein weiteres Wort stand Hubert Lensing auf und kehrte wenig später mit zwei Jagdmesser zurück. Die knallte er auf den Tisch. »Da, können Sie mitnehmen, brauche ich aber in zwei Tagen zurück.«

Seine Ehefrau stand noch immer recht verdutzt im Türrahmen, obgleich ihr Mann sich zwei Mal an ihr vorbeigedrängelt hatte. »Was wird das hier eigentlich? Das ist doch Blödsinn, die beiden zu verdächtigen. Die bringen sich eher aus Versehen selbst um als jemand anderen. Schon gar nicht eine Frau. So was tut mein Hubert nicht. Der ist eine liebe Seele, und wahrscheinlich hast du unsere letzte Salami wieder verschenkt, stimmt's, Hubert?« Nun bewegte sie sich doch noch und legte ihrem Mann eine Hand auf die Schulter.

Dirk blickte nun Horst Grabitz erwartungsvoll an und steckte die Messer ein. Es waren schöne, schwere Messer mit einem Hirschhorngriff und einer großen, geschwungenen Klinge. Dirk hatte keine Ahnung, ob die Morde mit einer solchen Klinge ausgeführt worden waren. Er würde die Dinger morgen bei der Rechtsmedizin abgeben.

Horst Grabitz erhob sich schwerfällig. »Wenn Sie mich schnell im Auto mitnehmen, können Sie meine Messer auch haben.« Er machte ein spitzes Gesicht, was angesichts der fülligen Backen recht niedlich aussah, fand Dirk. Eigentlich mochte er die beiden kauzigen Freunde.

Unterwegs nach Münster klingelte sein Handy. Kommissar Schmitt konnte den Bericht anscheinend nicht abwarten.

»Chef, ich bin erst vor zehn Minuten losgefahren. Ein wenig mehr Zeit müssen Sie mir schon geben.«

»Deshalb rufe ich nicht an. Wissen Sie, wo Heidi Klostermann steckt?«

»Wieso? Sollte ich auf sie aufpassen? Im Zweifelsfall im Krankenhaus bei ihrem liebenden Vater.« Seine Stimme war betont süffisant.

»Lassen Sie die Späße, Kemper. Was gab es bei den beiden Jägern?«

»Selbstgebackenen Apfelkuchen und vier Jagdmesser, die ich allesamt nun bei mir habe, um sie in der Rechtsmedizin zur Prüfung abzugeben. Ich denke jedoch, dass diese Messer nicht unsere Tatwaffen sind. Die alten Herren wollen im Übrigen nichts von Wilderei bemerkt haben und lassen ihr Wild lieber laufen, anstatt große Jagden zu veranstalten. Lutz Fröhlich würde ihnen bei vielen Dingen helfen und den Bestand kleinhalten, soweit das nötig sei. Ich kann mir lebhaft vorstellen, dass diese Sturköpfe beim Hegering anecken.«

Dirk hörte ein Brummen seitens des Chefs. »Klingt nach Ausflüchten. Jeder Jäger, den ich kenne, würde sich fürchterlich aufregen, wenn man ihm von Wilderei im Revier erzählt. Normalerweise lässt sich die Zunft nicht das Wild vor der Nase wegschießen.« Dirk kannte sich mit Jägern nicht so aus und fragte etwas provokant. »Wie viele Jäger kennen Sie denn außer den beiden?«

»Zwei. Ich besitze aber nun einen Dackel, das ist ein Jagdhund, mein lieber Kemper. Damit bin ich ja selbst beinahe ein Jäger.«

Sie wussten beide, dass Schmitt keineswegs auf der Suche nach Wild durch ein Revier streifen würde, bewaffnet oder nicht. Und er hörte seinen Chef nun auch leise lachen wegen des Scherzes.

Gleich darauf wurde der wieder ernst: »Ich mache mir in der Tat Sorgen um Heidi Klostermann. Sie ist nicht zu Hause angekommen und hat sich auch nicht mehr bei ihrer Nachbarin oder der Freundin gemeldet. Ihr Auto ist weg. Ich mache mir große Sorgen, dass sie nun auf eigene Faust nach ihrem Entführer sucht. Das Seniorenheim habe ich erreicht, aber man sagte mir, dass Frau Bär gerade sehr aufgewühlt sei, weil sie vom Tod ihrer Tochter erfahren habe. Sie haben mich leider nicht mit ihr sprechen lassen. Ich bin nun auf dem Weg nach Hildesheim.«

»Ach, du meine Güte«, entfuhr es Dirk. »Haben Sie mal auf die Uhr geschaut? Die lassen Sie doch abends gar nicht mehr rein. Sicher liegt die alte Lady mit einer gehörigen Portion Schlaftabletten im Bett.« Er trommelte auf das Lenkrad. Dirk hatte sich auf seinen Feierabend gefreut, aber konnte und sollte er seinen Chef nun allein die weite Strecke nach Hildesheim fahren lassen? Er gab sich einen Ruck. »Chef, wenn ich lieber mitkommen soll, dann sagen Sie das einfach. Ich muss noch nicht ins Bett.« Er hörte das Motorengeräusch am anderen Ende der Leitung. Anscheinend überlegte Schmitt noch.

Plötzlich war auch ein kleines Schnaufen zu hören und etwas, das wie ein kurzes Winseln klang. »Ich habe John bei mir«, sagte sein Chef, als wäre es selbstverständlich, dass er als bekannter Tierphobiker mit einem Dackel im Auto herumfuhr. »Ich glaube, mir ist es lieber, wenn Sie in der Nähe unserer ganzen Verdächtigen und Verletzten bleiben. Sie können jetzt nach Hause fahren, aber bleiben Sie bitte erreichbar. Ich habe noch etwa zwei Stunden Autofahrt vor mir und melde mich dann.« Seine Stimme wurde sanfter, und es schwang eine gewisse Traurigkeit mit, als sein Chef weitersprach. »Clara Teichner hat ihren John offenbar viel im Auto mitgenommen. Der kleine Kerl benimmt sich hervorragend und scheint es gewohnt zu sein, in seinem Körbchen durch die Gegend geschaukelt zu werden. Für ihren Tod fühle ich mich noch immer zumindest teilweise verantwortlich. Es schmerzt.« Dann legte er auf.

Dirk dachte anders darüber. Diese Autorin hatte ganz bewusst auf eigene Faust ermittelt und Wissen zurückgehalten. Dann war sie zur falschen Zeit am falschen Ort gewesen. Er hoffte, dass Heidi Klostermann diesen Fehler nicht wiederholte und nun nach ihrem Entführer suchte. Der Schuss auf ihren Vater hatte sich dagegen als relativ harmlos herausgestellt. Bei der Büchse, die Bernd Schubert am Revier abgeliefert hatte, handelte es sich tatsächlich um die Tatwaffe. Das hatten die Ballistiker dank des gefundenen Projektils schnell herausgefunden. Aber vielleicht suchte Heidi auch nach dem Mörder ihrer Schwester. Die Anschuldigungen von Schubert hielt Dirk für haltlos, denn sein Chef hatte doch selbst mit Klostermann im Ausland telefoniert. Außerdem würde Klostermann seiner Tochter nichts antun. Sie hatte während der Tage ihrer Entführung sicher ein Martyrium durchlebt. Niemals hätte ihr Vater das zugelassen. Klostermann war vielleicht kein Sympathieträger, aber er war ein liebender Vater, davon war Dirk überzeugt. Und er hoffte, dass Klostermann den Entführer seiner Tochter nicht vor ihnen finden würde.

Dirk suchte einen Parkplatz in der Nähe von Ellas Wohnung und blieb noch einen Moment sitzen. Unentschlossen spielte er mit seinem Handy in der Hand und rief dann einen Bekannten an, der in der IT-Branche tätig war. »Hi, Jan. Ich habe mal eine Frage zum Thema Rufumleitung.«

* * *

Müde strich sie sich eine Haarsträhne aus dem Gesicht hinter das Ohr. Ihre Schicht hatte gerade erst begonnen, dabei war sie von der letzten Nacht noch so erschöpft, dass sie sich am liebsten krankgemeldet hätte. Einige der Bewohner schafften sie mit ihren Sorgen und Nöten. Gerne verteilte sie daher fleißig Schlaftabletten.

Bei der Übergabe erfuhr sie, dass eine Bewohnerin noch Besuch von ihrer Tochter erhalten würde. »Sei nett zu Frau Bär. Sie hat erst heute erfahren, dass ihre jüngste Tochter gestorben ist. Sie war wohl schwer krebskrank. Ich habe sie ein paar Mal hier getroffen.« So viel erfuhr sie von Monika, der Altenpflegerin, die vor ihr Dienst gehabt hatte.

Sie schrieb sich den Namen der Angehörigen auf und überlegte, ob sie ihr hier im Seniorenheim einfach ein Bett beziehen sollte. Simone dachte dabei vor allem an sich selbst. Wenn die Angehörige über Nacht blieb, müsste sie sich um eine Bewohnerin weniger kümmern. Frau Bär war eine herrische, aber kluge Frau, deren körperlicher Verfall ihr schwer zusetzte. Sie konnte über Wochen hinweg eine völlig komplikationsfreie Bewohnerin sein, doch wenn ihre starken Schmerzen zurückkamen oder sie ihren Blues bekam, scheuchte sie das

Personal nur so durch die Gänge. Und dann verfiel die alte Dame auch in ihren ursprünglichen Ostdialekt.

Simone griff nach einer Flasche Wasser und goss sich ein Glas ein. Es war halb acht Uhr am Abend, aus einigen Zimmern vernahm sie den laut gestellten Fernseher. Diese Bewohner konnte sie erst mal getrost sich selbst überlassen. Die würden sich erst melden, wenn sie Hilfe beim Toilettengang benötigten oder nicht schlafen konnten.

Simone beobachtete, wie ein Wagen vorfuhr und eine schlanke, hochgewachsene, blonde Frau ausstieg und zögernd auf den Eingang des Seniorenheims zuging. Sie wirkte sehr unsicher und nervös, griff sich ständig in die Haare und schien eigentlich lieber weglaufen zu wollen. War das die Besucherin für Frau Bär? Als sie näher kam, sah Simone, dass sie der jüngeren Tochter von der Bär ähnlich sah. Das musste diese Heidi Klostermann sein. Suchend blickte die Frau sich um, als sie das Gebäude betrat. Offenbar war sie noch nie hier gewesen, um ihre Mutter zu besuchen. Dabei war Frau Bär bereits seit einem Jahr hier im Lambertinum, der Seniorenwohnanlage.

Simone stand auf und ging der Besucherin entgegen. »Guten Abend. Kann ich Ihnen helfen?«

»Ja, mein Name ist Heidi Klostermann, und ich möchte bitte zu Marianne Bär.« Simone bemerkte, dass ihre Hände zitterten, als sie die Autoschlüssel in ihre Jackentasche zu stecken versuchte. Eine Handtasche trug die Frau nicht bei sich.

»Ich habe Ihnen ein Gästezimmer herrichten lassen. Wir haben Sie erwartet. Möchten Sie erst Ihre Sachen aus dem Auto holen?«

»Nein, jetzt nicht. Danke für das Zimmer. Ich möchte erst bitte zu Frau Bär. Sie ist meine Mutter, aber ich kenne sie überhaupt nicht.« Große, blaue Augen schauten Simone an. Sie nickte, verstand aber eigentlich gar nichts mehr. Heidi lehnte sich erschöpft an die Wand, als würden ihre Kräfte sie plötzlich verlassen. »Ich glaube, ich wurde damals zwangsadoptiert. Das war in der ehemaligen DDR. Man hat mir immer erzählt, dass meine Eltern bei einem Autounfall ums Leben gekommen wären.«

Jetzt machte Simone große Augen. Das hier sah nach einem äußerst emotionalen Besuch aus. Wäre es da nicht besser, den Kontakt auf den nächsten Morgen zu verschieben? Simone hatte keine Lust, heute Nacht irgendwelche Familiendramen zu erleben. Vorsichtig sagte sie: »Vielleicht wäre es besser, Sie ruhen sich erst aus und sprechen morgen mit Ihrer Mutter.« Wenn sie selbst nicht mehr im Dienst war, aber genug therapeutisches Personal da war, setzte sie in Gedanken hinzu.

Doch die blonde Frau, die sie um beinahe zwei Köpfe überragte, schüttelte den Kopf. »Meine Mutter erwartet mich heute noch. Zeigen Sie mir ihr Zimmer?«

»Ihre Mutter wohnt in einer kleinen Wohnung, hier entlang, bitte.« Simone ging voraus und blieb dann vor der Wohnung von Frau Bär stehen. Bevor sie klopfte, drehte sie sich zu der anderen Frau um. »Ich gehe erst alleine rein und bereite Ihre Mutter auf den Besuch vor, okay?«

Die blonde Frau nickte nur und rieb ihre Hände aneinander.

Simone klopfte und betrat die Zweizimmerwohnung. Frau Bär saß angezogen in ihrem Ohrensessel und hatte ein Foto zwischen den von Gicht verkrüppelten Fingern.

Sie war erst siebenundsechzig Jahre alt, aber schwer krank. Die lange unbehandelte Gicht hatte ihre Nieren schwer geschädigt. Simone wusste, dass Marianne Bär eine der jüngsten Bewohnerinnen hier war, doch die Frau erzählte nicht viel aus ihrem Leben. Einmal, als sie in der Nacht starke Schmerzen gehabt hatte, hatte sich Simone an ihr Bett gesetzt, und Marianne hatte so merkwürdige Andeutungen gemacht, dass sie Anfang der Achtzigerjahre aus der ehemaligen DDR geflohen sei. Von einer weiteren Tochter hatte sie jedoch nie erzählt. Marianne hatte ihre langen, graublonden Haare locker zu einem Knoten im Nacken gebunden und sogar dezent etwas Lippenstift aufgetragen. Am Mundwinkel war er verwischt. Mit den Fingern konnte Marianne nicht mehr viel ausrichten. Simone griff nach einem Taschentuch und wischte vorsichtig das überschüssige Rot weg.

»So siehst du gut aus. Ich habe Besuch für dich.« Vorsichtig nahm sie ihr das Foto aus den Händen, das eine Aufnahme der jüngeren Tochter zeigte. Sie legte es in die Schublade des Nachtschränkchens. »Marianne? Deine ältere Tochter ist hier, Heidi. Sie ist …« Sie suchte nach den passenden Worten. Jetzt, da sie wusste, dass die beiden sich gar nicht kannten, war sie verunsichert. »Sie ist sehr nervös und unsicher. Mach es ihr leicht.«

Endlich blickte Marianne Bär sie aus graublauen Augen an. Ihre Stimme war ohne Regung, aber es standen ein paar Tränen in den Augen. »Damals war ich zu jung, um sie genug zu lieben, und heute sind wir beide zu alt, als dass wir uns noch genügend lieben lernen könnten. Was für ein Dilemma. Schick sie herein.«

22. KAPITEL

Siebzig Kilometer vor Hildesheim gab John eindeutige Laute von sich und kratzte mit seinen kleinen Pfoten an die Autotür. Schmitt fuhr auf einen dunklen Rastplatz und öffnete John die Tür. Wie ein Blitz schoss der kleine Kerl auf den Rasenstreifen und hob sein Beinchen. Ein dankbarer Hundeblick traf ihn, bevor John schnell im Dunkeln verschwand und noch etwas die Gegend erkundete. Vielleicht hätte er dem Dackel doch besser eine Leine umgelegt, dachte Schmitt leicht beunruhigt. Doch auf den wenigen Spaziergängen, die er bislang mit dem Hund getätigt hatte, war ihm die außergewöhnlich gute Erziehung des Hundes aufgefallen, so wie die seltsame Vertrautheit, die John zu seinem neuen Besitzer pflegte.

Die ersten beiden Nächte hatte sich der Dackel regelrecht in den Schlaf geweint, bis Schmitt ihm ein Tuch von Clara Teichner in das Körbchen gelegt hatte. Ab da schien das kluge Tier zu wissen, dass nun er sich um ihn kümmern würde.

Schmitt ließ dem Tier noch ein paar Minuten und rief dann seine Namen. Wie der Blitz kam John auf kurzen Beinen und mit wehenden Ohren angelaufen und setzte sich auf seinen rechten Schuh. Tief gerührt von so viel Ergebenheit streichelte Schmitt seinen neuen Hund und machte die Beifahrertür wieder auf. John sprang behänd hinein und kuschelte sich in sein Körbchen, den Blick auf Schmitt gerichtet. Keine Minute zu früh, denn kaum hatte er den Motor gestartet und den Audi auf der Autobahn beschleunigt, klingelte Dirk Kemper an. Besorgt meldete er sich. »Ja, Kemper, was gibt es? Sie sollten doch Feierabend machen.«

»Chef, wir haben einen gedanklichen Fehler gemacht. Sie haben mit Alfred Klostermann auf seiner Festnetznummer in Bahia Bianca telefoniert, richtig?«

»Das wissen Sie doch.« Schmitt knurrte ungeduldig.

»Und das ist sozusagen sein Alibi gewesen?«

»Auch. Seine Frau hat versichert, dass er erst vor zwei Tagen nach Deutschland geflogen sei, und sein Ticket hat das ebenfalls bewiesen.«

»Ja, okay, aber das Telefongespräch ist definitiv kein Alibi, denn eine Festnetznummer lässt sich auch in Argentinien umleiten. Ein Flugticket kann unbenutzt bleiben, und wer tatsächlich wann aus Bahia Bianca kam, haben wir nie überprüft.« Sein Kollege holte hörbar Luft. »Chef, der Typ war ein hohes Tier bei der Stasi. Der weiß, wie man falsche Fährten legt. Aber als liebender Vater hätte er nicht seine Tochter entführt, da bin ich mir ziemlich sicher.«

Schmitt nickte nachdenklich, auch wenn Kemper das gar nicht sehen konnte. Dann gab er zu bedenken: »All Ihre Argumente treffen auch auf Schubert zu, nur dass der Mann weder für die Morde noch für die Entführung ein Alibi hat. Er hat sich aktuell für die Rolle des verliebten Agenten entschieden, der die Seiten gewechselt hat. Und ich muss zugeben: Als er geständig das Gewehr abgegeben hat, spielte er seine Rolle großartig. Viel interessanter wäre allerdings seine Messersammlung.«

»Ah, wo Sie die erwähnen: Mit den Jagdmessern unserer Senioren waren die Gerichtsmediziner mit einem schnellen Blick fertig. Die kommen für die Morde nicht infrage. Ich bin extra dabeigeblieben und habe auf eine sofortige Untersuchung gedrängt.«

»Bravo, Kemper. Aber wir werden freiwillig wohl lediglich die Jagdmesser erhalten, mit denen nur Wild aufgebrochen wurde. Vollständig können wir auch die dritte Idee nicht von der Hand weisen. Vielleicht waren es ja tatsächlich Wilderer, die außerdem noch andere Dinge auf dem Kerbholz hatten und nicht erwischt werden durften.« Schmitt hatte auch schon Fälle erlebt, bei denen jemand für einen Fünfzigeuroschein getötet hatte. Wenn der Adrenalinpegel hoch und die Moral niedrig war, kam es schnell zu Kurzschlussreaktionen.

»Irgendeine Spur von Heidi Klostermann?«, fragte er. Schmitt machte sich ernsthaft Sorgen um die Frau, wobei er keine konkrete Gefahr erkennen konnte, es war eher so ein Bauchgefühl. Das sich verstärkte, wenn man an einem kalten Novembertag auf nachtdunklen Straßen unterwegs war und ein weiterer Anruf sich in der Leitung bemerkbar machte.

»Kemper, danke für den Bericht, ich muss Schluss machen.« Er drückte auf *Exit*, um das Gespräch zu beenden, und dann wieder auf *Ok*. »Schmitt hier, was gibt es?«

»Hier ist Fred, Fred Hauptmann. Also, das Krankenhaus hat sich soeben gemeldet. Der Klostermann ist nicht mehr da.«

Beinahe hätte Schmitt mitten auf der Autobahn eine Vollbremsung hingelegt. Was soll das heißen? Haben die den Mann etwa entlassen?«

»Nein. Er sollte erst morgen entlassen werden. Die Schussverletzung ist ja auch eher harmlos, aber in seinem Alter steckt man solche Attacken nicht mehr so weg wie James Bond. Nein, er hat sich selbst entlassen, beziehungsweise er hat gar nicht erst Bescheid gesagt. Dem Personal hatte er gesagt, dass er nicht mehr gestört werden wollte, auch nicht zum Abendessen. Die Nachtschwester hat dann Alarm geschlagen, aber schlussendlich war er ja kein Gefangener.«

Mist, dachte Schmitt und wechselte wieder auf die Überholspur.

»Er könnte aber auch entführt worden sein, oder? Rein theoretisch?« Schmitt dachte dabei an den stabilen Mann mit den buschigen Augenbrauen, der auch mit Anfang siebzig noch immer eine herrische Ausstrahlung besaß. Klostermann war sicher kein leichtes Opfer.

Fred Hauptmann meldete sich erneut. »Das glaube ich nicht, Chef. Welcher Entführer denkt denn daran, dem Personal zwanzig Euro als Dankeschön zu hinterlassen?«

* * *

Sybille saß auf ihrer Couch vor dem Fernseher und zappte sich durch einige Filme. Nichts interessierte sie. Das konnte am schlechten Abendprogramm liegen, doch sie ahnte, dass sie mit ihren Gedanken immer wieder bei Heidi war. Sybilles Mann war beim Volleyballtraining. Er hatte sie vorher liebevoll gefragt, ob er bei ihr bleiben solle nach all den Ereignissen des Tages, aber sie hatte gedacht, das Alleinsein tue gut. Jetzt merkte sie, wie sie ständig auf die Uhr schaute und es kaum erwarten konnte, dass er zurückkam. Als ein Auto vorm Haus hielt, sprang sie erleichtert auf. Dann jedoch klang schrill die Türklingel durch das dunkle Haus. Peter, ihr Mann, hatte natürlich einen Schlüssel.

Zögernd stand sie nun im Flur. Dann schlich sie in die Küche und blickte vorsichtig durch das Fenster nach draußen. Ein Jaguar stand am Straßenrand. Hatte Heidi nicht etwas von einem Typen mit Jaguar erzählt, den sie öfter beim Sport traf? Was wollte der um diese Zeit bei ihr? Sie duckte sich schnell weg, als sein Blick sie traf. Er sah sehr vornehm aus, fand sie. Und ernst. Entschlossen ging sie zur Haustür und fragte. »Wer sind Sie, und was wollen Sie hier?«

»Mein Name ist Bernd Schubert, und ich suche nach Heidi. Zu Hause habe ich sie nicht angetroffen.«

»Bei mir ist sie auch nicht. Wahrscheinlich ist sie noch bei ihrem Vater im Krankenhaus. Woher haben Sie überhaupt meine Adresse?«

»Leider bin ich sehr gut darin, Personen ausfindig zu machen.« Seine Stimme klang zynisch.

Sybille kam sich ein wenig albern vor, ängstlich hinter der verschlossenen Tür mit dem Mann zu reden. Sollte sie nicht einfach die Tür aufmachen? Sie hörte das Bellen des Nachbarhundes und drückte die Türklinke der Haustür herunter. Wenn Zorro draußen bellte, war sein

Herrchen nicht weit. Vor ihr stand ein schlanker Mann mit einem asketischen Gesicht, das tiefe Sorge ausstrahlte. Bei seinem Anblick wusste sie instinktiv, dass Bernd Schubert sich echte Sorgen um ihre Freundin machte.

»Kommen Sie herein.« Sie trat einen Schritt zurück, und er ging mit einem dankbaren Nicken an ihr vorbei.

Sie zeigte ihm den Weg ins Wohnzimmer und folgte immer noch etwas zögerlich. Bernd Schubert stellte sich an die Terrassentür und blickte in den kleinen Garten. Wollte er ihr die Flucht nach draußen versperren, dachte sie nur kurz, denn dann setzte er sich an den runden Esstisch und stützte seine Arme auf die Knie.

»Ich war bei Heidi zu Hause, aber sie ist nicht da, und auf ihrem Handy erreiche ich sie nicht. Hat sie ein neues?« Sein Blick war drängend.

Sybille blieb mit übereinander verschränkten Armen an einen Sessel gelehnt stehen. »Jetzt sagen Sie mir doch erst einmal, wer Sie sind und was Sie von Heidi wollen.«

»Ich will sie beschützen oder vielmehr unterstützen. Von Ihrem Vater geht Gefahr aus, auch wenn ich mir eigentlich sicher bin, dass er Heidi nichts antun wird. Aber da läuft ja auch noch ihr Entführer draußen herum. Ich kannte Heidis Schwester Susie Bär recht gut, müssen Sie wissen. Und meine Aufgabe war es, Heidi ausfindig zu machen beziehungsweise Kontakt zu ihr aufzunehmen.«

Sybille bekam große Augen. Der Typ gab gerade zu, dass er Heidi nicht etwa zufällig im Fitnesscenter getroffen, sondern ihr systematisch aufgelauert hatte. »Warum? Sind Sie ein Privatdetektiv oder so etwas?«

Traurig lächelnd schüttelte er den Kopf mit den akkurat geschnittenen, schwarz-grauen Haaren. »Was ich bin oder vielmehr war, lässt sich nicht kurz erläutern. Aber Sie müssen mir glauben, dass ich Heidi ehrlich mag und sie nicht länger hintergehen möchte. Ihre jüngere Schwester Susie hatte Leukämie und brauchte dringend eine Knochenmarkspende.«

Sybille ahnte sofort, was das bedeutete. Heidi hatte der Schwester das Leben retten sollen. Diese Susie hatte sich nicht gemeldet, weil sie plötzlich Gefühle für eine fremde Blutsverwandte entwickelt hatte. Ihre Freundin war nur der letzte Rettungsanker gewesen. Das würde eine ziemliche Enttäuschung für Heidi werden, aber vielleicht half es ihr auch über den Tod von Susie hinweg. Bernd Schubert musste gesehen haben, welche Gedanken sich in ihrem Gesicht widerspiegelten.

»Heidis Mutter hatte nie vor, Kontakt zu der verlorenen Tochter aufzunehmen. Sie tat es nur, um die andere zu retten, und nannte uns den Namen. Sonst hätten wir Heidi gar nicht gefunden.« Er rieb seine Hände. »Ich weiß nicht, was damals vorgefallen ist, aber Alfred Klostermann wird es wissen, und er will sicher nicht, dass es Heidi erfährt.«

Sybille musste sich nun doch setzen. »Und was wollen Sie jetzt machen?«

Er stand auf und steckte die Hände in die Manteltasche. »Ich will Heidi begleiten, denn sie wird sicher Kontakt zu ihrer Mutter aufnehmen. Und da wird sie keine warmherzige Frau erwarten, die ihr liebevoll erklärt, warum sie getrennt von ihr aufwachsen musste. Bitte, geben Sie mir Heidis Handynummer.«

Sybille starrte auf seine gewienerten Schuhspitzen und dann auf ihre alten, rosafarbenen Hausschuhe. »Aber Heidi ist doch im Osten groß geworden. Ich dachte, sie wäre zwangsadoptiert worden. Also, dass man sie ihren Eltern einfach weggenommen hat, weil die nicht in der Partei waren oder regimefeindlich waren.«

»Ich fürchte, dass es damals ganz anders war, aber ich weiß auch nicht mehr.«

Zögerlich schrieb sie ihm die Nummer von einem alten Ersatzgerät auf. Heidis anderes Handy war seit der Entführung verschwunden.

* * *

Heidi glaubte für einen Moment, ihre Beine würden versagen. Vor ihren Füßen schimmerte der graue, blanke Linoleumboden, der im Zimmer durch einen teuer aussehenden Perserteppich größtenteils überdeckt wurde. Doch so weit war sie noch nicht. Die Fransen des Teppichs begannen erst, wenn sie zwei Schritte weiter ging. Langsam setzte sie einen Fuß vor den anderen und nahm den Geruch von Parfum und Putzmittel wahr. Durch einen Spiegel an der Wand konnte sie den Sessel sehen, in dem eine ältere Frau saß. Nun also würde sie ihre Mutter nach vierzig Jahren treffen.

Die Nachtschwester nickte ihr aufmunternd zu und schob sich an ihr vorbei, um das Zimmer zu verlassen.

»Bleiben Sie doch«, sagte Heidi spontan, aber so leise, dass es sich nur wie ein Murmeln anhörte. Die Tür schloss sich. Heidi betrachtete neugierig das Apparatement, in dem sie auch eine kleine Küchenzeile entdeckte sowie einen Balkon, auf dem sich jetzt im November eine Lichterkette befand. Sie zauberte ein angenehmes Licht in den Raum.

»Guten Abend. Ich bin Heidi.« Nun hatte sie es doch bis vor den Sessel geschafft. Ihr Blick fiel als Erstes auf die Hände der Frau, die so verbogen waren wie ein getrockneter Nussbaumzweig. Dann blickte sie ihrer Mutter ins Gesicht. Sie hatte noch immer Ähnlichkeit mit der lächelnden, blonden Frau auf dem Foto, das sie von Susie bekommen hatte. Die Haare waren graublond, die blauen Augen sahen sie mit einer unangenehmen Kühle an, doch der Lippenstift milderte diesen Eindruck. Tiefe Falten in den Mundwinkeln ließen eine Menge Kummer erahnen. Heidi sah, wie ihre Mutter die gebogenen Finger um die Lehne des Sessels krallte und tief einatmete.

Dann sagte sie mit der tiefdunklen Stimme, die sie bereits am Telefon wahrgenommen hatte: »Hallo Heidi. Ich bin Marianne, du wirst dich nicht mehr an mich erinnern. Lass dich anschauen, Kind. Komm näher.«

Heidi trat noch einen Schritt vor, und ihre Mutter griff nach ihrer Hand. Heidi hatte sie nicht ausgestreckt, es kam ihr komisch vor, ihrer eigenen Mutter die Hand hinzuhalten. Nein, Marianne ergriff sie, als sie haltlos an ihrer Seite herunterhing.

»Das Schicksal ist merkwürdig. Erst nimmt es mir eine Tochter und schenkt mir eine andere, und dann geschieht es Jahrzehnte später genau andersherum. Die eine wird mir genommen, die andere kehrt zurück. Setz dich, aber so, dass ich dich gut sehen kann.« Sie lächelte wehmütig.

»Es tut mir so leid, ich hätte es gerne verhindert«, sagte Heidi und fügte hinzu: »Kannst du mir sagen, ob Susie Feinde gehabt hat, die ihr vielleicht gefolgt sind?« Heidi zog sich einen Stuhl heran und setzte sich.

Ihre Mutter blickte sie nun völlig überrascht an. »Wieso sollte Susie denn Feinde gehabt haben? Was hat denn die Frage mit ihrer Krankheit zu tun?«

Jetzt war es an Heidi, die Augen aufzureißen. »Was für eine Krankheit? Susie ist doch ermordet worden.« Kaum war der letzte Satz gesprochen, ahnte sie, dass das gerade nicht ihre klügste Kommunikation war.

Marianne schloss die Augen und schüttelte sanft den Kopf. »Was sagst du denn da? Susie ist an ihrer Leukämie gestorben. Die Reise zu dir, das Zusammentreffen, das war alles zu viel für sie.« Mariannes Brustkorb hob und senkte sich, und Heidi überlegte, ob sie besser nach der Schwester klingeln sollte. Doch ihre Mutter öffnete die Augen wieder und kramte in einem Schränkchen, das gut erreichbar neben dem Sessel stand. Sie holte eine Tablette aus der obersten Schublade und spülte sie mit einem Schluck Wasser hinunter. Dann nahm ihr Gesicht einen gefassten, aber erschreckend emotionslosen Ausdruck an. »Besser, du erzählst mir nun alles von Anfang an.«

Und dann erzählte Heidi einfach drauflos, sie merkte beim Reden, dass vieles durcheinandergeriet, denn natürlich berichtete sie auch von ihrer Entführung und von den Erinnerungen, die sie an ihre Kindheit hatte. Als sie das Versteckspiel erwähnte, bei dem sie im Garderobenschrank auf die versprochene Eiskrem gewartet hatte, wurde ihre Mutter plötzlich blass und hob die Hand.

»Stopp. Hör sofort auf.«

Heidi wusste nicht, was sie falsch gemacht hatte. War diese Erinnerung nur ein Konstrukt und kindliche Erfindung gewesen?

Ihre Mutter rang sichtlich um Fassung. Sie trank das Glas Wasser leer und fragte beinahe tonlos: »Wieso kannst du dich daran erinnern? Du warst doch noch so klein.« Sie zuckte mit den Schultern. »Ich kann das nicht. Diese alten Geschichten. Das müssen wir ruhen lassen.«

»Kannst du mir bitte erzählen, was damals passiert ist?« Heidi bekam eine leise Ahnung, dass sie gar nicht das Opfer einer Zwangsadoption geworden war. Und als Biologin war ihr klar, warum Susie sich mit ihrer schweren Leukämieerkrankung auf die Suche nach einer leiblichen Schwester gemacht hatte. Sie ahnte auch, dass man sie gar nicht in die Familie hatte zurückführen wollen, sondern sie der letzte Ausweg für Susie gewesen wäre. Sie schluckte. Im Gesicht ihrer leiblichen Mutter fand sie nur Trauer, Schmerz und Überraschung, keine Spur von Freude.

»Nein. Nicht heute. Du solltest jetzt gehen.« Auf dem Flur waren Schritte zu hören, dann wurde die Tür ganz leise einen Spaltbreit geöffnet. »Versteck dich, schnell«, zischte ihre Mutter und zeigte auf einen Schrank.

Heidi hatte keine Zeit, sich zu fragen, ob sie ihrer Mutter mehr vertraute als der Person, die nun vor der Zimmertür stand. Vielleicht war ihre Mutter bereits dem Wahnsinn verfallen, aber Heidi hörte zumindest ein schweres Atmen vor der Tür. Das war definitiv nicht die Nachtschwester, die da stand. Wäre ihre Schwester nicht ermordet worden, hätte sie ihrer Mutter sicher einen Vogel gezeigt. So aber zog Heidi leise die Schranktür zu und hatte wenig später Mariannes Kleider vor dem Gesicht. Sie hoffte, dass sie nicht niesen musste. Ein hysterischer Lachanfall wurde jedoch wahrscheinlicher, denn sie dachte daran, dass sie beim letzten Zusammentreffen mit ihrer Mutter ebenfalls in einem Schrank gesessen hatte. Und danach hatte sie sie nie wieder gesehen.

* * *

Als Dirk es sich gerade mit Ella auf dem Sofa gemütlich gemacht hatte, klingelte sein Handy.

Ella verdrehte die Augen. »Bereitschaft oder Feierabend? Was denn nun? Das ist doch wieder so ein Ding zwischen dir und dem merkwürdigen Kommissar.«

Dirk strich ihr sanft über den Rücken und meldete sich. »Hey Chef, was gibt es? Sind Sie schon da?«

Er hörte, wie sein Chef einen Blinker setzte. »Verdammt, Kemper. Hier ist auf einmal überall Qualm.«

Dirk setzte sich aufrecht in den Sessel. »Wie bitte? Steht das Seniorenheim in Flammen?«

»Blödsinn. Ich bin ja noch gar nicht da. Ich fürchte, mein Motor macht plötzlich Probleme. Kennen Sie sich mit so etwas aus?«

»Wo sind Sie denn, Chef? Soll ich den ADAC zu Ihnen schicken?«

»Ich bin gerade von der A7 abgefahren, und natürlich passiert das wieder mitten auf dem Land. Neben mir ist ein großes Waldgebiet. Ich möchte hier eigentlich nicht liegen bleiben, Kemper. Sie wissen, dass das nicht mein Ding ist, nachts in der Wildnis zu sein.«

Kemper hörte Sorge in der Stimme seines Chefs. Und er hörte auch das Stottern des Motors. Das klang gar nicht gut. Nun konnte Dirk auch das leise verwunderte Fiepen von John hören. Kurze Zeit später stand der Audi anscheinend. »Chef, alles okay?«

»Kemper. Ich weiß, das gehört hier jetzt nicht hin, aber vor Kurzem haben wütende Wildschweine in Hildesheim den Friedhof heimgesucht. Sie haben die Gräber geschändet wie Untote in einem schlechten Horrorfilm. Ich werde also auf gar keinen Fall aussteigen. Ich warte jetzt hier und hoffe, dass der Motor sich abkühlt.«

»Rufen Sie doch den ADAC an, Chef. Das hat doch keinen Sinn, mit dem Auto weiterzufahren. Sie werden mehr kaputt machen, als dass es nützt.«

»Ich habe ganz vergessen, Ihnen zu erzählen, dass unsere Leute den Bunker gefunden haben. Ich habe Fred Hauptmann hingeschickt und die Spusi, aber bislang gibt es keine Hinweise auf den oder die Täter. Haben Sie schon etwas von der Familie Klostermann gehört? Sind Vater und Tochter vielleicht gemeinsam unterwegs?«

Dirk reagierte etwas pikiert. Fred Hauptmann war also nun an der aktuellen Front, während er auf dem Sofa saß. »Da müssen Sie schon den Rotbärtigen fragen, hier in Ellas Wohnung laufen keine Ermittlungsergebnisse ein, es sei denn von gestrandeten Kommissaren.« Dirk hielt die Hand vor sein Mikrofon und wandte sich zu Ella. »Er ist an einem Waldstück mit dem Auto liegen geblieben und wartet nun auf eine angreifende Wildschweinrotte.«

Ella lachte hinter vorgehaltener Hand.

Aus seinem Handy erklang wieder Schmitts Stimme. Nun beinahe panisch. »Da vorne steht ein Wolf.«

Dirk hörte Autolärm im Hintergrund. »Quatsch, Sie sehen Gespenster.«

»Nein, da steht ein Wolf und starrt herüber. Ich muss hier weg.« Dirk hörte, wie Schmitt den Motor neu startete, der tatsächlich stotternd ansprang. Das Telefonat war beendet. Vorläufig.

Er glaubte nicht daran, dass sein Chef weit kam. Missmutig drehte er sein Mobilteil in der Hand und wählte dann die Nummer der Polizeiwache. »Kemper hier, ist Fred zu sprechen? Dann gib mir mal seine Durchwahl.« Er speicherte die Nummer ein und wählte erneut. Die Mobilbox teilte ihm mit, dass der Teilnehmer nicht erreichbar sei. Nicht auszudenken, wenn dieser Fred nun die Entführung aufklärte. »Ella, Schmitt glaubt, einen Wolf in Hildesheim gesehen zu haben.« Lächelnd schüttelte er den Kopf und legte die Füße wieder hoch.

»Gut möglich, in Hildesheim wird immer wieder mal ein Wolf gesehen.«

Auf dem Sofa fühlte er sich plötzlich gar nicht mehr wohl. Kurz entschlossen gab er seiner Ella einen Kuss und stand auf. »Ella, ich fahr noch mal los. Zur Polizeistation. Ich habe Hummeln im Hintern und so eine Ahnung, dass heute noch einiges passiert.«

23. KAPITEL

Heidi hörte schwere Schritte, sie schätzte, dass es ein Mann war, der die Wohnung betrat.

»Wer sind Sie?« Die Stimme ihrer Mutter klang kalt wie ein Gebirgsbach. Angst hörte Heidi nicht. Wenig später musste sie sich ihre Hände vor den Mund pressen.

»Hallo Marianne. Erkennst du mich wirklich nicht, meine Liebe?«

Da sprach eindeutig ihr Vater. Aber das konnte nicht sein, denn der lag doch mit einer Schusswunde im Krankenhaus. Sie versuchte, durch den Spalt im Schrank etwas zu erkennen, aber es war unmöglich.

»Nein, das kann nicht sein. Du bist es nicht.«

»Doch. Und du erklärst mir jetzt, wer meine Tochter entführt hat und vor allem warum?«

»Sag du mir, warum du meine andere Tochter umgebracht hast? Ich habe nichts getan. Weshalb sollte ich Heidi etwas antun? Sie wäre die einzige Rettung für mein Kind gewesen.«

Heidi schloss die Augen, die Worte verletzten sie. Sie hörte das Knarren eines Stuhls. Offenbar hatte Alfred sich hingesetzt.

»Ach Marianne. Ich hatte dich damals gewarnt. Leb dein Leben und melde dich nie wieder. Hörst du? Nie wieder. Nicht nach zehn Jahren und auch nicht nach vierzig Jahren. So lautete der Deal.«

»Meine Tochter wurde krank.« Leise, bittend klang das nun. Heidi war in einer merkwürdigen Position. Ihre Mutter, quasi eine fremde Frau, wusste, dass sie im Schrank alles mithören konnte. Ihr Adoptivvater, bei dem sie aufgewachsen war und den sie durchaus liebte, wusste es nicht. Sie war nahe dran, aus dem Schrank zu treten, aber dann würde Alfred mit Sicherheit zu verhindern wissen, dass sie das Ende oder besser gesagt den Anfang der Geschichte hörte und endlich den Grund erfuhr, warum Alfred sie adoptiert hatte. Während ihre Mutter anscheinend nur Gefühle für die zweite Tochter entwickelt hatte. Da war von einem Deal die Rede. Also blieb sie still und steif stehen.

Alfred lachte bitter. »Das passiert anderen Müttern auch. Menschen sterben nun einmal, alte wie junge.«

»Ich werde Heidi erzählen, was damals geschehen ist. Ich habe nichts mehr zu verlieren.«

Heidi hörte ein Geräusch. Das Schieben von Stuhlbeinen. War Alfred wieder aufgestanden?

Dann ertönte erneut die Stimme von Marianne. »Das wagst du nicht, Alfred. Nicht hier und nicht jetzt!«

Ihr Vater antwortete: »Ich liebe Heidi wie mein eigenes Kind, und ich werde nicht zulassen, dass du das kaputt machst. Verdammt, du alte Hexe, was hast du vor?«

Heidi lief der Schweiß den Rücken hinunter. Sie hatte keine Ahnung, was die beiden da trieben, aber als sie das leise Lachen ihrer Mutter hörte, graute es ihr. Es klang ohne jede Freude.

»Weißt du, wer dort im Schrank steckt, Alfred? Komm raus, Heidi. Dein Vater wird dir eine Geschichte erzählen.« Vorsichtig drückte Heidi die Schranktür auf und erstarrte. Alfred stand mitten im Zimmer und drehte sich nun zu ihr um. Die Augen weit aufgerissen, die Haare zerzaust und sichtlich erschrocken über ihre Anwesenheit schwankte er sogar ein wenig. In der einen Hand hielt er einen Gegenstand, den sie nicht sofort erkennen konnte. Den Gegenstand, den ihre Mutter mit verbogenen Fingern in beiden Händen festhielt, erkannte sie sofort. Es war eine Pistole mit Schalldämpfer. Und so verkrüppelt die Finger auch waren, so entschlossen und kalt blickte Marianne auf Alfred.

Der fasste sich schnell wieder und lächelte ihr zu. »Es tut mir leid, Heidi, aber diese Frau ist ein Monster. Ich kann das nicht zulassen, dass sie dir Lügen über mich erzählt.« Mit diesen Worten schnellte sein Arm nach vorn. In der Hand befand sich eine Spritze. Ein leises Plopp war zu hören, als Marianne schoss.

* * *

Dieser verdammte Wagen musste es nur bis aus dem Waldstück herausschaffen. Mit zusammengekniffenen Lippen drückte er das Gaspedal durch und schaffte es, auf sechzig Kilometer pro Stunde zu beschleunigen. Doch das Erfolgserlebnis dauerte nicht lange an. Nach einem Kilometer blieb der Audi endgültig liegen. Immerhin rollte er noch bis zu einem Bauernhof und blieb vor einer Scheune stehen. Schmitt wischte sich den Schweiß von der Stirn und war begeistert, als ein wahres Flutlicht ansprang, kaum, dass er aus dem Auto ausgestiegen war. John folgte ihm und klebte so dicht an seinem Hosenbein, dass er aufpassen musste, den kleinen Kerl nicht zu treten.

Die alte Haustür des Wohnhauses öffnete sich, und ein gedrungener Mann mittleren Alters steckte seinen Kopf aus der Tür. »Kann ich helfen? Ihr Auto macht Geräusche, die sogar eine Schießerei im Fernsehen übertönen.«

»Kommissar Schmitt, guten Abend. Ich muss dringend zu einem Einsatz ins Seniorenheim Lambertinum. Kann mich jemand fahren?« Er zückte seinen Ausweis und spürte sein Herz bis in den Kehlkopf. Auf solchen Höfen gab es immer einen großen Hund. Die Frage war nur, von wo er kommen würde.

Der Bauer kratzte sich am Kopf und schielte zögerlich in die Wohnstube zurück. »Klar, mach ich. Meine Mutter wohnt dort auch, schau ich halt noch mal nach ihr. Ich hole eben meine Jacke und ziehe mir Schuhe an.« Er wollte gerade wieder hinter der Tür verschwinden, als Schmitt schnell fragte: »Haben Sie keinen Hund?«

»Nein, zurzeit nicht. Mein Herkules ist im Alter komisch geworden und hat die Lieferanten gebissen. Da musste ich ihn einschläfern lassen.« Erleichtert bückte Schmitt sich zu John und streichelte den kleinen Racker. »Da haben wir endlich mal Glück gehabt.«

Fünf Minuten später saßen sie in einem beigefarbenen SUV und fuhren auf die Landstraße.

»Was für ein süßer Kerl«, sagte der Bauer mit Blick auf John. »Er ist etwa so groß wie ein Ohr von meinem Herkules.« Dann lachte er dröhnend.

* * *

Heidi stand noch immer in der offenen Schranktür, vor Schreck so leblos wie eines der zahlreichen Kleidungsstücke um sie herum. Ihr Vater lag am Boden, ihre leibliche Mutter zielte mit einer Pistole auf ihn. Im ersten Moment dachte sie, er sei tot. Marianne dachte das offenbar auch, denn sie ließ die Pistole mit einem erleichterten Stöhnen sinken. Das Festhalten des schweren Metalls musste ihren verkrüppelten Händen wehtun.

Heidi blickte von einem zum anderen und wusste nicht, was sie mehr entsetzte. Schließlich wankte sie in Richtung Alfred, um zu sehen, wie schwer er getroffen war. Zu ihrem Erstaunen trat er jedoch wild mit seinem rechten Bein aus und schlug Marianne die Pistole aus der Hand. Sie schlitterte über den dicken Teppich.

Alfred berappelte sich langsam und sortierte seine Knochen. »Du Miststück.« Er stand langsam auf und blickte um sich.

Die Spritze lag seitlich hinter ihm, aber Alfred kümmerte sich erst um die Pistole. Plötzlich erfasste Heidi ein Gefühl tiefgreifender Wut. Und Empörung. Mit einem Satz kam sie Alfred zuvor und schnappte sich die Pistole, ehe er sich bücken konnte. Dann sprang sie zwei Schritte nach hinten und lehnte sich an den Kleiderschrank, in dem sie eben noch gehockt hatte. Jetzt hatte sich das Blatt gewendet, und sie hielt nun beide

Personen in Schach. Ihre Hände zitterten, doch unbeirrt hielt sie die Pistole auf Alfred gerichtet.

Der machte eine Bewegung in ihre Richtung. »Heidi, gib mir die Makarow. Du kennst dich damit nicht aus, und es könnte sich schnell ein Schuss lösen. Mach dich nicht unglücklich.«

»Ich habe so eine Ahnung, dass ihr beiden mich in erster Linie belügt. Ihr bleibt, wo ihr seid. Hände weg von der Spritze, Pa. Ich meine es ernst.«

Alfred zeigte anklagend auf Marianne. »Du hast es doch selbst gesehen. Sie hat auf mich geschossen!«

Nur an den ineinander verknoteten Händen konnte Heidi sehen, dass auch Marianne in seelischem Aufruhr war. Ihr Blick blieb weiterhin kalt und wanderte zwischen Alfred und ihr hin und her.

»Sie hat sich nur verteidigt. Ich möchte jetzt alles wissen, was damals vorgefallen ist.« Sie wedelte mit der Waffe zu Marianne und forderte sie auf: »Du erzählst mir jetzt, wie du ein kleines Mädchen, das dir blind vertraut hat, zum Versteckspiel animiert hast und es dann in einem Schrank einfach zurückgelassen hast. Wie geht so etwas, Mutter?« Das letzte Wort spuckte sie eher aus, als dass sie es sprach.

Marianne zuckte zusammen, fasste sich aber schnell. »Dein Adoptivvater hatte schon früher die Angewohnheit, unliebsame Konkurrenten und Personen einfach zu beseitigen.«

Sie setzte sich aufrecht hin, offenbar bereit, nun endlich die Wahrheit zu sagen.

»Lass das, Marianne. Wir hatten eine Vereinbarung, du und ich.« Alfreds Ton war drohend. »Und du gibst mir nun endlich die Pistole. Verdammt, Heidi, das führt doch zu nichts Gutem.«

Heidi schüttelte nur den Kopf und nickte Marianne aufmunternd zu.

»Ich arbeitete damals im selben Amt wie Alfred, und ich habe zufällig mitbekommen, wie er seinen Vorgänger und Vorgesetzten mit einer Dosis Digitalis umgebracht hat. Ebenso wie er es grad bei mir probiert hat.« Sie deutete auf die Spritze. »Ich habe den Beweis an mich genommen und ihm dann geraten, meiner kleinen Familie zur Flucht zu verhelfen.« Jetzt wandte sie sich direkt an Heidi. »Thomas, dein leiblicher Vater, hat es unter dem SED-Regime nicht ausgehalten. Er litt unter den Einschränkungen, machte dummes Zeug, und ich musste befürchten, dass er in absehbarer Zeit einfach im Gefängnis verschwinden würde. Alfred hat der Mord genutzt, denn er hat ihn ganz weit nach oben katapultiert. In dieser Position konnte er uns sehr nützlich sein. Nach anfänglichen Drohungen musste ich jedoch einsehen, dass ich einen Kompromiss eingehen musste. Dazubleiben war nun keine Option mehr, irgendwann hätte Alfred mich kaltgestellt.«

»Diese Hexe hat einfach ihr Kind zum Tausch angeboten, Heidi. Sie hat die Flucht in den Westen mit dir bezahlt!« Hasserfüllt zeigte Alfred auf Marianne.

Die lachte nur kurz auf und schüttelte den Kopf. »Du hast Angst gehabt, dass ich dich, einmal im Westen angekommen, für den Mord belangen würde. Und als Pfand hast du verlangt, dass ich mein kleines Mädchen als Heilmittel für deine deprimierte Frau zurücklasse. Dafür durften Thomas und ich in den Westen reisen und erhielten Startkapital.«

»Wie wir nun wissen, ist dir die Entscheidung leichtgefallen. Du hast einfach ein neues Mädchen bekommen.« Ein diabolischer Schrei entfuhr Marianne, und Heidi konnte nur hoffen, dass die Nachtschwester diesen nicht gehört hatte. Zum Glück war das Personal ja überzeugt davon, dass hier gerade eine Familienzusammenführung stattfand, und ließ Frau Bär in Ruhe.

»Du wirst nun endlich für deine Taten bezahlen, Alfred.« Marianne war kreidebleich, und ihre Stimme bebte. »Ich weiß, dass du Susie umgebracht hast. Auf die eine oder andere Art hast du dir beide Mädchen genommen.«

Heidi hatte Mühe, die Pistole in Anschlag zu halten. Sie war entsetzt über das, was sie hörte. Sie wollte am liebsten schreiend rausrennen, aber dann würden die beiden sich gegenseitig umbringen.

Irgendein rudimentäres Muttergefühl musste Marianne doch noch erfasst haben, denn sie sagte nun mit sanfterer Tonlage: »Heidi, es hat mir damals das Herz zerrissen, dich zurückzulassen. Aber ich hatte den mächtigen Alfred Klostermann erpresst, es gab kein Zurück mehr. Er hätte uns vernichtet. Und eines wusste ich mit Sicherheit: Du würdest es bei ihm und seiner Frau gut haben, während Thomas und ich auf eine völlig ungewisse Zukunft zusteuerten.«

Heidi hätte jetzt sagen können, dass es für ein Kind nicht wichtig war, wo und wie es wohnte, Hauptsache bei den Eltern. Doch stattdessen fragte sie: »Was ist aus Thomas geworden?«

»Er starb vor zwei Jahren an einem Herzinfarkt. Er hat dich nie vergessen. In seiner Brieftasche fand ich nach seinem Tod ein altes, völlig zerfleddertes Foto von dir.«

Den kurzen Moment der Verständigung zwischen ihr und ihrer Mutter hatte Alfred genutzt. Er musste sich unbemerkt die Spritze besorgt haben und stand nun nahe bei Marianne. »Du legst jetzt die Waffe weg, Kind, oder ich steche zu.«

»Sobald du die Waffe weggelegt hast, wird er zustechen, und das weißt du auch, Heidi.« Nur an den flackernden Augen erkannte Heidi die Angst ihrer Mutter.

Alfred lächelte sie verzeihend an. »Wir wissen beide, dass du nicht auf mich schießen wirst, Heidi, also lass das Theater.« In dem Moment sprang eine schattengleiche Gestalt aus dem Flur in das Zimmer, und ehe sich Heidi versah, lag ihr Vater erneut auf dem Boden. Keiner hatte offenbar gehört, dass die Tür zur Wohnung leise geöffnet worden war.

* * *

»So, da wären wir, Herr Kommissar.« Sein spontaner Chauffeur, der sich als Ingo vorgestellt hatte, stellte den Motor ab, und sie stiegen aus.

»Wissen Sie, ob Hunde erlaubt sind?«, fragte Schmitt leicht besorgt.

»Herkules hatte Hausverbot, auch wenn meine Mutter ihn liebte, aber dieses kleine Kerlchen darf sicher hinein. Einige Bewohner haben durchaus ein Haustier.«

Schmitt bedankte sich vielmals bei dem Bauern und schaute sich auf dem erleuchteten Parkplatz um. »Oh nein«, entfuhr es ihm, als er den Jaguar bemerkte, der am Ende des Parkplatzes stand, und dann auch noch den grünen Jeep, den Alfred Klostermann sich geliehen hatte. Er ging auf den Jaguar zu und fühlte an der Motorhaube. Sie war noch warm. Ohne weiter auf John oder seinen Begleiter zu achten, stürmte er auf das große Haus zu und klingelte Sturm. Seinen Dienstausweis hielt er gut sichtbar hoch, als eine müde aussehende Schwester vorsichtig zur Tür kam. Neugierig blickte sie auf den Ausweis und dann auf Schmitt und den Dackel. Schnell schloss sie die Tür auf. »Das Zimmer von Frau Bär, wo finde ich das? Schnell, es geht um Leben und Tod!«

Seine letzten Worte sorgten dafür, dass der Nachtschwester zunächst gar nichts einfiel. Ihre Hand ging zum Mund. Dann zeigte sie endlich einen Gang entlang und setzte sich in Bewegung. Vor der Wohnung von Frau Bär schob Schmitt die Schwester vorsichtig zur Seite und lauschte an der Tür. Dann hörte er einen kurzen, dumpfen Knall. Überaus besorgt öffnete er vorsichtig die Tür. Wie immer lag seine Dienstwaffe im Büro. Der Besuch in einem Seniorenheim gehörte üblicherweise nicht zu einem Einsatz, bei dem man eine Schutzweste und eine Pistole mit sich führte.

* * *

Heidi drückte sich ganz fest an den Schrank. Irgendein Gefühl der Sicherheit brauchte sie. Mit wenigen Handgriffen hatte der Angreifer ihrem Vater die Spritze weggenommen. Nun zog er Alfred hoch und schubste ihn auf den nächstbesten Sessel. Völlig verwirrt starrte sie in das Gesicht von Bernd, den sie bislang nur aus dem Fitnesscenter kannte. Drei Menschen bildeten nun einen Bogen um sie herum, und mit allen dreien war sie irgendwie emotional verbandelt. Offenbar hatte jede ihr nahestehende Person beschlossen, sie zu hintergehen.

»Du steckst also auch mit drin.« Ihr kamen die Tränen. Die Waffe hielt sie weiterhin, obgleich das Gewicht spürbar an ihren Handgelenken riss.

Bernd hob beschwichtigend die Arme. »Nur zum Teil, Heidi. Ich bin ausgestiegen, weil ich mich in dich verliebt habe. Ich kenne deine leiblichen Eltern schon sehr lange, und als Susie krank wurde, sollte ich dich ausfindig machen und kennenlernen. Für den Fall, dass Susie eine Knochenmarkspende brauchen würde. Als der Fall eintrat, habe ich Susie erklärt, dass sie dich selbst ansprechen müsste. Ich wollte unsere Beziehung nicht gefährden. Doch ich habe offenbar nicht besonders klug gehandelt, denn du bist entführt worden, und Susie wurde ermordet.«

Bernd stand zwischen Alfred und Marianne. Den einen behielt er zornig im Blick, ihrer leiblichen Mutter hatte er eine Hand auf die Sessellehne gelegt.

Marianne zog die Augenbrauen zusammen. »Wer hat dich entführt?« Mariannes Blick ging zu Alfred, der nun zusammengesunken auf dem Sessel saß und seine verletzte Schulter hielt.

Jetzt brauste er auf. »Ich war das ganz sicher nicht. Ich bin extra nach Deutschland gekommen, als ich davon erfahren habe. Da hast du doch deine Hände im Spiel.« Erneut ging er zum Angriff über.

Heidi bemerkte Mariannes überraschtes Gesicht und wusste instinktiv, dass sie nichts damit zu tun hatte. Ihr

Vater konnte es aber auch nicht gewesen sein. Sie traute ihm mittlerweile einiges zu, aber Alfred hatte sie gesucht. Der Teil seiner Geschichte stimmte.

»Alfred hat Susie umgebracht und auch deinen Kollegen, entschuldige, Heidi. Aber ich bin mir ziemlich sicher.« Bernd sprach ganz ruhig. »Ich habe das auch schon dem Kommissar erzählt und ihm gestanden, dass ich gestern auf Alfred geschossen habe, damit er sich nicht durch eine schnelle Heimreise davonstehlen konnte. Ich wollte ihn nur für eine Zeit unschädlich machen. Aber er ist ein zäher Brocken.« Bernd blickte von Heidi zu Alfred. »Die Polizei wird schnell herausfinden, mit welchem Flieger du wirklich in Deutschland angekommen bist, Alfred. Es ist vorbei.«

»Nein, das ist es nicht. Du hast meinen Freund und meine Schwester abgestochen wie ein Stück Vieh.« Heidi hörte ihre eigene Stimme schrill und laut, sie zielte auf den alten Herrn im Sessel, denn mehr war er in diesem Augenblick nicht für sie.

»Heidi, nicht, er ist es nicht wert, dass du dafür ins Gefängnis gehst.« Bernd machte einen Schritt auf sie zu.

»Schieß endlich«, knurrte Marianne.

Und Heidi schoss. Dem Schuss folgte ein frustrierter Schrei. Und plötzlich sprang ein kleiner Rauhaardackel an ihr hoch und leckte an ihrer Hand, die nach unten gesunken war. Die Pistole fiel zu Boden. Und dann stand plötzlich auch noch der Kommissar neben ihr, und sie bemerkte, dass der Raum viel zu klein für so viele Menschen war.

* * *

Es rieselte Putz von der Decke, und Schmitt war unsagbar erleichtert, als er die alte Makarow vom Boden aufhob und entsicherte. Heidi hatte im letzten Moment die Arme nach oben gerissen und in die Decke geschossen. Die Gefahr war gebannt, und nun musste er als Kommissar nur noch aufräumen.

Bernd Schubert drückte Alfred Klostermann in den Sessel. Der alte Mann würde keinen Fluchtversuch unternehmen. Schmitt beantragte telefonisch Amtshilfe und beobachtete dann gerührt, wie sein John sich um Heidi kümmerte. Er kuschelte sich in ihren Arm und leckte ihre Hände.

Eine halbe Stunde später befanden sich Schubert und Heidi auf dem Zimmer, das die Nachtschwester für Heidi hergerichtet hatte, und Schmitt nahm endlich den Mörder von Susie Bär, Kurt Bremer und Clara Teichner in Gewahrsam.

Alfreds letzte Worte an Heidi waren: »Ich habe das alles für dich getan. Ich wollte nicht, dass du verletzt und enttäuscht wirst, so wie als Dreijährige. Und ja, ich wollte auch nicht, dass du schlecht von mir und Beate denkst. Wir waren dir immer gute Eltern, das kannst du nicht abstreiten. Und wir lieben dich.«

Schmitt würde das Gesicht von Heidi nie vergessen, als sie entsetzt vor ihrem Adoptivvater zurückgewichen war. »Du hast meine Schwester umgebracht, damit nichts über deine Vergangenheit an die Öffentlichkeit kam. Und du hast meinen besten Freund ermordet, um eine weitere abscheuliche Tat zu verbergen. Alles, was du in deinem Leben getan hast, hast du immer nur für dich getan, für deine reine Weste und dein Wohlergehen. Verkauf mir das nicht als Liebe. Ich werde mir den Rest meines Lebens vorwerfen, dass ich euch von Susie erzählt habe. Damit trage ich eine Mitschuld an ihrem Tod.«

Dann hatte sie sich abgewandt, und die Kollegen aus Hildesheim hatten Alfred Klostermann abgeführt. Das Jagdmesser, mit dem er die Opfer getötet hatte, hatten sie im Auto unter dem Reserverad gefunden.

Frau Bär senior saß noch immer reglos in ihrem großen Sessel, als Schmitt sie später noch mal aufsuchte, um sie wegen des Waffenbesitzes zu befragen. Denn eine Waffenbesitzkarte besaß Frau Bär nicht, und angemeldet war die Makarow auch nicht.

»Sie gehörte meinem Mann«, sagte sie. »Und heute hat sich bewahrheitet, was man über diese alte Waffe sagt: Sie ist besser zu werfen, als abzuschießen.« Sie lächelte schräg. »Meine Tochter Heidi ist eine Klasse für sich, oder? Ich hätte sie nie abgeben dürfen.«

* * *

In Telgte auf der Polizeiwache war Dirk irgendwann der letzte Beamte, der an diesem Donnerstagabend die Stellung hielt. Seine Ella hatte ihm noch schnell ein paar Brote geschmiert, und nun biss er mit Appetit in eine Salamischnitte und versuchte gleichzeitig noch mal bei Fred Hauptmann auf dem Diensthandy anzurufen. Es erklang jedoch nur ein Besetztzeichen.

Noch während er genervt das Handy beiseitelegte, verschluckte er sich ganz fürchterlich an dem Butterbrot und hustete und prustete Krümel in die Luft. Wie erstarrt schaute er auf sein Brot mit der Salami und griff erneut zum Handy. »Ella, wie kauft man üblicherweise Salami ein? Gibt es die nur in solchen Packungen, wie wir sie haben?«

»Nein, man kann sie auch am Stück kaufen.«

»Wie sieht es mit Salami aus Wildfleisch aus?«

»Stimmt etwas mit deinem Butterbrot nicht? Ich wusste nicht, dass du jetzt nur noch Wildschweinwurst isst. Die bekommt man eigentlich nur bei den Jägern oder in Metzgereien zur Saison.«

»Das Brot ist sehr lecker, Ella. Ich erklär es dir später. Tschüss, meine Liebe.«

Und endlich hatte er Fred am Apparat. »Fred, Dirk hier, du musst dringend etwas von der Salami untersuchen lassen. Ihr seid doch noch in dem Bunker, oder?«

»Hi Dirk, nein, wir sind auf dem Rückweg. Das ist ein ziemlich dunkles Loch um diese Zeit. Kalt und feucht noch dazu, ich habe jede Menge Hochachtung vor der Frau, die das so lange darin ausgehalten hat. Doch eine Sache ist merkwürdig. In dem Karton, in dem die Nahrungsmittel lagen, befand sich der Schlüssel zur Tür. Er war unter die Bodenpappe gerutscht, daher hat die Frau es wohl nicht bemerkt. Der Entführer, wer immer das war, hatte nie die Absicht, sie lange festzuhalten!«

Dirk riss die Augen auf.

Fred fuhr fort: »Ich habe natürlich alles der Spusi mitgegeben, was nicht angewachsen war. Ich kann dir aber schon sagen, dass die Wurst kein Etikett trug.«

»Ja«, nickte Dirk zufrieden. »Ich bin mir sicher, sie ist aus Wildfleisch und stammt von einem Jäger. Ich werde für morgen eine Hausdurchsuchung veranlassen. Bis später.«

Und dann meldete sich sein Chef noch mal. »Ich habe die Mordfälle aufgeklärt und den Täter in Gewahrsam genommen. Mein Auto steht bei einem Bauern auf dem Hof, und John und ich machen Probeschlafen im Seniorenheim. Wie ist Ihr Fernsehabend so?«

Dirk ließ sich nicht provozieren. »Der war so langweilig, dass ich stattdessen lieber die Entführung von Heidi Klostermann aufgeklärt habe. In Gewahrsam ist aber noch keiner – den Spaß können Sie morgen mit mir gemeinsam erleben. Einen Tipp habe ich für Sie: Es war der Tierarzt! Dann schlafen Sie mal gut.« Grinsend legte er auf.

* * *

Es war sein Auftritt am Freitagmorgen. Schmitt hatte sich schon sehr früh mit einem Leihwagen der Polizei auf den Weg in die Heimat gemacht und war mit Dirk um zehn Uhr im Büro verabredet. Gemeinsam fuhren sie dann zu Hubert Lensing, in dessen Haus die Spurensicherung schon seit neun Uhr am Morgen tätig war. Die Altjäger wehrten sich nicht lange, sondern waren vollumfänglich geständig. Hubert Lensing saß an seinem Tisch und hatte Tränen in den Augen. »Wie sind Sie auf uns gekommen?«

Dirk antwortete ihm. »Es war die Salami, die Ihre Frau gestern gesucht hat. Wildschweinsalami, genau wie die, die Heidi Klostermann in ihrem Unterschlupf hatte. Wir wissen auch, dass Sie die Frau haben gehen lassen wollen. Aber das Warum erschließt sich uns noch nicht ganz.«

Schmitt ergänzte: »Ich vermute, dass Heidi Klostermann Sie auf dem Parkplatz, auf dem sie sich mit ihrem Kollegen treffen wollte, bei irgendeiner Sache überrascht hat, richtig?«

Hubert Lensing nickte. Seine Frau saß neben ihm und schniefte immer wieder in ein Taschentuch. »Horst und ich haben in einem abseits gelegenen Teil unseres Reviers eine Cannabisplantage entdeckt und schließlich daran mitverdient. Diese Frau tauchte plötzlich wie aus dem Nichts auf dem Parkplatz auf, als einer der Männer das Geld abzählte und im Kofferraum ein paar Säcke mit den geernteten Pflanzen lagen. Sie war nicht dumm und erkannte gleich, was da ablief. Ehe wir uns versahen, hat einer der Typen die Nerven verloren und sich die Frau gepackt, weil sie wegrennen wollte. In dem Handgemenge ist sie mit dem Kopf gegen einen Pfosten gestoßen und ohnmächtig geworden.« Hubert machte eine kurze Pause und verzog schmerzhaft das faltige Gesicht. »Der Horst hat sich sofort um sie gekümmert, aber einer der Männer drohte ihm. Er solle das in Ordnung bringen, er habe keine Lust, nun Ärger zu bekommen. Das könne er sich mit seinen Vorstrafen nicht leisten. Ich habe ihnen dann versichert, dass wir uns kümmern würden. Als Tierarzt kenne ich mich mit Narkosemitteln aus, und zusammen mit der Kopfverletzung sollte dies ihre Erinnerung zumindest eintrüben. Noch bevor sie zu sich gekommen ist, habe ich ihr eine Dosis gespritzt, und wir haben sie in den alten Bunker gebracht. Wir haben beide einen Schlüssel für die Tür. Oft wurde die Übergabe nämlich in dem alten Bunker organisiert. Aber die Dosis war doch etwas hoch, sie wachte auch am Abend nicht auf. Dann wurden die Leichen gefunden, wir hatten kein Alibi und haben sie dort gelassen und uns ein paar Tage lang nicht hingetraut.

Später habe ich ihr weitere Lebensmittel, eine Decke und den Schlüssel gebracht und alles in einem Karton neben sie abgelegt. Offen lassen wollte ich die Tür nicht, denn immerhin lief ein Mörder frei herum, und die Typen, die das Cannabis anbauen, kennen das Schlupfloch auch. Aber die haben keinen Schlüssel. So konnte die Frau sich selbst die Tür öffnen.« Er schlug die Hände vor das Gesicht. »Das haben wir alles nicht gewollt.«

Dirk blickte zu seinem Chef, der ein ernstes Gesicht aufsetzte. »Sie haben sich der Körperverletzung und der Freiheitsberaubung schuldig gemacht. Ihre Aufgabe wäre es gewesen, die arme Frau ins Krankenhaus zu bringen, nachdem sie eine Kopfverletzung erlitten hatte. Sie werden uns alles über diese Plantage erzählen und natürlich das Jagdrevier sowie den Jagdschein und die Waffenbesitzkarte abgeben und dann geständig auf ein mildes Urteil warten. Es kann natürlich sein, dass Heidi Klostermann als Nebenklägerin auftritt, wozu ich ihr sogar raten werde. Denn sie hat Anspruch auf Schmerzensgeld.«

»Natürlich«, nickte Hubert Lensing kleinlaut. »Ich werde ihr schon heute ein Angebot und eine Entschuldigung zukommen lassen.« Er fasste nach der Hand seiner Frau.

* * *

Im Büro gab es jede Menge Schreibarbeit. Dirk konnte nicht verhindern, dass er Mitgefühl mit den alten Herren hatte. »Alfred Klostermann muss ganz schön gestaunt haben, als seine Tochter verschwunden war.«

»Das Wort *entsetzt* trifft es wohl besser«, meinte sein Chef. »Wir dachten die ganze Zeit, ihr Verschwinden hänge mit den Morden zusammen, und er muss gedacht haben, diese Susie Bär habe damit etwas zu tun. Die konnte er aber nicht mehr fragen, denn tote Frauen reden nicht. Er musste Marianne Bär ausfindig machen. Er war es übrigens auch, der Lutz Fröhlich die Apple Watch abgenommen hat. Dafür brauchte er sich nur ein wenig umzuhören. Er hatte Sorge, dass die Polizei dort Informationen findet, die ihn in Verdacht bringen könnten.« Schmitts Gesicht wurde nun richtig düster, als er hinzufügte: »Und leider hat er Susies Auto gerade in dem Moment gefunden, als Clara Teichner sich im Kofferraum umschaute. Da er sich sicher war, dass sie ihn gesehen hatte, musste sie sterben. In dem Auto hat er dann endlich die Adresse von Marianne Bär gefunden. Er wollte um jeden Preis verhindern, dass seine Heidi von den Umständen ihrer Adoption erfuhr.«

»Weil er jemanden umgebracht hatte und das Kind dann von ihrer eigenen Mutter wie einen Gegenstand erzwungen hat«, ergänzte Dirk kopfschüttelnd. »Der Mann hat keine Skrupel und geht über Leichen, doch wenn es um Heidi geht, spricht er von einer Vaterliebe, die man ihm abnimmt. Verrückt. Wie sieht sie das?«

»Ich glaube, sie ist zunächst fertig mit ihm. Zu ihrer Mutter will sie Kontakt halten. Himmel, wie hätten wir ahnen können, dass bei dieser ganzen Verstrickung mit Stasimännern und Adoptivgeschichten aus der DDR ausgerechnet die Entführung der Hauptperson nichts mit den Morden zu tun hatte?«

Eine Aufgabe nahm Dirk am Nachmittag sehr ernst. Er fuhr zu Heidi Klostermann und überreichte ihr die eigene Zeichnung aus Kindertagen mit lieben Grüßen von Erika Honecker. Völlig verdattert hielt sie das Kinderbild in den Händen. »Das hat die alte Erika all die Jahre aufbewahrt?«

»Ja«, nickte er artig. Sie hat nur positiv über Sie gesprochen.«

Ein Lächeln umspielte ihre Lippen. »Ich erinnere mich an Erika, ich war mal dort, als Erich Honecker bei ihr zu Besuch war. Sie war irgendwie mit ihm verwandt, müssen Sie wissen. Ich habe ihm Kekse serviert, die wir vorher zusammen gebacken haben. Verrückt.«

Dirk runzelte die Stirn. »Uns hat sie erzählt, es sei eine zufällige Namensgleichheit.«

»In der Gegend wohnten damals nur regimetreue Genossen, Herr Kemper. Da hat Erika Sie wohl angelogen. Das tun Menschen schon mal.«

DANKSAGUNG

Ein Buch hat immer auch seine Helfer im Hintergrund, und daher möchte ich mich herzlich bedanken.

Beim KBV für die professionelle Begleitung und Umsetzung meines Buchprojektes. Ich finde eure Cover mega-toll!!

Bei Volker Neumann für das gute Lektorat und das tapfere Berichtigen, weil ich zum Beispiel große Zahlen einfach immer noch großschreibe.

Bei meiner Tochter und bei meiner Schwester, die keine Sekunde gezögert haben, um mit mir für die Spannung und die Recherche in ein Wildschweingehege einzubrechen und zu filmen. Besonders danken muss ich hier dem liebenswerten Besitzer des Geheges, der den Einbruch unnötig machte, weil er mich – mit einer Futterbox ausstaffiert – in sein Gehege ließ.

Bei meinem Vater Werner, der mir bei jeder jagdlichen Frage mit Erfahrung und Wissen zur Seite stand.